»Herbert von Willensdorf«

Die Bestie aus dem All

»HERBERT VON WILLENSDORF«

Die Bestie aus dem All

Kriminalkurzgeschichten von H. E. Miller

Bibliografische Information der Deutschen Nationalbibliothek:
Die Deutsche Nationalbibliothek verzeichnet diese Publikation in der Deutschen Nationalbibliografie; detaillierte bibliografische Daten sind im Internet über http://dnb.dnb.de abrufbar.

© 2019 H.E. Miller
Satz, Umschlaggestaltung, Herstellung und Verlag: BoD – Books on Demand, Norderstedt
ISBN 978-3-7494-0427-8

Inhalt

Sturz aus den Wolken

Liebe Leserinnen und Leser. Lange Zeit habe ich mit mir selbst gerungen, ob ich Ihnen diese beinahe unglaubliche Geschichte näherbringen kann oder möchte, denn ich hatte letztendlich die Befürchtung, dass Sie, liebe Leserinnen und Leser, mir diese wahre Geschichte nicht abkaufen würden. Sie beruht allerdings auf eigenen Sinneswahrnehmungen sowie auf Zeugenaussagen von Betroffenen, welche unmittelbar in das unfassbare Geschehen involviert waren. Ich habe aus Rücksichtnahme bewusst darauf verzichtet, die daran beteiligten Personen mit vollen Namen zu benennen, auch deshalb, um diese im öffentlichen Dienst stehenden Leute nicht öffentlich diskreditieren zu müssen.

Als die Boeing 787 mit Flug-Nummer RW 216 um 22 Uhr 15 vom Kennedy Airport mit sechzig Passagieren und acht Besatzungsmitgliedern sanft in den wolkenlosen Nachthimmel abhob, schien niemand zu ahnen, dass sich nur Stunden später ein Ereignis anbahnen würde, welches das Leben jedes Einzelnen schlagartig verändern würde. Die hundertfach eingeübten Handgriffe des Piloten Martin P. strahlten eine gewisse überlegte Ruhe aus und wurden von dem dumpfen Getöse der beiden Düsenaggregate begleitet. Neben ihm saß Elvira B., eine ebenfalls erfahrene Copilotin, welche ihren Flugschein für Verkehrsmaschinen vor nunmehr mehr als zehn Jahren als Quereinsteigerin im zweiten Anlauf geschafft hatte. Mit ihrer sanften Stimme bestätigte sie die kurzen Anweisungen des Piloten über die Fluggeschwindigkeit und Höhe des Flugzeuges. Trotz ihrer sechshundert Flugstunden zuckte sie immer noch etwas zusammen, wenn der Pilot Martin P. die Düsen auf Grund der erreichten Höhe drosselte und sich dabei das beinahe aufdringliche Getöse in ein mildes, konstantes Surren verwandelte. Elvira B. blickte in die Weite, ohne einen Punkt fixieren zu können. Sie hatte den Eindruck, dass diese Nacht schwärzer als sonst war, außerdem waren keine Sterne auszumachen, was dem Verlorensein noch etwas Nachdruck verlieh. Obwohl Martin P. und Elvira B. als Team zusammenarbeiteten, fühlten sie sich trotzdem abgegrenzt voneinander.

»Hast du den Autopiloten eingeschaltet, Martin?«, fragte Elvira, obwohl sie auf der Anzeige deutlich das schwache Licht sehen konnte.

»Selbstverständlich, oder hast du etwa angenommen, dass ich das Flugzeug mit Handsteuerung bis nach Mumbai fliegen werde!«

Martin P. sah nicht nur unwahrscheinlich gut aus, nein, auch sein Auftreten erinnerte eher an einen Aristokraten als an einen Piloten. Er hatte bereits seine dritte Ehe hinter sich gebracht, welche von etlichen Seitensprüngen begleitet waren, vor allem die Flugbegleiterinnen mit ihren schmucken Uniformen hatten es ihm immer wieder angetan. Er gehörte nicht zu jenen, welche Nein sagen konnten, wenn eben diese Flugbegleiterinnen ihre weiblichen Reize einsetzten, um ihn irgendwie herumzubekommen. Natürlich hatte auch Elvira B. längst ein Auge auf ihn geworfen, versuchte sich aber ihrer Gefühle für ihn seit Anbeginn zu erwehren, was nicht selten zu spannungsgeladenen Konflikten führte. Außerdem war Elvira B. mit einem ehemaligen Angestellten des öffentlichen Dienstes liiert, welcher nach Meinung einiger seiner engsten Freunde zu den stillen Anhängern des Neokonservativismus in einer abgeschwächten Form gehörte, ohne wirklich auf den Pfaden eines Leo Strauss zu wandeln. Ein toller kerniger Bursche mit unbändiger Freude am Wandern und Sonnenbaden. Zwischendurch blickte eine der Flugbegleiterinnen, Andrea S., durch die halb geöffnete Türe des Cockpits und erkundigte sich bei den Piloten nach deren Bedürfnissen.

»Ah, welch ein Sonnenschein blickt da zu uns herein! Ich hätte gerne einen Kaffee, Andrea, dieser würde mich bestimmt wieder etwas munter machen«, meinte Martin in seiner liebevollen und zuvorkommenden Art.

»Und du, Elvira?«

»Ich bleibe bei Gin Tonic«, erwiderte sie aus Spaß. »Nein, auch einen Kaffee, wenn es nicht zu viele Umstände macht.«

»Du solltest jetzt etwas zu den Fluggästen sagen, Martin, sonst denken diese, sie befänden sich alleine im Flugzeug, außerdem wirkt es wie Balsam auf diejenigen, welche an Flugangst leiden«, unterbrach Elvira B. die angespannte Stille.

»Sehr verehrte Fluggäste, hier spricht Ihr Kapitän. Wir fliegen auf einer Höhe von 8000 Metern mit einer Reisegeschwindigkeit von 820 Stundenkilometern. Wir haben eine Außentemperatur von minus 49 Grad Celsius. Ich wünsche Ihnen weiterhin einen angenehmen Flug.«

Nur aus Gründen, um eine Art Konversation in Gang bringen zu können, erkundigte sich Elvira B. nach dem Erscheinungsdatum des zweiten Buches des allgemein bekannten Schriftstellers Igor Straskovsky, welcher einmal mehr über die Begleiterscheinungen der Russischen Revolution schrieb.

»Ich weiß es nicht genau, irgendwann im Herbst«, war Martins knappe Antwort darauf.

»Du scheinst dich ja wirklich für gar nichts zu interessieren, Martin«, fuhr Elvira in einer gewissen provokanten Weise fort.

»Doch, ich interessiere mich für Frauen und wie ich sie möglichst schnell ins

Bett kriegen kann, wenn du es so genau wissen möchtest, Elvira«, sagte Martin daraufhin mit einer glaubwürdigen Überzeugung.

»Bei mir beißt du auf Granit, mein Lieber«, entgegnete Elvira B. daraufhin trocken.

»Ich werde noch die neuen Zielkoordinaten einstellen.« Martin beugte sich etwas nach vorne und betätigte das Rädchen so lange, bis die Nummer 223 eingestellt war.

»Hast du bemerkt, Martin, dass wir kontinuierlich an Höhe verlieren?«

Routiniert blickte Martin auf den Höhenmesser, welcher sich langsam und gleichmäßig zu drehen begann.

»Sehr seltsam, wir fliegen weiterhin mit dem Autopiloten, die Höhe müsste demnach konstant bleiben«, sagte Martin verunsichert. Martin schaltete den Autopiloten aus und versuchte mit der Handsteuerung an Höhe zu gewinnen.

»Das Höhenruder reagiert nicht, wir sind weiter am Sinken.«

Auch die Erhöhung der Geschwindigkeit brachte keinen Erfolg.

»Das kann doch nicht sein. Bitte reiche mir mal das Handbuch rüber«, meinte Martin P. immer noch sichtlich gefasst.

In der Zwischenzeit meldete sich Andrea erneut und erkundigte sich nach weiteren Wünschen seitens der Piloten.

»Bitte komm herein und schließ die Türe, Andrea. Wir haben ein technisches Problem, wir können die Höhe nicht halten, unser Sinkflug ist unaufhaltsam«, sagte Elvira zu ihr und versuchte dabei ruhig und entspannt zu wirken, was ihr aber in Anbetracht dieses außergewöhnlichen Ereignisses äußerst schwer fiel.

Während die Flugbegleiterin ihren Blick über die unzähligen Instrumente kreisen ließ, meinte sie ebenso ruhig, dass ihr Schwager, welcher als Passagier mitflog, eine Lösung dieses Problems finden könne.

»Dann hole ihn bitte, Andrea, aber unauffällig, wir wollen die Passagiere nicht beunruhigen, eine Panik unter den Fluggästen wäre das Letzte, was wir in einem solchen Moment gebrauchen könnten.«

Andrea verließ daraufhin das Cockpit, und während sie den Gang hinunterging, blickte sie auf die schlafenden Passagiere. Vorsichtig stupste sie ihren Schwager Alfred K. an, welcher gerade sitzend mit geschlossenen Augen vor sich hin döste.

»Alfred, bist du wach?«, meinte Andrea flüsternd.

»Ja, was gibt es?«

»Deine Fähigkeiten sind wieder einmal gefragt. Scheinbar haben die Piloten mit einem technischen Problem zu kämpfen. Wenn du dich kurz ins Cockpit bemühen würdest, wären wir dir dankbar, Alfred.«

Alfred K. sah sich geschmeichelt und folgte Andrea, ohne irgendwelches Aufsehen zu erregen.

»Andrea meinte, Sie könnten uns helfen. Wir verlieren seit geraumer Zeit an Höhe und bringen es nicht fertig, die Maschine wieder auf ihre ursprüngliche Flughöhe zu bringen. Wenn es so weitergeht, werden wir um eine Notwasserung im Indischen Ozean nicht herumkommen«, sagte Martin P. in einer erschreckenden Sachlichkeit.

»Nein, so weit werden wir es nicht kommen lassen, wir werden eine Lösung finden«, entgegnete Alfred K. und strahlte dabei eine beruhigende Selbstsicherheit aus. »Als Erstes werden wir den Autopiloten deaktivieren und auf manuelle Steuerung wechseln. Dann müssen Sie den Drehknopf, auf welchem EBC steht, ganz nach rechts drehen, warten Sie, ich mach es für Sie.« Alfred beugte sich nach vorne und bediente den Schalter in einer Selbstverständlichkeit.

»Was bedeutet EBC?«, wollte daraufhin Martin P. wissen.

Auch Elvira musste zugeben, dass ihr dieser unauffällige Drehknopf bisher noch nie aufgefallen war.

»Sind Sie ein Pilot, Alfred?«, versuchte Martin P. von Alfred K. zu erfahren.

»Nein, aber ich habe die letzten 35 Folgen der Erfolgsserie ›Mayday in den Wolken‹ gesehen, und in der letzten Folge hatten die Piloten mit einem ähnlichen Problem zu kämpfen und ich kann mich gut daran erinnern, dass einer der Piloten diesen Drehknopf betätigte.«

»Welche Folge meinen Sie, Alfred, war es die, bei der das Flugzeug schlussendlich ins Meer stürzte und alle Passagiere mit sich in den Tod riss?«

»Nein, es waren koreanische Piloten, oder waren es Inder, jedenfalls hat einer von ihnen einen Turban getragen.«

»Ja, ich kann mich erinnern, es waren Japaner und einer von ihnen trug einen Vollbart«, gab Martin P. interessiert zurück.

»Japaner tragen keine Bärte, Martin, es waren Koreaner, ich habe es feststellen können in der Weise, wie sie Mayday ins Mikrofon gerufen haben, bevor sie im Meer verschwanden.«

»Nun wissen wir aber immer noch nicht, was EBC bedeutet«, meinte daraufhin Martin.

Jedenfalls zeigte das Flugzeug keinerlei Reaktion und sank langsam unaufhörlich weiter. Auch das Handbuch, welches Elvira B. ein weiteres Mal fix zur Hand nahm, sagte nichts aus über die Funktion diese Drehknopfes.

»Ach, wenn doch nur Herbert bei mir wäre«, meinte Elvira fassungslos.

»Meinst du Herbert von Willensdorf, Elvira?«, entgegnete Martin P.

»Nein, mein Hund heißt Herbert.«

»Ich bezweifle, dass dein Hund Herbert uns die Funktion dieses Schalters erklären könnte«, versuchte Martin P. die gedrückte Stimmung etwas aufzulockern.

»Sagtest du von Willensdorf, Herbert von Willensdorf, der sitzt hinten in der letzten Sitzreihe. Soll ich ihn holen? Er hat sich in der Vergangenheit des Öfteren als lösungsorientiert bewiesen«, sagte Andrea.

»Aber dieser von Willensdorf ist doch kein Pilot, er ist Schriftsteller. Noch ein Besserwisser im Cockpit und ich drehe durch«, meinte Martin P. daraufhin.

»Am besten wir gehen alles in Ruhe nochmals durch. Sie wollen also gesehen haben, Alfred, dass einer dieser indischen Piloten diesen Drehknopf betätigte?«

»Ja genau, und er drehte ihn ganz nach rechts bis zum Anschlag.«

»Und dann?«, fuhr Martin P. fort.

»Dann ging ich in die Küche und holte mir noch eine Flasche Bier aus dem Kühlschrank. Als ich zurückkam, waren diese Japser äußerst nervös und einer von ihnen gab ein Schimpfwort von sich, welches ich hier nicht wiederholen möchte.«

»Demnach haben Sie die wichtigsten Minuten verpasst, Alfred«, stellte Martin P. fest.

»Es muss doch irgendjemand in diesem Flugzeug geben, der die ganze Folge dieser Serie gesehen hat. Bitte, Andrea, gehe nach hinten und versuche es rauszufinden.«

Unterdessen spielte Alfred noch an einigen Knöpfen der Instrumentenanzeige herum.

»Jetzt nehmen Sie doch endlich Ihre Finger weg, Sie bringen ja noch das Flugzeug zum Absturz.«

Daraufhin fuhr Elvira B. das Fahrwerk wieder ein.

»Es muss an den Dicken liegen«, meinte kurz darauf die Pilotin Elvira B.

»Ich kann dir nicht folgen, Elvira«, sagte Martin, während er sich erneut an das Steuer klammerte.

»In der vordersten Reihe nahe des Cockpits sitzen gleich drei übergewichtige Männer. Möglicherweise trägt dies zu unserem Absinken bei.«

»Da kannst du recht haben, Elvira. Ich habe von einem Fall gehört, wo sämtliche Dicken auf einer Seite des Passagierraumes saßen, sodass das Flugzeug auf unerklärliche Weise immer im Kreis flog, bis der Sprit zu Ende ging. Man hat aus diesem tragischen Unfall gelernt und anschließend immer einen Dicken neben einen Dünnen gesetzt. Bitte, Alfred, gehen Sie nach hinten und sagen Sie den Schwergewichtigen, sie sollen sich nach hinten in die freie Reihe setzen.«

Alfred folgte der Anweisung des Piloten und verschwand.

Kurz darauf kam Andrea mit einem Passagier der ersten Klasse zurück ins Cockpit.

»Das ist Jochen Böblinger aus Schweinfurt«, stellte Andrea den schlaksigen groß gewachsenen Mann vor.

»Herr Böblinger, wir haben hier vorne ein kleines Problem, nichts Tragisches, aber es wäre äußerst nett von Ihnen, wenn Sie uns schildern könnten, welche Knöpfe diese Turban-Piloten in dieser Mayday-Folge bedient hatten.«

»Sie meinen Koreaner, es waren Koreaner. Dann haben Sie etwa das gleiche Problem. Sie brauchen sich nicht zu beunruhigen. Ich weiß, wie man es beheben kann. Bitte lassen Sie mich kurz auf den Pilotensitz.«

Elvira B. stand auf und stellte sich neben den Mann, welcher die Anzeigen zu überblicken begann.

»Es muss das Höhenruder sein. Bitte, Elvira, gehen Sie nach hinten und schauen Sie nach draußen auf die Tragfläche. Ich werde das Höhenruder betätigen. Falls es sich bewegt, könnten Sie dann ein lautes Ja nach vorne rufen? Aber bitte unauffällig, wir wollen niemand beunruhigen. Die Passagiere werden es noch früh genug merken, wenn wir den Schaden nicht beheben können.«

Mit aller Kraft zog Jochen am Steuerknüppel, als wäre er an einem Bodytrainer im Kraftraum. Nichts rührte sich und die Maschine verlor langsam, aber stetig immer weiter an Höhe. Wie ein erboster Autofahrer, welcher in der Kolonne festsitzt, schlug Jochen mit der Faust auf den Steuerknüppel.

»Die Steuerklappe hat sich nicht bewegt, keinen Millimeter«, sagte Elvira B., als sie wieder ins Cockpit zurückkam.

Unterdessen kam eine weitere Flugbegleiterin dazu und meldete dem Kapitän Martin P., dass in der drittletzten Reihe ein Mann ohnmächtig geworden sei. Er sei ganz grün im Gesicht, berichtete sie weiter.

»Es könnte eine Lebensmittelvergiftung sein. Mein Bruder hatte auch eine solche Vergiftung, nur war sein Grün von etwas hellerer Farbe.«

»Was hatte dieser Mann gegessen?«, wollte Martin P. wissen.

»Omeletts mit Pilzen.«

Martin stockte. »Sagtest du mit Pilzen?«

»Ja, Engelstrompeten.«

»Du willst mich mit dieser Metapher wohl für dumm verkaufen, Catherine. Wer hat außer ihm auch noch von diesem Gericht gegessen?«

»Sozusagen alle«, antwortete Catherine eher beiläufig.

»Ja stimmt, auch wir hatten das Omelett, die Pilze schmeckten vorzüglich«, meinte Elvira beinahe genießerisch. Ihre nächsten Gedanken überschlugen sich. »Wer soll das Flugzeug steuern und landen, wenn wir, Martin und ich, ebenfalls ohnmächtig werden?«

»Kein Problem«, meinte Alfred. »In einer weiteren Folge ›Mayday in den Wolken‹ hatte auch ein Passagier das Flugzeug gelandet. Leider hatte er das Fahrgestell vergessen auszufahren, was einige Schleifgeräusche zur Folge hatte, aber das Flugzeug bereits nach eineinhalb Kilometern zum Stehen kam.«

Catherine öffnete die Cockpit-Türe und sah, dass sich Herbert von Willensdorf bereits um den Mann, welcher immer noch ohne Bewusstsein war, kümmerte. Einige schaulustige Passagiere blickten nach hinten und nahmen wie so oft an, dass dieser Mann wohl zu viel getrunken hätte. Man sollte doch wissen, dass sich Fliegen und Alkohol nicht vertragen, murmelten einige und dösten daraufhin weiter. Mit schnellen Schritten bewegte sich Herbert nach vorne und klopfte unauffällig an die Türe des Cockpits.

»Sie auch noch, Herr von Willensdorf. Sie denken wohl, wir feiern hier eine Party. Also kommen Sie herein. Was gibt's, geht es dem Mann hinten schon wieder besser?«

»Wie man es nimmt, er ist tot, er wurde mit bloßen Händen erwürgt. Außerdem hat sich seine grüne Farbe in ein Weiß gewandelt, als hätte man ihn mit Leimfarbe malträtiert.«

»Ich kann mich um Gottes willen nicht um alles kümmern, Sie sind doch der Kriminalist, aber beeilen Sie sich mit der Lösung dieses Falles, Herr von Willensdorf, und setzen Sie ihn bitte gerade hin.«

Es brauchte nicht besonders viel Scharfsinn, um festzustellen, dass einer der Passagiere für den feigen, hinterhältigen Mord verantwortlich sein musste.

Herbert setzte sich neben den Toten und hielt ihn in der Geraden, obwohl es sich als schwierig erwies auf Grund der zunehmenden Luftturbulenzen. Auf der hinteren Sitzreihe saß ein älterer Mann so um die siebzig, trug Nappaleder-Handschuhe, als wolle er vermeiden, Fingerabdrücke zu hinterlassen. Er war ganz in Schwarz gekleidet und trug ebenso eine schwarze Sonnenbrille. Er passte in das Mörderprofil, wie man es aus solchen einschlägigen Filmen kennt. Aber wo war der Beweis? Herbert konnte wohl kaum diesen Mann ansprechen:

»Guten Tag, Sie haben wohl nicht etwa den Mann vor Ihnen erwürgt? Natürlich haben wir alle unsere kleinen Schwächen, aber etwas unauffälliger hätten Sie es wirklich bewerkstelligen können.«

Zwei Sitze neben ihm saß eine jüngere etwas zierliche Frau und drückte an ihrem Smartphone herum und schien die Welt um sich herum völlig zu ignorieren. Was hatte Herbert in den zahllosen Krimis immer wieder feststellen müssen, dass die scheinbar Unauffälligsten immer die Mörder waren. Es gab daher keinen wirklichen Grund, diese junge Frau von der Tat gänzlich freizusprechen. Herbert fuhr eine ganze Palette von hypothetischen Motiven auf, ließ aber die meisten sogleich wieder fallen. Bis hin zur Selbsterwürgung hatte er alle Eventualitäten durchgespielt. Nicht einmal der jungen Frau fiel es auf, dass der Tote in einem unbedachten Moment zur Seite kippte und mit seinem Kopf auf ihrer Armlehne heftig aufschlug.

Im Cockpit herrschte unterdessen eine wirkliche, ernst zu nehmende Besorgnis. Der Vorzeigepilot Martin P. hatte sich vor lauter Aufregung übergeben müssen. Obwohl die unansehnliche Pilzsoße an seiner Uniform klebte, hinderte es ihn nicht daran, am Steuerknüppel zu ziehen und hin und wieder »Komm schon!« zu rufen. Elvira zog sich aus unerklärlichen Gründen die Lidschatten mit einem Kajalstift nach. Nun waren sie nur noch 10 000 Fuß über dem Meer und es war kein Ende des Sinkfluges in Sicht. Obwohl Martins Kehle schmerzte, musste er die Passagiere verständigen. Lange wartete er, bis er sein Mikrofon einschaltete.

»Hier spricht Ihr Kapitän. Wir haben ein kleines Problem, nichts, was Sie beunruhigen müsste. Unsere Crew arbeitet an einer Lösung dieses kleinen Zwischenfalles. Ich werde Sie aber rechtzeitig darüber informieren, die Schwimmwesten anzuziehen. Unser freundliches Bordpersonal wird Sie noch genauestens instruieren.«

Ein erbitterter Kampf um die Schwimmwesten begann, obwohl sich unter jedem Sitz eine solche befand.

»Was haben Sie mit Udo zu schaffen?«, fragte die eine junge Frau, welche sich zielstrebig dem toten Mann näherte.

»Ich halte ihn fest, dass er nicht auf die Seite kippt.«

»Warum? Ist er tot? Ich habe ihn davor gewarnt, eine Flugreise zu unternehmen, und dann erst noch nach Mumbai, aber er hat sich in den Kopf gesetzt, einmal im Leben an einer Technoparty in Goa teilzunehmen. Ich bin, besser gesagt ich war seine Betreuerin. Er litt schon seit Jahren an epileptischen Anfällen. Es war eine Frage der Zeit, bis er das Zeitliche segnen würde.«

»Aber die Würgespuren am Hals, sehen Sie denn nicht die Würgespuren?«, gab Herbert dazwischen und fand es beinahe schade, dass er keinen Mordfall daraus konstruieren konnte, so als Zeitvertreib, bis die Maschine auf dem Meer zerschellen würde.

»Nein, nein, die hat er sich selbst zugefügt, denn er hatte außerdem noch einen beachtlichen Webfehler, eine Schraube locker, wenn Sie wissen, was ich meine. Es wäre äußerst nett von Ihnen, wenn Sie mir helfen würden, ihn nach vorne ins Cockpit zu bringen.«

»Selbstverständlich, Frau?«

»Frau Sandra L. Ich betreue Frauen wie auch Männer, wenn Sie irgendwann mal Bedarf haben, hier ist meine Karte.«

Irgendwie schleifend brachten die beiden den Toten an den wimmernden, sich bekreuzigenden Passagieren vorbei nach vorne.

»Ich fass es nicht, jetzt bringen Sie noch den Toten ins Cockpit,« schrie Martin P. »Also gut, wenn er schon mal hier ist, schnallen Sie ihn auf dem Mechaniker-sitz fest. Wenigstens einer, welcher mir nicht vorschreibt, welchen Knopf ich zu drehen habe. Haben Sie den Mörder? Von Willensdorf? Sie hatten wahrlich genug Zeit, um den Mord aufzuklären.«

»Er ist eines natürlichen Todes von uns gegangen, wenn man dies so nennen kann«, meinte daraufhin Sandra L. gelassen.

»Was ist denn mit Ihnen passiert, Martin? Haben Sie etwa auf die Instrumen-ten-Anzeigen gekotzt? Sie sehen ja schrecklich aus.«

»Still!« Elvira B. hatte endlich nach unzähligen Versuchen einen Funkkontakt zu einem Tower herstellen können.

»Funktionieren die Triebwerke normal?«, war die erste und wichtigste Frage, welche standardmäßig gestellt werden musste.

»Ja, ja, die Triebwerke funktionieren, wir verlieren an Höhe«, stotterte Elvira in das Mikrofon. »Was bedeutet EBC?«, wollte Elvira B. daraufhin wissen.

»Das ist die Beleuchtung im Frachtraum«, gab der Mann im Tower zurück. »Ich empfehle Ihnen, ein paarmal kräftig auf die Höhenanzeige zu klopfen, viel-leicht ist sie hängen geblieben, wie es oft bei den Barometern vorkommt. Ja, jetzt habe ich Sie auf dem Radar. Haben Sie die Zielkoordinaten eingestellt?«

»Ja, wir fliegen 223.«

»Bitte stellen Sie auf 224 und halten Sie die Geschwindigkeit bei.«

»Okay, 224 verstanden. Warum 224?«

»Weil eine Notlandung in Mumbai für Sie und die Passagiere viel zu gefährlich wäre. Wir hören von Ihnen und guten Flug.«

Mit einem Klicken verstummte die Stimme des Tower-Angestellten.

Sieben Personen und ein Toter hielten sich nun im Cockpit auf und mussten zugeben, dass ihr Latein am Ende war. Elvira B. hatte weitere Versuche längst aufgegeben, die Maschine wieder auf Kurs zu bringen. Nur Martin P. zog immer noch am Steuerknüppel, obwohl er bereits Schwielen an den Händen hatte. Ein kurzer Blick auf den Wetter-Radar verriet ihm, dass sie sich zu allem Unglück noch einem Unwetter mit Sturmböen näherten.

»So, ich hab die Schnauze voll, macht doch, was ihr wollt, ich lege mich nach hinten auf das Notbett«, sagte Martin P. und tat wie gesagt.

Der Sturm hatte eine Heftigkeit, wie ihn Elvira B. und die Besatzung noch nie erlebt hatten. Die Maschine drohte auseinanderzubrechen. Das schreiende Wimmern der Passagiere war durch die isolierte Türe des Cockpits deutlich wahrzunehmen.

»Haltet euch fest«, mahnte Elvira B. Denn sie hatte nach dem Abgang von Martin P. die volle Verantwortung übernommen.

»Herbert, bitte setzen Sie sich auf den freien Pilotensitz und schnallen Sie sich an.

»Was sind das für eigenartige Geräusche? Es hört sich an, als würde ein Autolackierer die Farbe eines Autos mit einer Drahtbürste abkratzen«, stellte Andrea fest.

»Das ist der Hagel, es ist fraglich, wie lange es geht, bis die Cockpitfenster zerbersten«, meinte Elvira B. cool. »Zum Glück fliegen wir nicht so hoch, dann haben die, welche angeschnallt sind, wenigstens eine Überlebenschance.«

Martin P. war mittlerweile erschöpft eingeschlafen, murmelte aber im Schlaf immer wieder den gleichen Satz: »Ich muss sie hochkriegen, ich muss sie hochkriegen.«

Das Unwetter war durchflogen und am Horizont ging bereits die Sonne auf, was den Blick auf die unendliche Weite des Ozeans freigab, welcher unbarmherzig näher und näher kam. Ein Blick auf den Höhenmesser ergab, dass sie bereits auf fünftausend Fuß abgesunken waren. Man konnte bereits einige Kreuzfahrtschiffe erkennen.

»Nur ein Wunder kann uns jetzt noch retten«, sagte Elvira B. prosaisch.

»Sie sind eine starke Frau, Elvira. Wenn die Umstände anders wären, so würde ich Sie vom Fleck weg heiraten«, sagte Alfred voller Überzeugung in einer gewissen Theatralik. »Ich stelle mir eine Hochzeit in Reno vor. Du in einem weißen Brautkleid mit Brautjungfern, welche Blumensträuße auf uns werfen. Ich würde mein Cowboy-Kostüm tragen, und abends würden wir in einem schmuddeligen

Motel übernachten und einen billigen Champagner trinken. Du würdest staunen, wie gut ich auf die Hormontherapie und auf die Geschlechtsumwandlung angesprochen habe. Es könnte alles so schön sein, wenn nur dieser verdammte Höhenmesser funktionieren würde.«

Elvira B. war sichtlich gerührt, denn sie hatte eine geheime Neigung zu dem Andersartigen. Wie gerne hätte sie ihre Lebenssituation gegen etwas derart Verruchtes eingetauscht. Diese Cowboys mit ihren speckigen Hosen und ihren staubigen Stiefeln hatten bei ihr schon früher eine gewisse Sehnsucht nach Freiheit und Abenteuer ausgelöst. Aber leider hatte sie keinen Entscheidungsspielraum mehr, wenigstens nicht für lange. Es wurde nichts mehr unternommen, das Unvermeidliche abzuwenden. Herbert griff nach der Hand von Elvira B. und drückte sie in einer Weise, als wolle er sagen: Keine Angst, Elvira, ich bin bei dir, was auch passiert.

Alfred K. versuchte mit zittrigen Fingern noch ein paar Zeilen auf ein Stück Papier zu bringen. Scheinbar wollte er sein bescheidenes Vermögen zu einem Teil der Pfadfinderorganisation der stolzen Samariter und zum anderen Teil einer unbekannten Schlagersängerin in Schleswig-Holstein vermachen. Er liebte Schlager. Das war sein Leben. Was hätte er dafür gegeben, wenn er gerade jetzt, da es mit ihm zu Ende ging, einen Schlager hätte hören können. Er hätte die Amigos gewählt, denn diese Typen waren heiß und sexy. Immer wieder summte er eine dieser Melodien vor sich hin, was aus den Amigos gemacht hat, was sie heute sind. Natürlich hatte er Mitleid mit dem kränkelnden Bernd, welcher eine Zeitlang im Rollstuhl verbrachte. Es war erschütternd für Alfred. Er hätte sein Leben dafür hingegeben, wenn Bernd wieder ganz der Alte sein könnte.

»Was singst du denn da, Alfred?«, meinte Catherine.

»Es ist Baby Blue von den Amigos, es hilft mir, von dieser Welt abzutreten.«

»So, so, Baby Blue von den Amigos, doch, das gefällt mir. Wir sollten es alle singen, laut, so als letztes Aufbäumen vor dem Untergang.«

»Herbert, du kannst meine Hand wieder loslassen, denn sie ist mittlerweile eingeschlafen«, bat Elvira B. nachdrücklich.

»Hast du noch einen zweiten Vornamen, Elvira?«, fragte Herbert in die zerreißende Stille hinein.

»Was spielt denn das noch für eine Rolle, Herbert. Monika, mein zweiter Vorname ist Monika.«

»Das ist ein schöner Name. Monika«, wiederholte Herbert mehrmals.

»Es ist abgeleitet von Harmonika.«

»Das wusste ich nicht«, entgegnete Herbert.

»Mein zweiter Vorname ist Karl-Friederich«, sagte Martin P., welcher im Halbschlaf das Gespräch mitverfolgt hatte.

»Auch ein schöner Name, vielleicht etwas bieder«, meinte Herbert tröstlich.

»Elvira, wir sind jetzt seit Stunden manuell geflogen, eine Möglichkeit besteht noch, erneut auf den Autopiloten umzuschalten. Ein letzter Versuch, das Unglück noch abwenden zu können«, sagte Herbert.

Elvira B. beugte sich vor und betätigte die Taste langsam und mit einer gewissen Andacht. Ein kurzer Ruck erschütterte das Flugzeug und dieses Mal drehte der Höhenanzeiger in die Gegenrichtung.

»Wir haben es geschafft, wir gewinnen wieder an Höhe. Herbert, Sie sind ein Teufelskerl.«

Ein Jubel sondergleichen folgte. Sogar Martin P. erhob sich ein wenig und lachte beinahe hysterisch. Mit vereinten Kräften stellten sie ihn auf und stützten ihn, denn er war noch zu schwach, um selbstständig stehen zu können.

Elvira B. weinte hemmungslos und ließ ihren Gefühlen freien Lauf.

»Es erinnert mich an Folge 9 von ›Mayday in den Wolken‹, auch da konnten sie das Flugzeug nach einem Sturzflug wieder auffangen«, meinte Alfred lachend.

»Es waren sicher Japaner, oder doch Vietnamesen ohne Bärte«, witzelte Martin B. bereits wieder.

Noch bevor sie sicher landen konnten, wurde von außen die Cockpit-Türe aufgerissen. Ein Mann in einer Arbeitskleidung stand auf einer Plattform und blickte in das Innere des Cockpits.

»Die Zeit ist um, meine Damen und Herren, Sie haben den Flugsimulator nur zwei Stunden gemietet. Ich muss Sie bitten, das Cockpit nun zu verlassen. Wir haben noch zwei weitere angehende Piloten, welche den Flugsimulator nutzen wollen, um die Boeing 787 endlich in den Griff kriegen zu können.«

»Was meint ihr? Irgendwie werden diese Simulatoren immer authentischer. Man hat beinahe das Gefühl, man sitze in einem echten Flugzeug«, meinte Alfred zu den anderen Teilnehmern.

»Für Martin möglicherweise zu authentisch. Aber unser Martin hatte schon immer ein Faible für das Dramatische. Was meint ihr, wollen wir uns nächste Woche wieder treffen? Ich schlage vor, dass wir uns dann einen Airbus 380 vornehmen, das wäre doch eine echte Herausforderung«, sagte Herbert, wobei aber Udo darauf bestand, nicht noch einmal den Toten spielen zu müssen.

Die Entführung

Die schweren bordeauxfarbenen Vorhänge bewegten sich nur zaghaft im Wind, als Charles die Terrassentüre einen Spalt öffnete. Der Blick des Mitte fünfzigjährigen Butlers schweifte über den mit Blättern bedeckten Vorplatz und blieb an dem mit Efeu behangenen Eingangstor haften. Eine zäh wirkende Dunkelheit ließ die Schatten, welche die beiden gusseisernen Laternen erzeugten, durch ihr Flackern beinahe gespenstisch erscheinen. Charles konnte sich mit dieser Jahreszeit nie wirklich anfreunden, denn das frühe Eindunkeln schlug ihm auf das Gemüt, und außerdem litt er an rheumatischen Beschwerden, was auf Grund der Feuchtigkeit noch zusätzlich befeuert wurde, auch wenn es, wie seit einigen Tagen, nicht geregnet hatte. Obwohl er des Öfteren von Schmerzen geplagt wurde, versuchte er dennoch im Beisein seiner Herrschaft die perfekte Haltung eines Butlers beizubehalten, obwohl der Hausherr, Sir Archibald Everton, keinen besonderen Wert auf diese Form von Etikette legte, vor allem dann nicht, wenn sie unter sich waren.

Archibald Everton stammte ursprünglich aus einer gutbürgerlichen Familie, wobei nur sein Onkel, welcher in Dublin einige Liegenschaften besaß, es zu einem beachtlichen Reichtum gebracht hatte, aber in seinem sechzigsten Lebensjahr einem Mordanschlag zum Opfer fiel. Lange Zeit kursierten auch Gerüchte, er habe sich an Waffenlieferungen an die IRA beteiligt, was scheinbar zusätzlich noch sein Vermögen vermehrte. Allerdings konnte man ihm eine solche Beteiligung zu keinem Zeitpunkt nachweisen, obwohl der Geheimdienst aus diesen Verdachtsgründen heraus eine Sonderkommission gegründet hatte. Archibald erbte zusammen mit seinen beiden Schwestern das Vermögen im Wert von 600 000 Pfund. Dass er sich von da an Sir Archibald Everton nannte, lag nicht daran, dass er geadelt wurde, auch war Archibald nicht sein richtiger Name, den er sich angeeignet hatte, denn nach seinen eigenen Aussagen passte Stanley nicht zu seiner durch Reichtum erworbenen gesellschaftlichen Stellung.

»Charles, bitte schließen Sie die Türe, Sie wissen doch, dass Madame die kühle Nachtluft auf Grund ihrer hartnäckigen Erkältung nicht erträgt. Sie wird sich demnächst zu uns gesellen, denn die Gästeliste für das bevorstehende Bankett kann und möchte ich ich nicht selbstständig erstellen, obwohl meine holde Gattin sicherlich wieder Leute einladen möchte, welche an der Erfindung der Langeweile beteiligt gewesen sein mussten. Was wollten Sie sagen, Charles?«

»Nichts, ich habe mich nur geräuspert«, antwortete Charles, während er die

Türe wieder zuschloss und anschließend an dem Vorhang herumzupfte, als wolle er den Faltenwurf glätten.

»Ich werde es nie begreifen, warum ein Geistlicher stets an solchen Festivitäten anwesend sein muss, obwohl wir beide der Kirche bereits vor Jahren schon abgeschworen haben.«

»Wenn ich mir die Bemerkung erlauben darf, erst die Anwesenheit eines Pfarrers gibt einer solchen Gesellschaft einen offiziellen Rahmen und wird außerdem allgemein erwartet«, meinte Charles, während er sich hinter den kleinen Wagen stellte, auf dem die Spirituosen in reichlicher Auswahl bereitstanden.

»Wenn Sie gerade beim Wagen stehen, so könnten Sie mir einen kleinen Cognac einschenken, Charles«, bemerkte Archibald.

»Ich komme nicht darum hin, Sie auf die Empfehlung Ihres Arztes hinzuweisen, welcher Ihnen den Genuss geistiger Getränke strikt untersagt hat, Sir.«

»Ach, mit diesen Quacksalbern ist es immer dasselbe, sie bringen einen mit ihren Vorschriften um die schönsten Genüsse und verlangen dabei Honorare, welche meinen Blutdruck in die Höhe schnellen lässt. Nun machen Sie schon, Charles, einen kleinen im Schwenker. Nehmen Sie sich ruhig auch einen, Charles, es wird Ihnen guttun, Sie haben ja wieder eine Haltung, als hätten Sie einen Kleiderbügel verschluckt«, meinte Archibald, als er bereits das Glas in seinen Händen hielt.

»Nein, niemals, Sir, ich neige bei der Einnahme von alkoholischen Getränken zu einer unkontrollierten Geselligkeit, wenn ich mir diese Bemerkung erlauben darf.«

»Sie dürfen Charles«, erwiderte Archibald und nippte genussvoll an dem starken Getränk. »Wie lange sind Sie jetzt schon bei uns, Charles?«

»Diesen November werden es sieben Jahre. Warum fragen Sie mich, Sir, spielen Sie mit dem Gedanken, in Zukunft auf meine Dienste verzichten zu wollen?«

»Nein, wo denken Sie hin, Charles«, erwiderte Archibald, welcher diese Frage nur stellte, um eine eher belanglose Konversation führen zu können. Er hätte sich ebenso nach dem Wetter des kommenden Wochenendes erkundigen können.

»Soll ich noch ein paar Scheite nachlegen, Sir?«

Wahrlich hatte Archibald, obwohl er in seinem Sessel nahe des Kamins saß, nicht bemerkt, dass nur noch kleine züngelnde Flammen ihren Schein auf die gemauerten Ziegelsteine warfen.

»Doch. ich bitte darum, Charles«, antwortete Archibald, während er mehr aus einem Reflex heraus seine Hände aneinander rieb.

Kurz darauf war ein Knistern, begleitet von herumfliegenden Gluten, wahrzunehmen. Wortlos blickten die beiden Männer in das bereits lodernde, neu entfachte Feuer hinein und folgten in einer entspannten Schweigsamkeit ihren Gedanken.

Begleitet von einem Knarren, öffnete sich die schwere Eichentüre, welche in den Salon führte, und mit leichten Schritten näherte sich die in einen bequemen Freizeitanzug gekleidete Madame den beiden.

»Guten Abend, Charles«, ertönte eine Stimme, welche so gar nicht zu ihrer lieblichen Erscheinung passte, denn sie war rau und wirkte etwas hölzern.

»Darf ich Ihnen auch einen Drink eingießen, Madame?«, fragte Charles aufmerksam und nahm wieder diese standesgemäße Haltung ein.

»Was trinkst du, mein Schatz?«, richtete sie sich an Archibald, und ohne dessen Antwort abzuwarten, meinte sie: »Ich nehme das Gleiche, Charles.«

»Hast du dir bereits Gedanken bezüglich unserer Gästeliste gemacht, Liebling?«, fragte sie und setzte sich dabei auf das Klavierbänklein, welches unmittelbar neben dem großen Ohrensessel stand. Selbstverständlich zierte ein Steinway-Flügel den großzügigen Salon, obwohl niemand im Hause Klavier spielen konnte. Marlene musste ihn regelmäßig abstauben, denn der glänzende Klavierlack hatte die Eigenschaft, jedes Stäubchen sichtbar erscheinen zu lassen.

»Deine beiden Schwestern müssen wir einladen, ebenso den Pfarrer und die Carltons mit ihrem missratenen Sohn sowie Ernest und Catherin und nicht zu vergessen Peter Maverick.«

»Aber dann müssen wir Sue und Anthony ebenso einladen, denn die kennen sich doch alle untereinander«, fuhr er dazwischen. »Und deine Freundin?«

»Ach ja, Ellen, die hätte ich beinahe vergessen«, meinte Madame und machte dabei eine theatralische Bewegung, welche an einen kurzen Auszug aus dem Ballett von Schwanensee erinnerte. Tatsächlich war Mathilda Everton früher eine Balletttänzerin gewesen, aber leider nur mit einer mittleren Begabung im Ensemble des College-Theaters in der Abschlussklasse. Im Laufe der Pubertät hatte sie sich dann einige Kilos angefuttert, sodass an eine Karriere als Balletttänzerin nicht mehr zu denken war. Mathilda vervollständigte ihre Liste und schob sie in das oberste Fach des kleinen Sekretärs, welcher nahe des Durchgangs zum Esszimmer stand.

»Mir ist etwas kühl, Archi, könntest du mir nicht meinen Seidenschal aus dem Schlafzimmer holen, er sollte auf meinem Toilettentisch liegen?«

»Mein Name ist übrigens Archibald, Archi beinhaltet so etwas Verwerfliches, ich habe es dir schon des Öfteren gesagt, mein Liebes.«

»Na gut, dann eben Archibald«, meinte sie lächelnd.

Erst als sich Archibald schon vor dem Schlafzimmer von Madame befand, dachte er darüber nach, dass man auch das Dienstmädchen hätte damit beauftragen können.

»Willst du mir nicht einen Kuss geben, Charles, jetzt da wir unter uns sind?«, meinte Mathilda und nahm eine verführerische Pose ein.

Für einen Augenblick war die sonst eher stramme Haltung bei Charles verflogen und beinahe leger tänzelnd näherte er sich Mathilda, legte seinen Arm um sie und küsste sie leidenschaftlich.«

»Vorsicht, Charles, Archibald kann jeden Moment zurückkommen«, meinte Mathilda und löste sich beinahe ruckartig aus seiner Umarmung.

»Aber wir lieben uns doch, ich werde ihm meine Liebe zu dir gestehen müssen. Er wird früher oder später darüber hinwegkommen, Mathilda.«

»Du scheinst zu vergessen, dass wir uns ein Leben ohne ihn gar nicht leisten können, wenn er allerdings tot wäre, dann würden sich unsere finanziellen Probleme lösen lassen. Mein Pflichtanteil wäre mir in einem solchen Fall sicher, und alleine dieser würde reichen, um ein sorgenfreies Leben führen zu können. Selbstverständlich würde ich dich niemals darum bitten, ihn für immer verschwinden zu lassen, auch wenn es die einzige Lösung für uns beide wäre.«

»Nein, das könnte ich wirklich nicht«, entgegnete Charles in einer gespielten Selbstsicherheit.«

»Dann werde ich es tun müssen, ich kann so mit diesem Versteckspiel nicht weiterleben, Charles.«

Kaum war es ausgesprochen, öffnete sich die Türe und Archibald näherte sich Mathilda mit den Worten: »Ich habe den besagten Schal nicht gefunden.«

»Ach entschuldige, Archi, er liegt ja da drüben auf der Kommode, ich muss ihn übersehen haben.«

»Wünschen Sie noch etwas, Madame?«, fragte Charles, welcher wieder seine Butlerhaltung eingenommen hatte.

»Nein, das ist alles, Charles, Sie können sich entfernen«, erwiderte Mathilda stoisch.

»Wir können froh sein, dass wir Charles haben, einen besseren Butler könnte man sich nicht vorstellen, zuvorkommend und er sieht dazu noch blendend aus«, meinte Archibald, während er einige Schritte im Zimmer auf und ab ging und dabei in das lodernde Feuer blickte.

Eher beiläufig murmelte Mathilda: »Ja, doch, ich achte weniger auf das Aussehen unserer Bediensteten.«

Die darauf folgende Schweigsamkeit wurde durch ein intensives Klopfen an die Terrassentüre unterbrochen. Archibald zog in einem Ruck den Vorhang zur Seite und blickte geradewegs in das Gesicht der erwartungsvoll wartenden Frau.

»Ah, du bist es, Elisabeth«, war seine kurze Begrüßung, als er die Türe einen großzügigen Spalt geöffnet hatte.

»Ich kam durch den Garten und sah das dumpfe Licht eures Kronleuchters durch die Vorhänge scheinen.«

»Dich haben wir nun wirklich nicht erwartet, komm doch herein, Elisabeth.«

»Guten Abend, Mathilda«, sagte sie knapp und zündete sich dabei eine dieser schlanken Damenzigaretten an.

»Ich werde euch alleine lassen, ich möchte mich vor dem Nachtessen noch etwas frisch machen«, sagte Mathilda und zog sich in dezenter Weise zurück.

»Na Bruderherz, wie geht es dir?«, meinte sie salopp und ließ sich dabei in den großen Sessel fallen.

»Ich kann nicht klagen«, erwiderte er und versuchte, sich nicht anmerken zu lassen, dass ihn tatsächlich ein Problem beschäftigte.

»Du konntest dich schon früher nicht verstellen, rück schon raus damit, was beschäftigt dich, Archibald?«

»Ich glaube, Mathilda betrügt mich.«

»Das kann ich mir wirklich nicht vorstellen, wen hast du in Verdacht?«

»Das möchte ich nicht sagen«, hielt sich Archibald mit der Antwort zurück.

»Sag nicht, es ist der schöne Charles, euer Butler, welcher mir bei meinem letzten Besuch bei euch ebenso schöne Augen gemacht hatte, das kann doch nicht wahr sein.«

»Doch es ist wahr, ich hatte nur noch nicht den Mut, ihn darauf anzusprechen.«

»Was gedenkst du zu tun, Archibald?«

»Ich werde niemals in eine Scheidung einwilligen, vorher noch werde ich meinem Leben ein Ende setzen«, gab er niedergeschlagen zurück.

»Aber ich bitte dich, erst nach dem jährlichen Bankett, falls ich dieses Jahr auch wieder eingeladen bin.«

»Selbstverständlich, Elisabeth, wir haben gerade vorhin die Gästeliste zusammengestellt.«

»Was ist übrigens der Grund deines unerwarteten Besuches, Elisabeth.«

»Ich wollte dich darum bitten, einen weiteren Namen auf deiner Liste zu vermerken. Es handelt sich um einen gewissen Herbert von Willensdorf, man könnte ihn auch als meinen neuen Freund bezeichnen. Er ist ein angesehener Kriminalist, du hast doch sicher schon von ihm gehört, Archibald?«

»Nein, von Willensdorf ist mir nicht geläufig, aber wenn dir so viel daran liegt, so habe ich selbstverständlich nichts dagegen. Ich hoffe nur nicht, dass er seine kriminalistischen Fähigkeiten unter Beweis stellen muss«, fügte Archibald bei. »Möchtest du mit uns zu Abend essen, du bist selbstverständlich herzlich dazu eingeladen?«

Im selben Moment betrat Marlene das Zimmer und gab unmissverständlich zu verstehen, dass das Nachtessen soeben im Esszimmer aufgetischt wurde. Dem Geruch folgend, betraten die beiden daraufhin das Esszimmer und setzten sich an die gedeckte Tafel.

»Wo bleibt Madame?«, fragte Archibald den Butler, als dieser bereits dabei war, die Deckel von den Porzellanschalen zu entfernen.

»Marlene, bitte melde Madame, dass das Essen serviert ist«, ordnete Archibald an, war aber nicht sonderlich erstaunt, denn Mathilda verspätete sich des Öfteren, sei es zum Essen oder bei anderen gesellschaftlichen Anlässen.

»Ich eile«, erwiderte Marlene und huschte davon.

»Warum so eilig, Marlene, ich bin ja schon da«, sagte Mathilda, als sie dem Dienstmädchen am Treppenabsatz begegnete und beinahe mit ihr zusammenstieß.

Die knusprig gebratene Ente schmeckte vorzüglich, was auf Grund der Ruhe bei Tisch deutlich zu erkennen war.

»Darf ich Ihnen ein weiteres Glas Rotwein einschenken, Sir?«, fragte Charles, während er die auserwählte Flasche Baron de Rothschild bereits in seinen erfahrenen Händen hielt.

Die bürgerliche Herkunft Archibalds zeigte sich durch kleine Gegebenheiten, denn ein wirklicher Sir würde sein Glas dem Butler niemals hinreichen.

»Hast du gewusst, Mathilda, dass Elisabeth einen neuen Freund hat?«

»Müsste ich es denn wissen?«, wehrte Mathilda etwas schnippisch ab.

»Einen gewissen Herbert von Willensdorf, ein Kriminalist, wie mir Elisabeth berichtete. Ich habe ihn ebenfalls zu unserem Bankett eingeladen, du hast doch nichts dagegen, Mathilda? Er könnte an Stelle des Geistlichen kommen«, fuhr Archibald fort.

»Nein, der Pfarrer bleibt, wenigstens einer, welcher eine gewisse Würde ausstrahlt.«

»Nach seinem dritten Cherry blieb aber von seiner Würde nicht mehr viel übrig, außerdem hatte ich immer den Eindruck, dass er vermutlich den ganzen Abend unter Drogen stand. Es wäre nicht der Erste, welcher der göttlichen Eingebung mit irgendwelchen Substanzen auf die Sprünge zu helfen versuchte«, stellte Archibald kritisch fest.

»Ach, was erzählst denn du schon wieder! Pfarrer Padington ist eine Zierde seines Berufstandes«, mischte sich Mathilda ein.

»Sagtet ihr Padington, Pfarrer Padington?«, fuhr Elisabeth dazwischen.

»Wieso, kennst du ihn, Elisabeth? Ach ja, du warst ja letztes Jahr zur Zeit unseres jährlichen Banketts in Amerika, du kannst ihn ja gar nicht kennen«, meinte Archibald.

»Ich kann mich täuschen, aber der Name sagt mir was, dessen bin ich mir sicher«, antwortete Elisabeth eher nebensächlich.

»Möglicherweise ist er auch Pfarrer im Nebenberuf, jedenfalls ist er nicht von unserer Gemeinde. Ich weiß auch nicht mehr, wie wir auf ihn gestoßen sind, möglicherweise durch eine Empfehlung unserer Gäste, genau, die Carltons hatten uns nahegelegt, diesen Pfarrer mit einzuladen.«

»Sie hatten behauptet, dass Padington sie getraut hätte, dabei sind sie gar nicht verheiratet«, sagte Mathilda.

»Dann ist ihr Sohn Freddy ja unehelich, jetzt wird mir alles klar, warum dieser Bengel so missraten ist«, gab Archi dazwischen.

»Ach, was erzählst du denn da für abwegige Ansichten über pädagogische Zusammenhänge unverheirateter Paare und deren Einfluss auf die Erziehung von Jugendlichen«, meinte Mathilda streng.

»Du hattest ja Glück gehabt, Archibald, dich hatte man nicht in dieses Erziehungsheim abgeschoben, du warst privilegiert, bei unseren Eltern aufwachsen zu können«, sagte Elisabeth dazwischen.

»Was kann ich dafür, dass sich unser Vater ausschließlich männliche Stammhalter gewünscht hatte, und außerdem war er als Alleinerziehender mit mir schon maßlos überfordert.«

»Charles, würden Sie mir auch noch nachschenken. Irgendwie habe ich das Gefühl, dass Sie heute nicht ganz bei der Sache sind, Ihre Aufmerksamkeit lässt zu wünschen übrig«, stellte Elisabeth fest. Obwohl sie bisher nur einige Male im Hause Everton zu Gast war, nahm sie sich heraus, den Butler zu kritisieren.

»Ich bitte Sie, meine Unachtsamkeit zu entschuldigen, Miss Everton, es wird nicht mehr vorkommen.«

»Erzähl uns doch etwas über deinen neuen Freund, wie heißt er doch nochmal?«, unterbrach Mathilda.

»Von Willensdorf, Herbert von Willensdorf. Ich habe ihn auf einer Nilschifffahrt kennengelernt. Er ist in Luxor zugestiegen und hatte alleine durch sein Auftreten einen enormen Eindruck bei mir hinterlassen.«

»Er war wohl der einzige potenzielle Junggeselle auf diesem Nildampfer?«, gab Mathilda dazwischen.«

»Er wirkte so gar nicht wie ein Tourist, eher wie ein Archäologe. Dass er ein nicht unbekannter Kriminalist ist, hatte ich später erfahren, als wir uns etwas näherkamen.«

»Eine Geschichte wie aus einem Dreigroschenroman«, gab Archi schmunzelnd dazu.

»Ihr wollt mir ja nur wieder einmal mehr meine neue Errungenschaft vermiesen, aber es wird euch nicht gelingen, denn dieses Mal ist es etwas Ernstes«, entgegnete Elisabeth beleidigt.

»Habt ihr denn schon von Heirat gesprochen?«, meinte Mathilda mit einem gewissen Anflug von Neid.

»Wo denkst du hin, Herbert ist kein Mann zum Heiraten. Er ist ein Weltreisender mit einem vollen Terminkalender, denn seine Vorträge über Kriminologie aus psychologischer Sicht, wie er sagt, sind weltweit gefragt.«

»Dann können wir uns beinahe glücklich schätzen, ihn bei uns begrüßen zu dürfen«, stellte Archi fest.

»Außerdem ist mein Herbert ein erfolgreicher Schriftsteller obendrein und figuriert zurzeit in den Bestsellerlisten.«

»Da hast du ja eine gute Partie gemacht mit deinem Herbert, das muss ich neidlos anerkennen«, meinte Mathilda dennoch von Neid zerfressen, wenn sie daran dachte, dass ihr Archibald, seit sie ihn kannte, eigentlich gar nichts zu Stande brachte. Ein langweiliger Neureicher ohne Ambitionen.

Charles verfolgte das Gespräch der Herrschaften aus seiner Position, neben der Türe stehend, heraus, und nur ab und zu erhob er seinen Blick, welcher abwechselnd an Mathilda und Elisabeth haften blieb.

»Könntest du deine stinkende Zigarre nicht draußen auf der Terrasse rauchen?«, fragte Mathilda mit einem befehligenden Unterton, doch als hätte er nichts dergleichen gehört, zündete er genussvoll seine Cohiba Siglo an.

»Haben Sie die Einladungen bereits abgeschickt, Charles?«, wollte Mathilda wissen.

»Ja Madame, Marlene hat sie bereits vor einer Stunde eingeworfen.«

»Dann sollte es zeitlich reichen, wenn in einer Woche das Fest stattfindet«, sagte Mathilda und wirkte dabei abwesend, denn es waren Hunderte andere Dinge, an die es zu denken galt, um diesem jährlichen Treffen ein weiteres Mal zu einem Erfolg verhelfen zu können.

Die folgenden Tage und Nächte waren ereignislos. Das Anwesen zeigte sich in einem düsteren Grau, und der Bodennebel dieser Jahreszeit wirkte undurchdringlich.

Archibald versuchte seine Eifersucht durch längere Spaziergänge im großzügigen Garten, welcher sich bis zu dem kleinen Bächlein erstreckte, zu zügeln. Er konnte sich immer noch nicht überwinden, die vermutete Beziehung zwischen seiner Frau und dem Butler anzusprechen, denn er verabscheute Veränderungen, und zudem war er äußerst introvertiert.

Die Abende saß er des Öfteren am großen Kamin und blickte geistesabwesend in das lodernde Feuer, wobei sich der Rauch des Feuers mit demjenigen seiner teuren Zigarren vermischte. Nur gelegentlich unterbrach die eintretende Marlene die einsamen Abende und erkundigte sich bei ihm nach etwaigen Wünschen.

»Sie können mir noch einen Whisky einschenken, Marlene, und einen Korb Anfeuerungsholz könnten Sie auch noch holen.«

Marlene wartete auf den kommenden Samstag, denn die eintönige Ruhe schlug zusehends auf ihre Stimmung.

»Wo ist Charles, ist er oben bei meiner Frau?«, fragte Archibald beinahe aus dem Nichts heraus. Diese Frage einer Bediensteten zu stellen, erschreckte ihn selbst und war nicht seine Absicht, sondern war eher das Resultat eines unbedachten Reflexes.

»Ich habe Charles seit heute Morgen nicht mehr gesehen, und weder die Köchin noch Madame haben mitbekommen, wann er das Haus verlassen hat.«

»Aber Madame ist oben?«, wollte er von Marlene wissen.

»Gewiss, sie ist in ihrem Zimmer und beschäftigt sich mit dem neuesten Kriminalroman von diesem Herbert von Willensdorf, scheinbar hat sie sich in der Zwischenzeit eine Ausgabe dieses Erfolgsromans besorgt, vermutlich auch deshalb, weil es der Freund Ihrer Schwester geschrieben hatte. Obwohl Madame sonst nie irgendwelche Bücher liest, tut sie es vermutlich aus reiner Neugierde. Soll ich sie rufen, Herr Everton?«

»Nein, lassen Sie sie, aber bitte melden Sie es mir, wenn Charles zurückkommen sollte.«

Die Betonung auf »zurückkommen sollte« hörte sich an, als vermute Archibald, dass Charles nie mehr zurückkommen würde.

»Bitte, Marlene, setzen Sie sich doch für einen Moment zu mir, ich möchte mich ein wenig mit Ihnen unterhalten.«

»Sehr wohl«, erwiderte Marlene und setzte sich etwas entfernt auf die ausladende Brüstung des Kamins.

Er wusste nicht, wie er in das Gespräch einsteigen könnte, und so begann er mit Banalitäten, wie zum Beispiel, ob ihr die Arbeit gefallen würde und dergleichen.

»Sie haben sicherlich auch bemerkt, dass Madame sich zu Charles hingezogen fühlt und, wie ich vermute, des Öfteren die Nächte mit Madame in ihrem Zimmer verbrachte. Haben Sie etwas in dieser Richtung feststellen können, Marlene, oder entspringt es nur meiner Einbildung?«

Das erste Mal hatte Marlene das Gefühl, in eine vertrauliche Beziehung zu Everton hineingezogen zu werden, und antwortete spontan mit: »Natürlich blieb auch mir nicht verborgen, dass Madame die Nähe zu Charles gesucht hat, dennoch kann ich nicht bestätigen, dass die beiden die Nächte miteinander verbracht haben. Womöglich war die Angst des Entdecktwerdens größer als die Sehnsucht zueinander. Gesetzt den Fall, Charles bliebe verschwunden, so müsste man annehmen, dass Sie dem Verschwinden von Charles maßgeblich nachgeholfen hätten.«

»Und was denken Sie, Marlene?«

»Ich werde es nicht wagen, mir diesbezüglich eine Meinung zu bilden, anderseits mutet es äußerst seltsam an, dass der Wintermantel von Charles auf seinem Bett liegt und man nicht davon ausgehen kann, dass er bei diesen Temperaturen ohne diesen das Haus verlassen hätte, außerdem hätte ich es mitbekommen müssen, wenn ein Wagen ihn abgeholt hätte. In Anbetracht dieser Tatsachen drängt es sich auf, das Verschwinden von Charles nicht an die große Glocke zu hängen. Was meinen Sie dazu, Herr Everton?«

»Ich sehe schon, Sie verstehen mich, Marlene, und ich weiß Ihre ausgesprochene Loyalität zu schätzen.«

»Solange Madame von uns nicht erfährt, dass er gänzlich ohne Gepäck verschwunden ist, so muss auch sie davon ausgehen, dass er seine Anstellung mit sofortiger Wirkung beendet hat«, sagte Marlene einfühlsam.

»Ohne ihn werden wir aber das Bankett kaum durchführen können. Bitte erinnern Sie mich daran, Marlene, dass ich bei der Arbeitsvermittlung anrufe.«

»Es drängt sich die Vermutung auf, dass Sie davon ausgehen, dass Charles, sagen wir, verschollen bleibt«, meinte sie mit einem sarkastischen Unterton, während sie den Salon Richtung Esszimmer verließ.

Mathilda hatte sich mit dem Verschwinden von Charles erstaunlich schnell abgefunden und gab sich mit der Tatsache einer fristlosen Aufgabe dieser Anstellung zufrieden, denn sie hatte schon längere Zeit den Eindruck, dass Charles unter diesem unsäglichen Verhältnis dieser Dreiecksbeziehung litt und sich zusehends verändert hatte. Selbstverständlich hatte dieser plötzliche Bruch keinerlei Einfluss auf die Beziehung zu Archibald, welche außer einer gespielten Höflichkeit keinerlei Leidenschaft in sich trug.

Morgens um zehn Uhr herrschte im Hause Everton bereits ein geschäftiges Treiben, denn im Laufe des Nachmittags sollten bereits die ersten Gäste eintreffen. Marlene hatte Unterstützung von zwei Dienstmädchen, denn der große Tisch musste vorbereitet werden und das Buffet mit den unzähligen Apéro-Häppchen brauchte Stunden für dessen Zubereitung. Der ganze Ablauf wurde von Mathilda überwacht, wobei sie aber weniger Einfluss darauf nehmen konnte, als sie ursprünglich erwartet hatte. Nur ab und zu erschien Archibald im Salon, aber nur, weil er es vor lauter Nervosität oben nicht mehr ausgehalten hatte, denn es war sehr selten, dass sie Gäste hatten. In den letzten Tagen kreisten seine Gedanken hin und wieder um die Tatsache, dass sich niemand, weder Familie noch Freunde, nach Charles erkundigten, welches im Falle einer Vermisstenmeldung den Besuch der Polizei nach sich gezogen hätte. Auch hatten er und Marlene in dieser Angelegenheit kein Wort mehr zusammen gewechselt, was Archi auch nicht mehr in die unangenehme Situation brachte, er hätte mit dem Verschwinden von Charles etwas zu tun.

Es hatte bereits eingedunkelt, als Archibald, auf der Terrasse stehend, die ersten Gäste ankommen sah. Die Scheinwerfer eines cremefarbenen Rovers quälten sich durch die nebelverhangene Einfahrt. Er konnte dieses Fahrzeug niemandem zuordnen. Erst als der Wagen vor dem Haupteingang zu stehen kam und die Insassen ausgestiegen waren, erkannte Archi, dass es sich um Sue und Anthony handelte. Ein überdimensionaler Hut, welchen Sue mit beiden Händen festhalten musste, verlieh ihr eine gewisse gesellschaftliche Note, obwohl der aufkommende Sturm eine passendere Kopfbedeckung erfordert hätte. Kaum hatten sie das Haus betreten, setzte auch schon ein monsunartiger Regen, begleitet von Sturmböen, ein. Archibald stellte sich daraufhin nahe der Terrassentüre auf, um nicht dem aufspritzenden Regen ausgesetzt zu werden. Murmelnde, unverständliche Stimmen drangen zu ihm nach oben, doch er blieb oben, denn er genoss die Ruhe vor dem Sturm und das Naturschauspiel, welches sich zusehends zu steigern vermochte.

»Archibald, die ersten Gäste sind angekommen«, ertönte die Stimme von Mathilda, worauf er sich nicht länger zieren konnte.

Sue war eine zierliche, schnippische, etwa 58-Jährige mit kurzen blonden

Haaren und trug ein bernsteinfarbenes Kleid, welches eher zu einer Jüngeren gepasst hätte, denn überall waren verschiedenfarbige Pailletten befestigt, dieselben, welche in den Siebzigern von den Hippies getragen wurden. Anthony verkörperte den Aristokraten im dunkelblauen Veston und erinnerte an jene exzentrischen Milliardäre der Zeit nach der Wirtschaftskrise. Sein ganzes Auftreten war einstudiert und man würde Tage brauchen, seinen wirklichen Charakter entschlüsseln zu können. Eines der Dienstmädchen führte die beiden in den Salon, in dem ihnen bereits Getränke gereicht wurden. Bereits folgten die nächsten Gäste. Es waren die Carltons mit ihrem Sohn, welchem der Schalk in provozierender Weise im Gesicht stand, obwohl seit dem letzten Treffen bereits ein Jahr in das Land gezogen war. Im Schlepptau folgte, etwas unsicher wirkend, Pfarrer Padington in einem tiefschwarzen Anzug und einer weißen Halskrause, welche ihn als Geistlichen erkennen ließ. In der Hand trug er einen Rosenkranz aus kleinen Elfenbeinperlen, welche durch Onyx-Steine voneinander getrennt waren. Die Carltons wirkten langweilig, langweilige Blicke und langweilige Gespräche über langweilige Ereignisse. Während sich die Carltons nach alkoholischen Getränken umsahen, möglicherweise um den möglichen Zenit der Langeweile abwenden zu können, hielt sich der Pfarrer an die vorbereiteten Karaffen mit Sodawasser und trank in einer Weise, als wolle er seine sichtliche Nervosität mit Wasser beruhigen. Zwischendurch schlüpfte er durch die Terrassentüre und zündete sich mit zittrigen Händen eine Zigarette an.

Marlene öffnete die Haustüre, denn Peter Maverick klopfte intensiv an, denn er hatte keinen Regenschutz, um den fortwährenden Regenschauer abhalten zu können. Peter Maverick war ein langjähriger Freund von Archibald zu jener Zeit, als Archi noch nicht verheiratet war und in Helsinki lebte. Eigentlich ein guter Freund, obwohl sich Archi nicht mehr daran erinnern konnte, bei welcher Gelegenheit sie sich kennengelernt hatten. Peter war stets zu Scherzen aufgelegt, was mitunter der Grund war, ihn anderen vorzuziehen.

»Kennst du den von der Nonne und dem Elefanten?«, waren dann auch seine Begrüßungsworte gegenüber Archi, welcher aber dezent zu dem Pfarrer hinüberzeigte, worauf Peter auf die Fortsetzung seines Witzes verzichtete.

Ernest und Catherine hatten die Gastgeber auf einer Zugreise durch Usbekistan kennengelernt, worauf sich im Laufe des Gesprächs herausstellte, dass diese beiden ein Restaurant führten, welches nur einige Kilometer entfernt der Evertons lag. Sie versuchten mit Bed-and-Breakfast-Gästen mehr oder weniger über die Runden zu kommen.

»Das freut mich außerordentlich, dass ihr zu uns gefunden habt«, meinte Archi und ließ es beinahe als eine Floskel erscheinen. »Mathilda, Ernest und Catherine sind da«, er winkte Mathilda zu, doch diese war in eine Diskussion verstrickt und winkte nur kurz zu ihnen hinüber.

»Ich kann es dir nicht beschreiben, aber irgendwie habe ich ein ungutes Gefühl«, sagte ich zu Elisabeth, als wir uns im Taxi durch den peitschenden Regen hindurch dem Haus näherten.

»Ach Liebling, du bist unverbesserlich, überall witterst du Verbrechen. Wir gehen jetzt einfach da hinein und verbringen einen schönen Abend unter Freunden.«

Nahe des Eingangs brachte der Fahrer das Fahrzeug zum Stehen, nahe genug, um nicht durchnässt zu werden. Unter dem Vordach stehend, betätigten wir die Glocke, worauf eines der Dienstmädchen kurz darauf öffnete. Lautes Stimmengewirr ertönte aus dem Salon, wobei die Frauenstimmen wie üblich dominierten. Noch bevor wir abgelegt hatten, stand Mathilda bei der Türe zum Salon und versuchte, sich von mir einen ersten, womöglich alles entscheidenden Eindruck zu machen.

»Sie sind also dieser viel gerühmte Herbert von Willensdorf, darf ich Herbert zu Ihnen sagen?«

»Selbstverständlich, schließlich sind wir eine Familie, auch wenn ich von meiner neuen Familie bisher noch niemand kennengelernt habe«, fügte ich galant hinzu.

Mit einem kurzen »Hallo Elisabeth!« beendete sie das kurze Begrüßungsritual.

»Ich möchte Sie den anderen Gästen vorstellen, Herbert.«

Kurz entschlossen hängte sie sich bei mir ein und führte mich in den Salon.

»Meine Lieben, seid doch für einen kurzen Moment still, ich möchte euch Herbert von Willensdorf vorstellen.«

Nur kurz schauten alle auf, vertieften sich aber sogleich wieder in ihre angeregten Gespräche.

»Ist meine Schwester schon hier?«, richtete sich Elisabeth an Mathilda.

»Ja, ist kurz vor euch angekommen. Sie steht dort hinten bei Peter Maverick. Scheinbar hat sie ein geeignetes Opfer gefunden, um sich wieder einmal über den sagenhaften Fluch der Pharaonen unterhalten zu können.«

»Scheinbar«, so Elisabeth, »ist es zurzeit ihr großes Thema, welches sie bis in das kleinste Detail ausschmücken kann. Ihre Informationen stammten hauptsächlich aus einem dieser Mumienfilme, welche sie vor einiger Zeit im Kino gesehen hatte. Mehr aus Anstand als mit wirklichem Interesse folgt Peter ihrer Beschreibung, wie die Untoten des Nachts aus ihren Gräbern kommen.«

»Darf ich dir Herbert vorstellen, Agnes?«, unterbrach sie ihre Schwester, welche in ihrer Redseligkeit eben dabei war, eine Überleitung zu den Zombies zu finden. Peter wagte es nicht, das Gespräch in andere Bahnen zu lenken, umso mehr war er erleichtert, als wir dazukamen.

»Ich habe gehört, du seist ein Kriminalist, Herbert, es wird seit geraumer Zeit von nichts anderem gesprochen, man könnte ja gerade neidisch werden auf meine kleine Schwester.«

»Ich werde mich um etwas zu trinken kümmern?«, bot ich an und schlängelte mich durch die Leute hindurch.

Unaufhörlich peitschte der Regen an die große Fensterscheibe und verhinderte, dass man nach draußen in den Garten sehen konnte.

»Na, Herr Pfarrer, warten Sie auf eine göttliche Eingebung?«

Tatsächlich stand Padington unentschlossen vor dem großzügigen Getränkebuffet.

»Ich nehme einen Brandy, aber nur einen kleinen«, meinte er daraufhin beinahe flüsternd.

»Dem schließe ich mich gerne an, aber für mich einen großen. Die Damen werden sich wohl für die Früchtebowle entscheiden«, meinte ich zu dem Dienstmädchen, ohne mich aber wirklich darum zu kümmern.

Langsam, wie es so üblich ist, hatten sich Interessensgruppen gebildet, sogar die Carltons zeigten sich gesellig, was der Tatsache zuzuschreiben war, dass vor allem Bruce Carlton sich das Glas mit Bowle in regelmäßigen Abständen auffüllen ließ.

Archibald setzte zu einer kleinen Ansprache an, indem er wie so üblich einen Löffel an das Glas schlug.

»Meine lieben Gäste, es ist mir eine Freude, euch bei uns begrüßen zu dürfen. Es scheint so, als hättet ihr euch untereinander bereits bekanntgemacht, somit sich eine Vorstellung des Einzelnen erübrigt. Wir wollen dieses Bankett als Anlass nehmen, den Geburtstag meiner Frau Mathilda zu feiern, wobei es euch allen aufgefallen sein muss, dass sie sicherlich jünger aussieht, als sie wirklich ist.«

Für gefühlte drei Sekunden war es absolut ruhig, denn niemand wusste, wieweit man diese Aussage als Kompliment auffassen konnte.

»Wir werden uns anschließend in das Esszimmer begeben und uns die wunderbaren Speisen, welche unsere Köchin Edna für uns zubereitet hat, zu Gemüte führen.«

Ein kurzer Applaus beendete die improvisierte Rede des Hausherrn abrupt.

Überall standen halbvolle Gläser und gefüllte Aschenbecher herum, als sich die Gesellschaft so langsam in das Esszimmer begab und jeder den für ihn vorgesehenen Platz suchte, welcher mit einem Namenskärtchen gekennzeichnet war. Es mutete eigenartig an, dass die Evertons mich unter ihre Fittiche nahmen und ich zwischen ihnen platziert wurde, als hätte ich das Privileg eines Ehrengastes. Eigenartig willkürlich wurde die Platzzuweisung gestaltet, was ein Kopfschütteln einiger Gäste hervorrief.

»Wo ist denn euer Butler?«, fragte Peter Maverick, als ganz ungewohnt ein Dienstmädchen die Gläser zu füllen begann.

»Er ist nicht mehr in unseren Diensten«, war Archibalds knappe Antwort und er war froh darüber, dass Peter nicht auf weitere Details bestanden hatte.

Die Wartezeit, bis das Essen serviert wurde, überbrückten die Gäste mit unnützem Geplapper, welches jedem vernünftigen Inhalt entsagte. Obwohl das Essen noch nicht serviert wurde, war der Pfarrer aber schon dankend in sich gekehrt, wobei er immer noch die Perlen seines Rosenkranzes durch seine Händen gleiten ließ. Das Wetter, welches sich in den letzten Stunden zusehends verschlechtert hatte, wurde zum Thema und in allen möglichen Variationen wiedergegeben und analysiert, denn über das Wetter kann man immer sprechen, denn es hat so etwas Unverbindliches, wobei man jedem recht geben kann, wenn behauptet wird, dass es schon lange nicht mehr in dieser Intensität geregnet hätte. Die Carltons hielten sich an ihrem Besteck fest, denn ihnen war der Gesprächsstoff schon seit einiger Zeit ausgegangen. Zwischendurch wurde in regelmäßigen Abständen Patrick Carlton an allgemein verbindliche Tischsitten erinnert, wobei er nur ruhig auf seinem Stuhl saß, in einer Weise, als hätte er die Langeweile von seinen Eltern geerbt.

»Miss Everton«, sagte Marlene zu Elisabeth, »Sie werden am Telefon verlangt. Ich habe den Namen des Anrufers nicht verstanden, aber es schien sehr wichtig zu sein. Sie können draußen im Flur das Gespräch entgegennehmen, Miss.«

»Wer könnte das wohl sein?«, meinte sie zu mir, stand aber dennoch auf und ging in den Flur hinaus, wobei sie die Türe zum Esszimmer schloss.

Mittlerweile wurde die Vorspeise serviert, welche aus einem üppig dekorierten Caesar Salat bestand. Was folgte, war ein Crevettencocktail nach Art des Hauses, was dies auch immer bedeutete.

Elisabeth war von ihrem Telefonat noch immer nicht zurückgekehrt, was außer mir niemand zu beunruhigen schien.

»Bitte sehen Sie einmal nach Miss Elisabeth«, sagte ich zu Marlene.

Kurz darauf kam sie zurück in das Esszimmer, stellte sich neben mich und gab mir mit den Worten: »Miss Elisabeth ist nicht aufzufinden«, ein geöffnetes Couvert in die Hand, welches mit »An Herbert von Willensdorf« beschriftet war.

»Wo haben Sie dieses Couvert gefunden, Marlene?«, fragte ich, während ich die handgeschriebene Schrift auf das Genaueste begutachtete.

»Es lag auf der Ablage neben dem Telefon.«

Nur kurz schauten einige der Gäste auf, konzentrierten sich aber sogleich wieder auf den schmackhaften Cocktail. Langsam zog ich das darin enthaltene Kärtchen heraus und las den Text langsam zweimal durch. Starr blickte ich auf, ohne jemanden der Gäste zu fixieren, und legte den Brief neben meinen Teller. Minuten verstrichen, ehe ich mit einem »Bitte, hört mal alle her« versuchte, die Gäste über diesen ungeheuerlichen Zwischenfall informieren zu können.

»Es sieht so aus, als hätte man Elisabeth entführt, jedenfalls geht es aus diesem an mich gerichteten Brief hervor.«

»Das, das kann doch nicht sein, das ist wohl ein schlechter Scherz, Herbert«, meinte daraufhin Agnes sichtlich schockiert.

»Will der Entführer etwa Geld aus uns herauspressen?«, war die erste Reaktion von Archibald.

»Nein, der Entführer hat scheinbar ganz andere Pläne, er bietet ein Tauschgeschäft an, das Leben von Elisabeth gegen dasjenige von Pfarrer Padington.«

»Herr Pfarrer, was ist der Grund dafür, dass jemand mit einem solchen Nachdruck Ihren Tod wünscht? Vermutlich erwartet der Entführer, dass einer von uns Sie umbringen würde, um das Leben von Elisabeth retten zu können. Ich kann es nicht fassen, dass ein scheinbar krankes Gehirn sich solche Sachen ausdenken kann.«

Die Reaktion des Pfarrers, welcher nun seinen Kopf gesenkt hatte, blieb nicht aus. Seine schmalen Lippen spitzten sich zu und brachten gerade noch ein »Ich weiß nicht, warum man mich umbringen will, das kann doch nicht wahr sein, ich habe doch nichts getan« heraus.

»Nun beruhigen Sie sich, Herr Pfarrer, so weit wird es nicht kommen, dass irgendjemand von uns Sie umbringen wird, wir werden eine andere Lösung finden, Elisabeth frei zu bekommen.«

Jeder der Gäste ließ seine Blicke kreisen und malte sich insgeheim aus, wie es möglich wäre, den Geistlichen, sicherlich human, aber definitiv aus der Welt schaffen zu können, ohne selbst Hand anlegen zu müssen.

»Ich habe diese Pfaffen noch nie gemocht«, versuchte sich Ernest etwas Luft zu verschaffen. Worauf mindestens die Hälfte aller Gäste nickend zustimmte.

»Ich habe die Lösung, wir werden den Pfarrer dem Entführer ausliefern, dann soll er mit ihm machen, was er für richtig hält«, meinte Anthony ruhig und bestimmt.

»Scheinbar liegt ihm einiges daran, dass wir für ihn diese Angelegenheit aus der Welt schaffen«, erwiderte ich mit einem geschäftlichen Unterton.

Das war nun doch zu viel für den Pfarrer. Ruckartig schnellte er auf und mit Tränen in den Augen verließ er beinahe fluchtartig das Esszimmer. Was folgte, war ein ratloses Schweigen, ein Schweigen, welches mehr Ausdruck beinhaltete als tausend Worte.

»Wir müssen davon ausgehen, dass sich der Entführer ein weiteres Mal bei mir meldet, um zu erfahren, wieweit wir seine Forderung erfüllt haben. Makaber ist es ja schon, das muss ich sagen, vor allem deswegen, weil ich annehmen muss, dass jemand von Ihnen ohne Skrupel zu diesem Schritt bereit wäre, um Elisabeth retten zu können. Ich nehme nicht an, dass der Pfarrer sich bei diesem Wetter draußen aufhält«, meinte ich beinahe rücksichtsvoll.

»Nein, Herbert, ich habe ihm ein Zimmer zugewiesen, denn er hatte vor, über Nacht zu bleiben, denn schließlich hatte er von uns allen den längsten Anfahrtsweg«, gab Archibald zurück.

»Müssen wir nicht die Polizei benachrichtigen?«, kam Sue dazwischen, wobei man aber feststellen konnte, dass diese Frage nur halbwegs ernst gemeint war.

»Sie haben recht, Sue, ich werde die Polizei benachrichtigen, denn wir alle möchten nicht, dass in diesem Hause ein weiteres Verbrechen verübt wird.«

Ich wählte die Nummer der Polizeistation in Ballinrobe und verlangte den Inspektor zu sprechen.

»Inspektor McFinnley, was wünschen Sie?«, fragte eine sympathische jugendliche Stimme.

»Ich muss Ihnen eine Entführung melden«, antwortete ich, ohne vorerst näher darauf einzugehen.

»Wie ist Ihr Name?«, fragte der Inspektor nach.

»Mein Name ist Herbert von Willensdorf und ich rufe aus Caheredmond an. Meine Freundin wurde entführt, aber es handelt sich nicht um eine Entführung im üblichen Sinn, denn es wurde keine Lösegeldforderung gestellt.«

»Es ist momentan unmöglich, einen Wagen zu Ihnen zu schicken, da die Verbindungsstraße zurzeit überflutet ist. Wir werden frühestens bis morgen Mittag warten müssen, Herr von Willensdorf«, meinte er und nahm daraufhin die genaue Adresse auf. »Sobald die Straße wieder frei ist, werden wir zu Ihnen kommen, aber möglicherweise ist Ihre Freundin bis dann auch schon wieder aufgetaucht. Ich hoffe das Beste. Auf Wiederhören, Herr von Willensdorf.«

Als ich in das Esszimmer zurückkehrte, waren alle Gäste immer noch anwesend, hatten sich aber mittlerweile im Zimmer verteilt. Der Hauptgang wurde gar nicht erst aufgetischt, denn es wäre pietätlos gewesen, in einer solchen Situation an Essen zu denken.

»Wie sieht es aus, kommt die Polizei?«, fragte Anthony sichtlich aufgeregt.

»Es sieht so aus, als wären wir abgeschnitten. Denn die Zufahrtsstraßen sind scheinbar alle überschwemmt«, antwortete ich ruhig.

»Heißt das, wir kommen hier nicht wieder weg?«, sagte Peter beinahe tonlos.

»Es sieht so aus, als müssten wir uns irgendwie arrangieren, jedenfalls bis frühestens morgen Abend.«

»Als Provisorium wird es schon gehen, Betten hat es genug, nur wird es unumgänglich sein, dass wir näher zusammenrücken«, sagte Archibald in einer beruhigenden Überzeugung.

»Ich kann das nicht, ich will ein eigenes Zimmer«, meinte Peter lautstark und hoffte auf eine allgemeine Zustimmung.

»Wir werden sehen«, gab Mathilda dazwischen.

Die Carltons standen vor dem großen Fenster und blickten wortlos in den unaufhörlichen Regen hinaus. Einige der Gäste hatten sich in den Salon begeben und wärmten sich an dem Feuer auf.

»Möchte jemand von Ihnen einen Kaffee?«, wollte Marlene wissen.

Diesem willkommenen Angebot wurde allgemein zugestimmt.

Scheinbar wollte der Pfarrer nicht den Abend alleine in seinem Zimmer verbringen und so gesellte er sich wieder zögernd und vollkommen ruhig zu uns. Er setzte sich wieder an seinen Platz am Esstisch und versuchte seine Angst und Unsicherheit vor uns zu verbergen. Irgendwie hatte ich das Bedürfnis, mich mit ihm zu unterhalten, aber als ich noch einige Schritte von ihm entfernt war, klagte er über heftige Schmerzen, rollte die Augen und gefolgt von einem entsetzlichen Schrei knallte sein Kopf auf die Tischplatte, wobei er regungslos in dieser Stellung verharrte.

»Ich glaube, er ist tot«, waren meine ersten Worte, als ich versuchte, seinen Puls zu fühlen.

»Das kann doch nicht sein, niemand von uns hatte wirklich die Absicht, ihn umzubringen, nur weil der Entführer es von uns gefordert hatte«, meinte Archibald bestürzt. »Außerdem hatten wir uns alle die ganze Zeit hier unten aufgehalten. Niemand hätte die Möglichkeit gehabt, ihn auf irgendeine Weise ins Jenseits zu befördern.«

Mein Verdacht wurde bestätigt, als ich den Ärmel des Pfarrers hochkrempelte. Sein Arm war übersät mit Einstichen, welche ein Indiz für eine fortgeschrittene Drogensucht waren.

»Der Pfarrer war drogensüchtig, ist aber nicht auf Grund einer Überdosis ums Leben gekommen, denn sonst hätte er es nie geschafft, zu uns herunterzukommen. Irgendetwas anderes war die Ursache für sein Ableben. Ich tippe auf eine Vergiftung.«

Etliche Blicke richteten sich auf den toten Körper und den zerstochenen Arm des Geistlichen, wobei keiner der Gäste sich ein Urteil bilden wollte. Mittlerweile hatten sich alle wieder im Esszimmer eingefunden. Die Abscheu stand ihnen in das Gesicht geschrieben.

»Mister Carlton, Sie waren mit Pfarrer Padington befreundet, habe ich vernommen, wussten Sie von seiner Drogensucht?«

»Nein, mir ist nie etwas aufgefallen, aber ich kenne mich mit solchen Sachen auch nicht aus. Ich dachte immer, Drogensüchtige seien jung und ungepflegt mit langen Haaren, aber unser Herr Pfarrer – unvorstellbar.«

»Dann wusste es niemand von Ihnen?«

Aber niemand reagierte auf meine Frage.

»Wir müssen davon ausgehen, dass dieser Mordanschlag geplant war und keineswegs mit der Entführung in Zusammenhang steht.«

»Wie kommen Sie zu dieser Schlussfolgerung, Herbert?«, wollte Agnes wissen.«

»Ich gehe nicht davon aus, dass jemand von uns ein scheinbar tödliches Gift mit sich herumträgt, wenn er nicht die Absicht hätte, es auch einzusetzen. Nur hatte niemand die Gelegenheit, es ihm zu verabreichen, oder war Ihnen aufgefallen, dass jemand von uns den Raum verlassen hätte?«

Ein allgemeines Kopfschütteln beantwortete meine Frage.

»Wie bei jedem Verbrechen dieser Art stellt sich die Frage nach dem Motiv, und darum bitte ich euch«, und Herbert zeigte dabei zu den Carltons hinüber, »mir mehr über das Leben von Pfarrer Padington zu erzählen.«

»Das Einzige, was ich über ihn weiß, ist, dass er ursprünglich aus London stammte, bevor er hier nach Claremorris versetzt wurde.«

»Was war der Grund für diese Versetzung?«

»Darüber hatte er nie gesprochen, aber seine Verfehlung muss gravierend gewesen sein, denn wir wissen ja, wie solche schwarzen Schafe von der Obrigkeit gedeckt werden. Jedenfalls hatte er scheinbar die Betreuung von Kindern unter sich, denn er hatte einige Male erwähnt, was aus diesen Kindern geworden ist, welche er scheinbar mit äußerster Fürsorge durch das Leben begleitet hatte.«

»Sie können also nicht bestätigen, dass er Feinde hatte?«

»Das kann ich mir nicht vorstellen, außer vielleicht seine Verfehlungen wären darauf zurückzuführen gewesen, dass er zu seiner Zeit in London Kinder misshandelte oder missbrauchte. Man liest ja des Öfteren von solchen Fällen, von pädophilen Pfarrern in den Zeitungen.«

»Wir werden sein Zimmer in Augenschein nehmen müssen, vielleicht bringt uns das weiter«, sagte ich und zusammen mit dem Gastgeber ging ich die große Treppe hinauf.

Wir hatten das Zimmer des Pfarrers so vorgefunden, wie wir es erwartet hatten. Seine Privatkleider waren sorgsam zusammengelegt, wobei ich mir aber nicht vorstellen konnte, warum der Pfarrer überhaupt Privatkleider mit sich führte, außer dass er zwischendurch in eine andere Person schlüpfen wollte. Tatsächlich fanden wir in der Nachttischschublade eine gebrauchte und eine neue Spritze. Nebendran lag eine kleine Blechschachtel mit dem erwarteten weißen Pulver, welches sich eindeutig als Heroin identifizieren ließ. Also doch, ich hatte mit meinem Verdacht richtig gelegen. Wir ließen alles in dem Zustand, wie wir es angetroffen hatten, und verließen beinahe andächtig das Zimmer. Niemand der im Esssaal Wartenden wollte sich zu unserem Fund äußern, nicht einmal Sue, welche sonst bei jeder Gelegenheit losplauderte.

»Das kann doch nicht sein, dass den Pfarrer außer den Carltons niemand näher gekannt haben soll, wenn wir einmal den Entführer von Elisabeth außer Acht lassen, welcher durch seine Forderung sehr wohl ein stichhaltiges Motiv haben könnte. Es ist so verworren, dass selbst ich bei der Aufklärung dieses Falles an meine Grenzen stoße«, musste ich mir eingestehen.

Niemals bei meinen früheren Fällen war die Indizienkette auf reine Vermutungen aufgebaut. Ich hatte rein gar nichts in der Hand. Einzig diesen toten Pfarrer, welcher immer noch nach vorne hinübergebeugt am Ende des Tisches saß, als würde er schlafen.

Längere Zeit sprach niemand ein Wort, bis zu dem Zeitpunkt, als beide Türflügel mit einer gewissen Theatralik aufgestoßen wurden und Elisabeth unversehrt das Zimmer betrat.

»Was ist mit dir, Elisabeth, hat man dich freigelassen?«, fragte ich sie aufgeregt.

»Mit mir ist alles in Ordnung, Liebling, eine Entführung hatte nie stattgefunden, auch den Brief mit der Forderung hatte ich selbst verfasst. Natürlich war es nicht richtig von mir, dir Sorgen zu bereiten, Herbert, aber ich wollte diesen Padington leiden lassen, ihn nur still und heimlich umzubringen, wäre angesichts der Tatsache, was er mir all die Jahre angetan hatte, viel zu human gewesen. Er sollte Angst verspüren, die Angst, welche ich tagtäglich hatte, als er mich in dem Heim in London tagtäglich misshandelte.«

»Dann hast du ihn umgebracht, Elisabeth?«

»Nein, umgebracht habe ich ihn nicht, das hat jemand anderes für mich erledigt«, sagte sie und blickte verächtlich und mit einer gewissen Genugtuung auf den toten Körper des Pfarrers.

»Einige von uns hätten ein Motiv gehabt, den Pfaffen zu beseitigen. Ich jedenfalls habe das tödlich wirkende Gift besorgt, aber auch ich habe ihn nicht umgebracht«, meinte Archibald völlig ruhig.

»Ich verstehe nichts mehr, wer hatte denn noch einen Grund, diesen Mord auszuführen, wenn es Elisabeth und Archibald nicht gewesen sind?«

»Ich zum Beispiel, denn ich war ebenso mit meiner Schwester in dem besagten Kinderheim. Auch ich litt unter der Grausamkeit von Padington«, meldete sich Agnes.

»Es war doch offensichtlich, dass er mit diesem Dreckszeug gehandelt und andere in diese teuflisch Sucht hineingetrieben hatte. Er hatte es nicht anders verdient«, gab Peter dazwischen.

»Misses Carlton hatte ebenso einen Grund, denn auch sie hatte in dem Heim gearbeitet und die Misshandlungen seitens des Pfarrers mitbekommen, aber die Meldungen bezüglich dieser Vergehen wurden nicht ernst genommen und als verhältnismäßig abgetan. Misses Carlton musste sich anschließend einer psychiatrischen Behandlung unterziehen und verbrachte darauf beinahe ein Jahr in einem Erholungsheim. Dort hatte sie dann ihren jetzigen Mann kennengelernt. Es war für beide eine unsägliche Belastung, das können Sie sich vorstellen, Herbert«, fügte Peter hinzu.

Archibald ergriff daraufhin die Initiative und versuchte Licht in das Dunkel dieser verworrenen Geschichte zu bringen.

»Wir wollten, dass Sie ansatzweise verstehen, Herbert, warum jemand von uns diese Tat ausführen musste. Alle von uns waren im Vorfeld darüber informiert, dass dieser von uns gehasste Mensch heute Abend anwesend sein und auch in diesem Hause übernachten würde. Die Gelegenheit war günstig und so fasste ich den Plan, dass ich unten am Eingang in der großen Vase das Gift deponieren würde, was jedem von uns die Möglichkeit gab, unbemerkt in das Zimmer des Pfarrers zu gehen, um das Gift dem Rauschgift beizumischen. Wir wussten, dass auf Grund dieser vorgetäuschten Entführung der Pfarrer in eine Stresssituation verfallen und tatsächlich, vermutlich zur Beruhigung, sich einen Schuss setzen würde, was er dann auch getan hatte. Das zugefügte Gift wirkte langsam und so hatte er es noch bis zu uns ins Esszimmer geschafft. Selbstverständlich war es kein perfekter Mord, aber wir haben es geschafft, dass niemand von uns weiß, wer dem Pfarrer das tödliche Gift untergemischt hatte. Wir sind alle Mitwisser, aber nur einer ist der Täter oder die Täterin.«

»Dennoch muss ich diese Tat verurteilen, auch wenn ich das Tatmotiv irgendwie nachvollziehen kann. Die Polizei wird Nachforschungen anstellen, wobei sie die Möglichkeit eines Mordes in Betracht ziehen werden, wobei alleine schon das mit dem Gift versetzten Rauschgift zu dieser Annahme führen wird. Ich kann diesen Mord nicht gutheißen, aber es hätte schließlich ebenso sein können, dass Padington sich selbst eine Überdosis verabreicht hätte, was in diesem Stadium als nicht ganz unwahrscheinlich erscheinen würde. Allerdings müssten wir den Toten in sein Zimmer hinaufbringen, denn es wäre zu unwahrscheinlich, dass er sich in unserer Anwesenheit die tödliche Überdosis injiziert hätte. Außerdem sollten wir das verbleibende Gift beseitigen.«

»Sie werden uns also nicht den Behörden ausliefern, Herbert?«, fragte Anthony, welcher sich bisher sehr ruhig verhalten hatte.

»Der Inspektor wird erst morgen Mittag hier eintreffen und wir werden ihm sagen müssen, dass Elisabeth nicht entführt wurde, sondern sich draußen im Regen verirrt hatte und dass wir den Pfarrer morgens um zehn Uhr tot neben seinem Bett liegend gefunden hatten. Damit wären alle unsere beziehungsweise eure Probleme auf einen Schlag vom Tisch. Wer ihn schlussendlich ins Jenseits beförderte, wird immer ein Rätsel bleiben und der oder diejenige muss damit leben können, einen Menschen umgebracht zu haben.«

»Wir danken dir, Herbert, und gleichzeitig müssen wir uns bei dir entschuldigen, dass wir dich in die Irre geführt haben, aber mit deinem Mitwissen hätten wir unseren Plan niemals durchführen können«, sagte Agnes und gab mir darauf einen feuchten Kuss auf die Wange.

»Nicht so stürmisch, Agnes, lass mir noch etwas übrig«, fuhr Elisabeth dazwischen, und unter den Augen der Anwesenden gab sie mir einen nimmer endenden Kuss, welchen ich noch so gerne mit einer wohltuenden Innigkeit erwiderte.

Der letzte Beweis

Schon etliche Jahre war es her, seit Professor Gustaf Stevenson das letzte Mal eine Auszeit nehmen konnte, welche länger als ein, zwei Tage andauerte. Diese Zeit hätte niemals ausgereicht, eine Kreuzfahrt oder etwa eine Fahrt im Orient-Express zu unternehmen, obwohl Letzteres bei Professor Stevenson ganz oben auf seiner Wunschliste stand. Beinahe sehnsüchtig hatte er den Film, in dem dieser Detektiv mit seinen berühmten grauen Hirnzellen den Mordfall löste, miterlebt, wobei ihn der Gedanke, auch einmal in einem solchen Zug bis nach Istanbul fahren zu können, nicht mehr losließ. Stevenson war völlig in seine Arbeit als Gastdozent an der Universität Freiburg eingebunden. Er hätte die Frage, warum er sich gerade für Astrophysik entschieden hatte, nicht beantworten können, zuweilen es zu den komplexesten Studienfächern gehört. So manche Studierende hatten nach einigen Semestern bereits das Handtuch geworfen und wechselten zur Jurisprudenz, in die Medizinische Fakultät, oder strebten den Master Bachelor an, wobei dieser Hochschulabschluss rein gar nichts mit der gleichnamigen Junggesellen-Schmuddelsendung im Fernsehen gemein hat. Hätte Stevenson noch einmal von vorne beginnen können, so wäre seine Wahl auf die eines seriös arbeitenden Journalisten gefallen, denn das Recherchieren war eigentlich seine wahre Berufung. Die jahrelang abgehaltenen Vorlesungen boten ihm keine wirkliche Herausforderung mehr. Die Routine hatte mittlerweile die Begeisterung vollends abgelöst, die Wissenschaft, welche er vertreten musste, basierte nur noch auf der Grundlage von scheinbar unwiderlegbaren Annahmen, welche bereits mit der unbestätigten Existenz von sogenannten schwarzen Löchern den Studierenden in ein von Photoshop gesteuertes Universum hineinversetzen möchte, wobei die aus dem All fotografierte Erde ein Paradebeispiel dessen ist, wie der Eindruck vermittelt werden soll, dass Astronauten es geschafft hätten, den Van-Allen-Gürtel unbeschadet durchfliegen zu können.

Bei diesem Thema wachte Stevenson aus seinem drohenden Koma auf, denn bei solchen Behauptungen hatte er etwas Handgreifliches, in welches er sich hineinarbeiten konnte. Gerade die allgemeine zurückhaltende Ablehnung von Diskussionen über die Wahrhaftigkeit von Mondmissionen beflügelte seinen Forschungsdrang bis auf das Äußerste. Gustaf Stevenson würde es vehement verneinen, mit Verschwörungstheoretikern in Verbindung gebracht zu werden, falls man ihn in eine solche Talkshow der Öffentlich-Rechtlichen einladen würde. Man würde ihn nicht als seriösen Wissenschaftler, sondern als Hans Wurst dem auserwählten, nach höchstem Maße beeinflussten Publikum präsentieren und zum Abschuss freigeben. Ebenso wenig hatte er Anlass dazu, den alternativen Internetmedien sein volles Vertrauen zu schenken, auch wenn er zugeben musste, sich geschmeichelt zu fühlen, von einem Robert Stein oder von Bodo Schickentanz eingeladen zu werden, obwohl er sich bei Bodo in die Schnittstelle zwischen zwei cholerischen Phasen einbringen musste, um den Charakter eines rein wissenschaftlichen Gespräches nicht aus den Augen zu verlieren.

Immer wieder hatten sich um Stevenson Gruppen einer gewissen Anhängerschaft gebildet, welche in der Uni-Mensa in freien Stunden an seinen Lippen hingen. Es waren meistens Studenten und Studentinnen aus seiner Vorlesung, welche seine unausgesprochene Meinung zwischen den Zeilen lesen konnten und sich auf die Seite von Professor Stevenson schlugen, ohne diese fundierte Meinung in die Welt hinaustragen zu wollen. Als Studierender zu behaupten, eine Mondlandung hätte nie stattgefunden, wäre das Gleiche, als würde man die Existenz eines Friedrich Wilhelm Bessel in Frage stellen. Die lukrativen Jobs der in der Hochfinanz gesteuerten Pharmaindustrie wären alle ganz plötzlich durch eine große Anzahl staatlich gesteuerter, pflegeleichter Studienabgänger belegt. Man würde das Haar in der Suppe finden, vor allem in der heutigen lückenlosen Überwachungsgesellschaft. Es werden bei YouTube-Logarithmen in einer Weise bewusst ausgewählt, um gewisse kritische Denkvorgänge möglichst unauffällig unterbinden zu können. Aber allem voran steht die Angst, Angst vor der Wahrheitsfindung, welche die selbst erschaffene Vertrauensideologie in ihren Grundfesten erschüttern würde. Sind die 400 000 an der Mondmission beteiligten Leute getäuscht worden? Haben wir nicht mit eigenen Augen den Sprung dieses Astronauten auf die Mondoberfläche im Fernsehen gesehen? Haben denn diese Astronauten etwa einen verstrahlten Eindruck hinterlassen, nur weil sie bei ihrer neunzigminütigen Durchquerung des Van-Allen-Strahlungsgürtels einer tödlichen Dosis von 200 bis 600 Millisievert ausgesetzt waren und genau zu dieser Zeit eine ungewöhnlich hohe Gammastrahlen-Belastung, bedingt durch Sonnenwinde stattgefunden hatte. Grenzt es nicht an ein Wunder, dass alle Astronauten der Apollo 12-Mission uns kurz nach der Wasserung der Kommandokapsel lachend durch das Guckfenster zugewunken hatten, obwohl die von den Raumfahrern aufgenommene Energie eine Kleinstadt eine halbe Minute hätte mit Strom versorgen können.

Natürlich müsste man die ganze Palette von strittigen Punkten erwähnen, doch Stevenson pickte nur die eine Rosine in Bezug auf die Durchquerung des Strahlungsgürtels und ihre unmittelbare Wirkung auf den menschlichen Organismus aus. Da wuchs Stevenson über sich hinaus, da konnte er seine Leidenschaft für höhere Mathematik ausleben. Getrieben von einem unstillbaren Forscherdrang, konzentrierte er sich in erster Linie auf den Eintrittswinkel der Raumkapsel, welche in einer Höhe von fünftausend Metern den ersten Strahlengürtel erreicht hatte. Nach weiteren 20 000 Metern war der äußere Gürtel auch durchflogen. Eine ein Meter dicke Bleiummantelung hätte die Astronauten vor dieser tödlichen Strahlungsintensität von Protonen, Elektronen und ionisierten Atomen schützen können, außer sie hätten, und das war der springende Punkt, den Van-Allen-Gürtel in dem vorberechneten Einfallswinkel durchflogen. Wie aber Gustaf Stevenson mathematisch den unumstößlichen Beweis erbringen konnte, wurde der Einfallswinkel von der NASA um 12 Grad falsch berechnet. Mehrmals wiederholte er seine Berechnungen, um sicherzugehen, den ersten, und womöglich letzten, Beweis zu erbringen, dass die Besatzung der Apollo 12 nie den Mond betreten hatte. Es war nach seinen Berechnungen schlichtweg ein Ding der Unmöglichkeit. Die Apollo 12-Rakete startete ohne jeden Zweifel von Cape Canaveral aus zu ihrer vorgeplanten Mission. Als die Rakete den Orbit erreichte, setzte sie, wie damals 1961 die Atlas-Rakete, nur zu einer mehrtägigen Erdumrundung an. Nun war der Startschuss für eine noch nie da gewesene Inszenierung gegeben, wobei möglicherweise Stanley Kubrick zusammen mit Walt Disney die filmische Grundlage lieferte. Stanley Kubrick jedenfalls verfügte über die nötige Erfahrung, wobei Walt Disney ihm beratend zur Seite stand.

Lange Zeit saß Gustaf an diesem Abend etwas aufgewühlt in seinem Studierzimmer und blickte unentwegt auf das Stück Papier, welches die Geschichtsschreibung grundlegend verändern würde, sollte er diesen Beweis der Öffentlichkeit zugänglich machen. Hunderte, wenn nicht tausende Bilder dieser tapferen Raumfahrer, wie diese die amerikanische Flagge in den staubigen Mondstaub geschlagen hatten, zwischendurch aufgesprungen waren, um der Menschheit einen militärischen Gruß hinunter in die guten Wohnstuben schicken zu können. Er sah das Lem vor sich, wie es mit goldfarbiger Alufolie zusammengeklebt war, die Parade der Astronauten in New York und die Befragung durch eine Anzahl ausgesuchter Journalisten. Keiner dieser beiden Mondgänger war fähig, den erwarteten Emotionen freien Lauf zu lassen. Man hatte eher den Eindruck, als seien diese, der Stolz der Amerikaner, gerade beim Stehlen eines billigen Weines in einem Supermarkt erwischt worden.

Gustaf Stevenson wusste, warum die Gesteinsproben von der Erde waren, Gustaf Stevenson hatte zu diesem Zeitpunkt den glasklaren Durchblick. Mehrmals griff er zum Telefon, um Helene Blackstone, die Herausgeberin einer Weltraum-Fachzeitschrift, vorsichtig auf seinen Beweis vorzubereiten, doch er besann sich immer wieder von neuem eines Besseren. Hatte er überhaupt eine Chance, dass Zeitungen wie etwa die New York Times es abdrucken würden? Waren es nicht gerade diese Zeitungen, welche es mit allen Mitteln zu verhindern versuchten, jeglichen Versuch eines Beweises für die Mondlüge anzuerkennen? Hätten nicht die NASA und der CIA einen triftigen Grund, später wie so oft zu behaupten, dass ein gewisser Gustaf Stevenson aus unerklärlichen Gründen Selbstmord begangen hatte, oder einem Verkehrsunfall zum Opfer gefallen war, auch wenn heute keiner mehr zur Verantwortung gezogen werden konnte, welcher mit dieser Täuschung im Zusammenhang stand?

Innert kürzester Zeit verfiel Gustaf in eine Art Depression, und diese schien sich noch zu verschlimmern, als er die Hoffnungslosigkeit seines geplanten Vorgehens einsah. Würde es einer aus dieser alternativen YouTube-Szene wagen, seinen Bericht zu veröffentlichen, ohne damit rechnen zu müssen, dass kurz darauf die Zensur unbarmherzig zuschlagen und das Video in kürzester Zeit wieder gelöscht würde? Könnte er seine Erkenntnis etwa einem Schickentanz anvertrauen? Wäre dieser überhaupt im Stande, eine solche Nachricht emotional verarbeiten zu können? Nein, dann schon eher dieser Wisnewski. Er könnte es in seiner Express-Zeitung veröffentlichen, und niemand würde den wahren Verfasser zurückverfolgen können. Ein Beweis aus unbestätigter Quelle. So hatte es sich Gustaf in etwa vorgestellt.

Kurze Zeit später verwarf Gustaf aus unerfindlichen Gründen diese Möglichkeit, denn wie konnte er es vor sich selbst verantworten, eine brisante Information weiterzugeben und damit das Leben anderer zu gefährden. Er dachte daran, einen Vermittler zu kontaktieren. Er spielte gedanklich diese Möglichkeit bis in die letzte mögliche Konsequenz durch, wobei er schlussendlich immer wieder auf den Namen dieses Autors und Kriminalisten stieß, dessen Kriminalromane eine ausgewogene Mischung waren aus scharfsinnigen, teils fiktiven Geschichten, eingebettet in ein Gerüst gesellschaftskritischer Aussagen über geopolitische Zusammenhänge, welche in ihrer Literalität mit einem Frank Stoner gleichzusetzen war. Natürlich wusste oder besser gesagt vermutete er, dass dieser Schriftsteller nicht so ohne weiteres seinen richtigen Namen preisgeben würde, aber er konnte sich schwach an einen Abschnitt in einem seiner ersten Kriminalromane erinnern, als er seinen richtigen Namen etwas widerwillig, beinahe etwas beschämt preisgab.

Eilig blätterte er den ersten Roman diese Schriftstellers durch und stieß unweigerlich bereits im Vorwort auf den Namen Uwe Wackelmeier, welcher sich aber in seinen folgenden Büchern nur noch als Herbert von Willensdorf bezeichnete.

Gustaf war völlig aufgewühlt und konnte an diesem Abend nur schwerlich einschlafen. Er hatte Träume, in welchen er von Leuten der Staatssicherheit abgeholt und auf eine einsame Insel verbracht wurde, auf der er ganz alleine in einer Art Exil leben musste, so etwa als Robinson Crusoe 2.0. Seine Unterlagen, welche die gesamte Menschheit in ihren Grundfesten erschüttern würde, landeten im Schredder irgendeiner Sicherheitsbehörde.

Schweißgebadet wachte Gustaf am nächsten Morgen auf und zündete sich als Erstes eine Zigarette an. Er hatte sich bereits schon gestern krankgemeldet, um nicht unnötig von seinem Vorhaben abgelenkt zu werden. Der Verleger der Romane von Herbert von Willensdorf gab auf seinen Anruf hin bereitwillig Auskunft darüber, unter welcher Telefonnummer er diesen Schriftsteller erreichen konnte. Gustaf wartete, ohne zu wissen worauf, bevor er die Natelnummer dieses Schriftstellers anwählte. Es kam ihm wie eine Ewigkeit vor, ehe Herbert das Gespräch mit den Worten »Hallo, wer spricht?« entgegennahm.

»Guten Tag, Herr Wackelmeier, ich habe Ihre Nummer freundlicherweise von Ihrem BOD-Verlag erhalten, denn ich wollte Sie in einer äußerst wichtigen Angelegenheit sprechen«, meinte Gustaf.

»Guten Tag, Sie können mich von Willensdorf nennen, den Wackelmeier habe ich schon längst zu Grabe getragen. Was ist der Grund Ihres Anrufes?«

»Wie gesagt handelt es sich um eine Angelegenheit von äußerster Wichtigkeit, welche ich aber keinesfalls am Telefon mit Ihnen besprechen kann.«

»Das ist gar nicht so einfach, denn ich halte mich zurzeit in meinem Ferienhaus in Levante auf. Sie haben mich gerade beim Schneiden meiner Altissimo-Rosen unterbrochen, Herr …«

»… Stevenson, Gustaf Stevenson ist mein Name. Ich bin Professor und Gastdozent an der Universität Freiburg. Ich hätte es nie gewagt, sie zu stören, wenn ich eine andere Möglichkeit zur Lösung meines Problems in Betracht hätte ziehen können. Ich vermute, dass mein Telefon abgehört wird, daher möchte ich mich möglichst kurz halten. Nach reiflicher Überlegung bin ich zum Schluss gekommen, dass Sie, und nur Sie, mich bei meinem Vorhaben unterstützen können, Herr von Willensdorf.«

»Ich werde in zwei Tagen in Freiburg sein können. Sagen wir Mittwoch um 15 Uhr vor dem Haupteingang beim Bahnhof, Herr Stevenson.«

»Das würde mir passen, Mittwoch 15 Uhr. Auf Wiederhören, Herr von Willensdorf.«

Selbstverständlich wurde Gustaf abgehört, was ein eindeutiges Klacken bestätigte. Gustaf hatte sich zu intensiv und zu lange im Internet mit diesem spezifischen Thema der Raumfahrt und im Besonderen mit der möglichen Mondlandung auseinandergesetzt. Normalerweise wären keine Verdachtsmomente entstanden, wenn Gustaf nicht eine Professur in Astrophysik gehabt hätte und dadurch im Stande gewesen wäre, einzelne Vorgänge, zum Beispiel das Landen der Fähre auf der Mondoberfläche, rechnerisch überprüfen zu können, oder dass bei diesen vorherrschenden Temperaturschwankungen auf dem Mond überhaupt die Wahrscheinlichkeit bestand, diese Hasselblad-Kameras funktionstüchtig zu halten. Je länger er darüber nachdachte, desto mehr Widersprüche traten in sein Bewusstsein.

Die Vorlesungen, welche er am anderen Tage noch zu halten hatte, waren geprägt durch eine beinahe unerträgliche Routine. Während der Lehre der Positionsastronomie, welche das Hauptgebiet Bessels war, schweifte Gustaf des Öfteren ab, denn es kam ihm angesichts seiner neuen Erkenntnisse beinahe banal vor. Wie so oft schon wollte er sich mit den Studenten in das Thema der bemannten Mondlandung einarbeiten, stieß aber bei seinen Vorgesetzten auf Widerstand, denn die Mondlandungen durften nicht angezweifelt werden. Alleine schon die Debatte über dieses Thema zu führen war verpönt und hätte ihn den Lehrstuhl kosten können, solange dieses Thema zusammen mit dem Kennedy-Mord und dem World Trade Center die Maxime der sogenannten Verschwörungstheoretiker waren und immer noch sind. Wahrheitsfinder machen sich keine Freunde, was ebenso Daniele Ganser an der Universität Basel am eigenen Leib erfahren musste.

Gustaf versuchte sich diesen von Willensdorf vorzustellen, denn in seinen Büchern hatte er davon abgesehen, ein Foto von sich selbst zu veröffentlichen.

Irgendwie hatte Gustaf das Gefühl, beobachtet zu werden, als er wie besprochen kurz vor 15 Uhr vor dem Haupteingang mit einer Aktentasche in der Hand auf von Willensdorf wartete. Er war sich sicher, dass er auch ohne Erkennungszeichen diesen Schriftsteller erkennen würde. Immer wieder schaute er sich um, doch in Anbetracht der unzähligen Pendler und Reisenden war es beinahe ausgeschlossen, einen möglichen Beobachter auszumachen, obwohl er sich dessen sicher war.

»Sind Sie Herr Professor Stevenson?«, fragte ihn von Willensdorf, während er ihn von hinten leicht anstupste.

»Es freut mich außerordentlich, Sie einmal kennenlernen zu dürfen«, meinte Gustaf daraufhin und bot ihm seine Hand zum Gruß an.

»Werden Sie beschattet, Herr Stevenson?«

»Es würde mich wundern, wenn es nicht so wäre, Herr von Willensdorf«, gab Gustaf etwas unsicher zurück.

»In dieser Menschenmenge sind wir sicher. Wir werden uns ein Taxi nehmen und versuchen, den möglichen Verfolger abzuschütteln«, meinte Herbert in seiner gewohnt ruhigen Art. »Will man Sie umlegen, Herr Stevenson, oder geht es nur darum, Ihnen Angst einzujagen?«

»Sie wissen ja, dass ein Verdacht seitens der inneren Staatssicherheit bereits ausreicht, um Tag und Nacht überwacht zu werden«, sagte Gustaf, als sie im Taxi Platz genommen hatten.

Natürlich folgte ihnen ein Wagen, als sie außerhalb von Freiburg auf den Parkplatz eines Gartenrestaurants fuhren. Einige Leute saßen vor ihren Bierkrügen im Schatten großblättriger Bäume.

»Setzen wir uns dort drüben hin«, sagte von Willensdorf, wobei er die Initiative ergriff und den äußersten Tisch nahe eines kleinen Baches wählte.

Nachdem die beiden ein großes Bier vor sich hatten, begann Gustaf langsam und beinahe flüsternd mit seiner Erzählung.

»Ich bin Professor in Astrophysik und beschäftige mich seit geraumer Zeit mit den verschiedenen Apollo-Missionen, wobei besonders die möglichen Mondlandungen mein Interesse geweckt hatten. Wie wir wissen, wird unablässig der Versuch unternommen, den Beweis zu erbringen, dass diese Mondlandungen nie stattgefunden hatten, jedenfalls nicht 1969 und nicht mit der Technologie, welche damals der NASA zur Verfügung stand. Ich habe mich auch als Skeptiker an solchen sogenannten Verschwörungstheorien beteiligt und die Entwicklung, welche die Unmachbarkeit eines solchen Vorhabens bestätigen sollte, rege mitverfolgt.«

»Aber Herr Stevenson, es gibt doch unzählige Indizien dafür, dass die Mondlandung nicht stattgefunden hatte, doch niemand war bisher imstande, einen Beweis dafür zu erbringen«, entgegnete von Willensdorf.

»Es würde zu weit führen, Sie mit technischen Details zu langweilen, aber ich habe den unumstößlichen Beweis dafür, dass die bemannte Mondlandung eine gigantische Inszenierung war. Die Forscher und Physiker der NASA hatten ein Berechnungsmodell entwickelt, welches gravierende Fehler aufwies, auf Grund dessen die Astronauten den Van-Allen-Gürtel nie lebend hätten durchqueren können. Nicht einmal diesem Wernher von Braun war aufgefallen, dass in diesem Anflugwinkel ein Eintritt in diesen Strahlengürtel nicht möglich war. Ich habe es schwarz auf weiß hier in meiner Aktentasche, Herr von Willensdorf. Sie können es sich ja vorstellen, wie vielen Leuten einiges daran liegt, diese Unterlagen in die Hände zu bekommen, um sie vernichten zu können. Es geht allerdings nicht nur um diese Unterlagen, vielmehr werde ich in das Fadenkreuz solcher Interessensgruppierungen gerückt, was mir doch einige Sorgen bereitet.«

»Im Moment sind Sie sicher, Herr Stevenson, denn ich nehme an, dass Sie mit diesen brisanten Informationen bisher nicht hausieren waren«, sagte von Willensdorf.

»Nein, aber trotzdem sind wir es der Öffentlichkeit schuldig, den jahrzehntelangen Lügen ein Ende zu bereiten.«

»Gehe ich richtig in der Annahme, dass Sie mir die Entscheidung überlassen möchten, die richtigen Maßnahmen zu ergreifen?«

»Ja, Herr von Willensdorf, das ist der Grund, warum ich Sie kontaktiert habe«, gab Gustaf zurück. »Sie müssen sich aber bewusst sein, dass uns nur der Gang zu den alternativen Medien bleibt, denn ich würde mir nicht wünschen, dass Leute wie etwa ein Professor Lesch ein solches Dokument in ihre Finger kriegen würden. Die Reaktion eines solchen, vermutlich von der Industrie gekauften Forschers und dessen Folgen wären nicht absehbar.«

»Ich werde diese Papiere an mich nehmen, und diese, wenn eine Möglichkeit besteht, anonym veröffentlichen«, gab von Willensdorf zu verstehen.

Von Willensdorf schaute sich um, als er den Koffer zu sich nahm und ihn neben sich auf die Sitzbank stellte.

»Wo wohnen Sie, wenn Sie hier in Freiburg sind, Herr von Willensdorf?«

»In einem Hotel in der City«, gab Herbert zurück, ohne zu erwähnen, um welches Hotel es sich handelte.

Nach einem weiteren Bier standen die beiden auf, bewegten sich zu der Bushaltestelle hin und warteten auf den Bus, welcher in die Stadt fuhr. Und wieder folgte ihnen dieser dunkelgrüne Toyota in einer nicht zu übersehenden Auffälligkeit bis zu dem Hotel und positionierte sich in der Nähe des Eingangs. Nur auf einen Verdacht hin würden es diese Verfolger nicht wagen, von Willensdorf in seinem Zimmer zu überwältigen, um an diesen Koffer zu kommen.

Langsam öffnete Herbert den Koffer, nachdem er ihn auf sein Bett gelegt hatte, blätterte die Schriftstücke, welche mit Zahlenreihen übersät waren, oberflächlich durch und schloss ihn darauf wieder, denn er war sich bewusst, dass er nicht die Kenntnisse besaß, die Berechnungen entziffern zu können.

Die Minibar in dem kleinen Kühlschrank bot keine große Auswahl, aber trotzdem wurde er fündig und trank das kleine Fläschchen Magenbitter in einem Zug leer. Ich muss wirklich tief gesunken sein, dass ich so etwas wie Magenbitter trinke, sagte er zu sich selbst und versuchte den Bittergeschmack mit einer Zigarette zu vertreiben, welche er auf der Terrasse stehend rauchte.

Immer noch waren da die Leute in dem Toyota, welche eine ausdauernde Hartnäckigkeit an den Tag legten.

In kurzen Abständen läutete sein Zimmertelefon. Die Stimme des Portiers kündigte ein Gespräch an und fragte ihn, ob er das Gespräch entgegennehmen wolle.

»Ja, verbinden Sie«, sagte Herbert und wunderte sich darüber, denn niemand wusste, dass er sich in Freiburg aufhielt.

»Spreche ich mit Herrn von Willensdorf?«, meldete sich eine unsympathische Stimme am anderen Ende.

»Wer möchte das wissen?«, gab Herbert zurück.

»Mein Name spielt keine Rolle. Es ist uns zugetragen worden, dass Sie im Besitz eines Aktenkoffers sind, welcher Ihnen übergeben wurde. Sie werden sicherlich verstehen, dass wir diesen Koffer im Auftrag unserer Organisation in unseren Besitz bringen müssen. Wir können Ihnen leider keinerlei Entscheidungsspielraum einräumen, was zur Folge hat, dass wir auch nicht davor zurückschrecken würden, Sie umzulegen, um es in dieser Deutlichkeit sagen zu müssen, Herr von Willensdorf. Wir geben ihnen zehn Minuten Zeit, mit dem Koffer nach unten in die Lobby zu kommen, um uns den Koffer übergeben zu können.«

»Ihre Überwachungsmaschinerie scheint besser zu funktionieren, als ich angenommen hatte«, sagte Herbert, auch um etwas Zeit zum Nachdenken zu gewinnen.

»Das stimmt, Herr von Willensdorf, oder sollten wir lieber Herr Wackelmeier sagen? Sie sehen, wir sind bestens informiert über Sie. Die Technik in Sachen Richtmikrofone ist nicht stehengeblieben, wie Sie sich sicher denken können. Versuchen Sie nicht, einen Fluchtweg über das Dach zu finden, unsere Männer sind überall postiert. Es gibt für Sie wirklich nur noch die eine Möglichkeit und diese Frist ist in sieben Minuten bereits abgelaufen.«

Es war sinnlos, diesen Mann weiterhin in ein Gespräch verwickeln zu können, und trotzdem versuchte Herbert, auf diesen Stevenson zu sprechen zu kommen.

»Auch wenn Sie diesen Koffer in Besitz nehmen, können Sie nicht verhindern, dass Stevenson die Berechnungen wiederholen würde.«

»Ach ja, jetzt, da Sie diesen Stevenson ansprechen, muss ich Ihnen leider mitteilen, dass er an einem unbewachten Bahnübergang einen Zug übersehen hatte und leider vor Ort verstorben ist.«

»Das bringt mich in eine unvorteilhafte Position, wenn ich das so sagen darf«, fügte Herbert bei. »Es ist doch immer wieder erstaunlich, wie viele Unfälle an unbewachten Bahnübergängen passieren, vor allem bei Leuten, welche nicht mal ein Auto besitzen, denken Sie nicht auch?«

»Doch, es ist wirklich tragisch. Kurz unkonzentriert und schon ist es geschehen«, erwiderte der Mann am Telefon. »Aber nun genug geplaudert, wir warten auf Sie.«

Kurz entschlossen nahm Herbert den Koffer an sich, trat hinaus in den Flur und warf den Koffer, ohne zu zögern, in den Wäscheschacht hinein. Ungeduldig warteten unten in der Lobby drei etwas grimmig dreinschauende Herren in gediegenen, staatlich bezahlten Anzügen auf Herbert.

»Ich glaube, Sie haben etwas vergessen«, meinte ein kleiner dicklicher Mann, welcher zu erkennen ließ, dass er eine Pistole in seiner Manteltasche hatte und damit in die Richtung von Willensdorf zielte.

»Geht hinauf und untersucht sein Zimmer, der Koffer muss noch oben sein«, meinte ein anderer.

Kurz darauf kamen diese etwas irritiert in die Lobby zurück.

»Bitte folgen Sie uns, Herr von Willensdorf.«

Die Herren nahmen ihn unsanft in die Mitte und zusammen verließen sie das Hotel und zerrten von Willensdorf in den bereitgestellten Wagen.

»Sie wissen, dass wir Möglichkeiten haben, Sie zum Sprechen zu bringen, falls Sie uns über den Verbleib des Koffers keine Auskunft geben.«

»Meinen Sie mit Daumenschrauben und so? Sie wissen so gut wie ich, dass Sie mir kein Haar krümmen werden, solange dieser Koffer in meinem Besitz ist«, gab von Willensdorf beinahe lächelnd zurück.

Die ganze Fahrt bis zu der Zentrale der inneren Sicherheit wurde kein Wort gesprochen, denn die Herren hatten in diesem hierarchischen System keinerlei Befugnis, den Festgenommenen zu verhören oder ihn mit irgendwelchen Methoden zum Sprechen zu bringen.

Nur Minuten später saß von Willensdorf in einem abgeschotteten Raum, in welchem nach alter Sitte eine starke Lampe direkt auf von Willensdorf gerichtet wurde.

»Sie sollten eigentlich bereits gemerkt haben, Herr von Willensdorf, dass bei uns ein Leben nicht viel zählt, wir haben andere schon für viel weniger, ohne irgendwie zur Rechenschaft gezogen zu werden, beseitigt.«

»Einer Ihrer Handlanger hatte mir bereits von Ihren Methoden berichtet, und sollte ich dieses Gebäude jemals wieder lebend verlassen können, so wäre ich als Schriftsteller beinahe dazu genötigt, einen Tatsachenroman über Ihre Methoden zu veröffentlichen.«

»So weit werden wir es nicht kommen lassen, denn wir haben, wie Sie sicher annehmen, unsere Spezialisten, bei denen das Liquideren zu ihrem alltäglichen Tagesgeschäft gehört, es sei denn, Sie sagen uns, wo der Aktenkoffer abgeblieben ist. Es sieht so aus, als wollten Sie mit uns nicht kooperieren, Herr von Willensdorf. Das ist nicht gut, nein, gar nicht gut. Bringt ihn runter. Sie müssen verstehen, ich habe eigentlich gar nichts gegen Sie, für einen Moment waren Sie mir beinahe sympathisch, doch nun muss ich mich von Ihnen verabschieden.«

Zwei Männer packten von Willensdorf und zerrten ihn bis zu dem wartenden Fahrstuhl.

»Willst du nicht aufstehen, es ist bereits acht Uhr, deine Kumpels warten sicherlich schon auf dich«, sagte Sally Stevenson in ihrer liebevollen Art zu ihrem Mann und zog dabei mit einem Ruck die Vorhänge auf.

»Ich hatte einen Traum, Sally. Ich hatte in diesem Traum den Beweis erbracht, dass die Mondlandung eine große inszenierte Lüge war. Verstehst du, den Beweis!«

»Na gut, aber eben nur ein Traum«, entgegnete Sally. »Außerdem, wen würde es heute noch interessieren, wenn die Wahrheit ans Tageslicht käme. Mit einer solchen Meldung holst du doch keinen mehr hinter dem Ofen hervor, Gustaf.«

»Ein gewisser von Willensdorf hatte mich dabei unterstützt, diese Beweise publik zu machen.«

»Von Willensdorf? Ich kenne keinen von Willensdorf, dieser muss wohl auch deinem Traum entsprungen sein«, sagte Sally lachend. »Übrigens hat vorhin der Postmann einen Brief, auf dem »An Gustaf Stevenson persönlich« steht, abgegeben. Mach ihn doch gleich auf, er scheint irgendwie wichtig zu sein.«

Sally Stevenson reichte ihrem Mann den Brief hin und wartete gespannt, dessen Inhalt zu erfahren. Gustaf zog ein Schreiben heraus und begann die handgeschriebenen Zeilen laut und deutlich vorzulesen.

»Sehr geehrter Herr Stevenson. Es war mir eine Freude, mit Ihnen zusammenzuarbeiten, auch wenn sie nur von kurzer Dauer war. Ich hatte leider keine andere Wahl, als den Aktenkoffer inklusiv dessen Inhalt zu vernichten. Es wäre kein gut gewählter Zeitpunkt gewesen, die Menschheit über die inszenierten Mondlandungen in Kenntnis setzen zu wollen. Wir werden sicherlich ein andermal die Gelegenheit dazu haben, noch einmal miteinander in Verbindung treten zu können.

Mit freundlichen Grüßen

Herbert von Willensdorf«

Der Stern des Maharadscha

Sir Ernest Gallagher saß wie versteinert an seinem aus Mahagoni geschnitzten Clubtisch und las die Zeilen des Briefes, welcher ihm unter der Türe durchgeschoben wurde, mehrmals durch. Natürlich, wie es solche Briefe in sich haben, wurden die Buchstaben feinsäuberlich aus einer Zeitschrift ausgeschnitten und ebenso fehlte jeglicher Hinweis auf einen Absender. Ruhelos schweifte sein Blick über die karge Landschaft, welche sein Feriendomizil umgab. Obwohl sein Haus am Rande einer Siedlung eingebettet war, schienen die Leute um ihn herum keinerlei Notiz von ihm nehmen zu wollen, was ihn nicht sonderlich störte, denn jegliche Art von Geselligkeit war ihm im Laufe der Jahre abhandengekommen. Außerdem brachte es sein Beruf unweigerlich mit sich, immer und überall erreichbar zu sein. Nur hier in diesem beschaulichen Ort San Miguel de Salinas konnte er er selbst sein, fernab von jeglichen gesellschaftlichen Konventionen. Regelmäßig wurde er frühmorgens von dem Gurgeln der Aufbereitungsanlage seines Swimmingpools geweckt, was schon beinahe einem täglichen Ritual gleichkam. Um diese Zeit hatte der Poolman bereits den Rand des Beckens von den durch Schweiß und Sonnencreme erzeugten dunklen Rändern befreit. Nur das Geräusch, welches das eiserne Gartentor erzeugte, wies darauf hin, dass sich außer ihm jemand auf dem großzügigen Umschwung befand. Scheinbar leisteten sich alle Bewohner der umliegenden Häuser einen Poolman und einige von ihnen sogar einen Gärtner, obwohl die Langeweile die meisten dazu trieb, die Büsche selbst in eine kugelförmige Form zu schneiden, was nicht einer gewissen Kreativität entsprang. Vielmehr versuchte man durch eine durchzogene Gleichmäßigkeit, nicht aus dem üblichen Rahmen zu fallen. Jeden Morgen, nachdem Ernest auf dem Sitzplatz sein Joghurt gegessen hatte, schwamm er exakt dreieinhalb Längen, denn er hatte die Befürchtung, dass vier Längen ihn zu sehr erschöpfen würden, denn er wollte auf die darauf folgenden zehn Kniebeugen keinesfalls verzichten. Obwohl er sich geschworen hatte, sein Smartphone während seines Aufenthaltes nicht anzurühren, konnte er es sich trotzdem nicht verkneifen, immer wieder einen Blick darauf zu werfen, obwohl er mittlerweile wusste, dass Putin zu den Bösen und Obama scheinbar zu den Guten gehörte. Zu Präsident Trump konnte er sich keine abschließende Meinung bilden, denn die Journalisten der Mainstream- und Regenbogenpresse boten ihm diesbezüglich keine wirkliche Hilfeleistung, was ihn nicht wirklich störte, denn wo sollte es hinführen, wenn sich jeder seine eigene Meinung bilden würde. Wie ein

Schwamm sog er einmal mehr die ganze Palette der Propaganda in sich auf. Natürlich wunderte er sich über jenen Mann, welcher mit einem Auto vollbepackt mit Waffen von der Schweiz aus nach Syrien fahren wollte, um die Rebellen mit Kriegsmaterial zu versorgen, um den verhassten Assad nun endlich doch noch stürzen zu können. Diese Geschichte war derart abgefahren und sprengte den Rahmen sorgfältig recherchierter Berichterstattung, aber wenn es in den News so wiedergegeben wurde, musste es zwangsläufig stimmen. Die Wetterprognosen sorgten für mehr Aufregung, denn an Stelle eines wolkenfreien Himmels hatten sich einzelne Wolken vor die Sonne geschoben, was zu einer tiefgreifenden Verunsicherung führte. Schnell hatte er seinen Ford Fiesta in die Garage hinuntergefahren, denn er konnte ja nicht ahnen, dass die Sonne sich gegen diese Wolkenansammlung durchsetzen würde. Die Besitzer des angrenzenden Nachbarhauses, er kannte dieses ältere Ehepaar, wusste aber dennoch nicht einmal ihren Namen, sahen sich beinahe genötigt, am Gartenzaun stehend ihn auf die veränderte Wettersituation aufmerksam zu machen.

»Haben Sie Ihren Wagen auch in die Garage gefahren, Herr Gallagher, man weiß ja nie. Ende August kann das Wetter heimtückisch sein. Mein Robert sagt immer zu mir, wenn Regen schön machen sollte, dann hätte ich vermutlich immer einen Schirm bei mir getragen.«

Sie lachten, wie jedes Mal, wenn seine Nachbarin diesen Spruch vom Stapel gelassen hatte. Beinahe schon obligatorisch folgte eine Einladung zum Nachtessen, denn die beiden entsprangen einer Zeit, in der es nicht für möglich gehalten wurde, dass ein Alleinstehender sich selbst etwas brutzeln könnte, wenn es auch nur Spiegelei mit Speck sein würde.

»Nein danke, ich werde mir ein Spiegelei mit Speck zubereiten. Ein anderes Mal gerne«, meinte er nachdrücklich. »Außerdem müsste ich wieder einmal Rasen mähen, denn meine Nachbarn auf der gegenüberliegenden Seite hatten gestern diesbezüglich schon eine spitze Bemerkung gemacht. Sie wissen ja, wie das ist, zwei Wochen nicht mähen und man hat plötzlich alle gegen sich.«

»Wem sagen Sie das. Seit wir unserem Gärtner kündigen mussten, ist mein Robert beinahe tagtäglich damit beschäftigt, dem unerwünschten Wildwuchs Herr zu werden«, meinte seine Nachbarin mit jenen Sorgenfalten, welche sich zu den anderen gesellten.

Hin und wieder fuhr Ernest zu dem einige Kilometer entfernten Meer hinunter, setzte sich in eine Strandbar, trank einen Eiskaffee und versuchte die Gedanken über die Ästhetik des menschlichen Körpers von sich fernzuhalten. Er liebte die salzige Seeluft, die Brandung, welche man zwischen den Liegestühlen und Sonnenschirmen hindurch sehen konnte. Ältere Frauen folgten dem Hinweis, sich oben ohne zeigen zu dürfen, und versuchten sich beinahe wie Models in Szene zu setzen. Beinahe jedes Mal, wenn er auf seinem kleinen Handtuch in der Nähe des Wassers saß, hatte er das unbändige Bedürfnis, eine Sandburg zu bauen, einmal etwas Kreatives erschaffen zu können. Noch größer und protziger als alle anderen müsste sie sein. Er würde eine Tüte Zement daruntermischen, damit sie nicht zertreten werden könnte. Alles hätte sich in dieser Weise abspielen können, wenn dieser anonyme Brief nicht dazwischengekommen wäre. Ernest fiel es schwer, den Inhalt des Briefes zu entziffern, denn einige Sätze schienen zu fehlen und der restliche Teil war mit unzähligen Schreibfehlern behaftet.

»Sie ist in unserer Gewalt. Keine Bolizei, sonst macken Tot.«

Es musste sich um einen Ausländer mit bescheidenen Deutschkenntnissen handeln. Aber wer war in dessen Gewalt? Ernest versuchte, sich ihm nahe stehenden Menschen vorzustellen, welche ein geeignetes Entführungsopfer darstellen würden. Nachdem er alle rausgestrichen hatte, blieb einzig und alleine seine Schwester übrig. Man hat Edwina entführt, schoss es ihm durch den Kopf. Edwina war zwei Jahre älter als Ernest und war nach Barcelona gezogen, nachdem sie sich unsterblich in einen Pizzabäcker verliebt hatte. Er hatte sie schon jahrelang nicht mehr gesehen. Das letzte Mal hatte sie drei Kinder, aber mittlerweile dürften es einige mehr sein. Er beschloss ihre Telefonnummer herauszusuchen. Er musste sie anrufen, er musste Gewissheit haben. Ernest setzte sich hin und versuchte sich an den Familiennamen ihres Mannes zu erinnern. Petrocelli, Pedrolini, Pedrosoni, Poticelli, genau Poticelli, Armando Poticelli. Er hätte es nie für möglich gehalten, dass es solch eine Vielzahl von Poticellis in Barcelona geben würde. Alfonso, Allesandro, Armando, nun war er endlich fündig geworden. Langsam, als wolle er die bevorstehende Gewissheit noch etwas hinauszögern, wählte er mit zittrigen Fingern die Nummer der Pizzeria Colosseo. Gefühlte fünf Minuten dauerte es, bis sich anscheinend sein Schwager mit »Pronto« meldete.

»Ja, ja, pronto Armando. Hier ist Ernest, ich möchte Edwina sprechen«, sagte er kurz angebunden.

»Tschau Ernesto, comes tai?«

»Ja, ja, va bene«, gab Ernest noch knapper zurück. »Ist sie da?«

»Nein, sie wollte noch einige Besorgungen machen, sollte aber längst zurück sein. Sehr seltsam.«

»Sie soll mich zurückrufen, ich werde neben dem Telefon warten, aber nicht vergessen, Armando«, stammelte Ernest etwas unsicher in den Apparat.

»Si, si, va bene«, antwortete Armando nichts ahnend.

Über eine Stunde saß Ernest neben dem Telefon und wie ein Lauffeuer kreisten seine Gedanken um das Ausmaß einer möglichen Entführung. Würde man Edwina quälen oder sogar foltern, möglicherweise ihr einen Finger abschneiden? Aber warum denn dies alles? Die wollen ein Lösegeld aus mir herauspressen. Möglicherweise gar 100 000 Euro. Nur kurz verließ Ernest seine Position und begab sich zu dem Sideboard im Wohnzimmer, in dem er sein Bankbüchlein aus der untersten Schublade hervorkramte. Sein Kontostand belief sich auf 22 000 Euro und in seiner Brieftasche fand er noch 75 Euro und etwas Kleingeld. Er zeigte sich bereit, 20 000 Euro zu bezahlen, denn der Poolman wartete ebenso wie der Garagist auf sein Geld, und sein nächstes Gehalt würde er frühestens in zwei Wochen bekommen. Er würde dem Entführer klipp und klar sagen, 20 000 ist das Äußerste.

Aber dieser meldete sich ebenso wenig wie seine Schwester. Und wenn es gar nicht um Geld ging? Informationen, der Entführer will Informationen aus mir herauspressen, sagte er immer noch sichtlich aufgeregt zu sich selber. Was wusste Ernest, was könnte für diesen potenziellen Entführer von Interesse sein? Möglicherweise etwa ein unmoralisches Angebot. War es etwa dieser Mann, welcher ihn letzthin unten beim Strand die ganze Zeit beobachtet hatte? Nein, nein, zu solch etwas war er nie und nimmer bereit, dann schon eher die 20 000 Euro. Ernest hatte es in seinem Beruf mit vertraulichen Daten zu tun. Kunden ließen sich bei ihm ihr Hab und Gut versichern. Meist waren es billige Alltagsgegenstände ohne Wert. Oftmals ließen diese Kunden ihren Modeschmuck versichern. Es schien so, als stamme dieser Schmuck aus einem Kaugummiautomat, aber gerade diese wurden des Öfteren als wertvolle Erbstücke bezeichnet. Nur ein einziges Mal, seit Ernest in dieser Versicherung tätig war, wurde ihm ein Schmuckstück mit dem Namen »Der Stern des Maharadscha« vorgelegt. Einzigartig und unbezahlbar. Alleine der Diamant war an die 50 000 Euro wert. Bis zu einer definitiven Einschätzung des Schmuckstückes hatte die Versicherung beschlossen, es in ihrem eigenen Tresor aufzubewahren. Ganz langsam tastete sich Ernest an die Möglichkeit heran, dass es der Entführer genau auf dieses Schmuckstück abgesehen haben könnte.

Noch immer blieb das Telefon stumm, als hätte es nie etwas anderes getan. So ganz langsam wich seine Aufregung einer gelassenen Entspannung, denn er musste nur an den Zahlencode des Tresors kommen, das Schmuckstück entnehmen und es dem Entführer aushändigen. Eigentlich eine einfache Sache, bis auf den Zahlencode des Tresors, den wusste nur sein Vorgesetzter. Ernest lächelte kurz, wenn er sich vorstellte, wie er die Frau seines Vorgesetzten entführen würde, um aus ihm die Kombination herauspressen zu können. Eine andere Möglichkeit wäre es, maskiert in das Büro seines Vorgesetzten zu stürmen und mit verstellter Stimme freundlich, aber bestimmt den Code herauszufordern. Er musste es schaffen, irgendwie, aber möglichst bald, denn irgendwo in einem Keller lag seine Schwester, möglicherweise an ein Bettgestell gefesselt, einsam und frierend. Aber wie konnte der Entführer nur von diesem Schmuck erfahren haben? War es etwa ein Insider, ein Angestellter der Versicherung. Möglicherweise der Briefbote. Dieser war jedenfalls anwesend, als sein Chef den Schmuck in den Tresor legte. Ein Sizilianer, denen ist nicht wirklich zu trauen. Wir lesen ja tagtäglich von Mord und Erpressung der Mafia. Genau, es war Luigi, der Briefbote. Aber wenn dieser Luigi so versessen darauf ist, an den Schmuck zu kommen, warum spannt er dann nicht seine Mafiakollegen dafür ein? Die haben doch nun wirklich eine Ahnung in solchen Dingen. Warum dann den Umweg über meine Schwester?

»Nun melde dich schon«, schrie er in Richtung des Telefons.

Ein Schweißgerät, er musste sich ein Schweißgerät besorgen. Seine handwerklichen Fähigkeiten reichten eigentlich nur aus, um Büsche nachzuschneiden, aber er hatte es schon des Öfteren gesehen, wie in einschlägigen Filmen die Bankräuber zu Werke gingen. Das kann doch nicht so schwierig sein. Er würde es sich nie verzeihen, wenn er es nicht wenigstens versuchen würde.

Die Beratung im großen Hobbymarkt ganz in der Nähe seines Wohnortes war ausgezeichnet. Der Verkäufer brachte sich fantastisch ein, als er an einem Versuchsobjekt das Gerät demonstrierte.

»Sie wollen aber nicht etwa einen Tresor aufschweißen?«, meinte der Verkäufer lachend.

»Nein, ich werde eine Skulptur zusammenschweißen.«

Mittlerweile hatte sich eine Menschentraube gebildet, denn die ersten Gehversuche am Schweißgerät von Ernest weiteten sich zu einem kleinen Spektakel aus. Irgendwie war ihm nicht ganz wohl dabei, denn jeder dieser Zuschauer würde sich an den Werktätigen erinnern, welcher Schweißnähte produzierte, die jenseits von Gut und Böse waren. Die ganze Ausrüstung fand in seinem Kleinwagen Platz. Natürlich musste er in seinem Garten noch weiter üben, ehe er sich an dieses Unternehmen heranwagen konnte.

Den ganzen restlichen Nachmittag arbeitete er an der optimalen Einstellung des Gasgemisches. Die Möglichkeit, dass bei einem Erfolg seines Unternehmens der Verdacht sich auf ihn richten könnte, auch weil er im Besitze eines

Passepartouts war, ließ er vollends unbeachtet. Er musste seine Schwester aus den Fängen dieses gemeinen Entführers befreien, koste es, was es wolle.

An alles hatte er gedacht, nur nicht an die obligate Wollmütze, welche in diesen Krimis für so wichtig gehalten wurde, als er das Schweißgerät ansetzte. Sein Schnellkurs trug Früchte, denn bereits nach zehn Minuten ließ sich der Tresor ohne Probleme öffnen. Da lag er: Der Stern des Maharadscha. Geschmeidig ließ Ernest das Schmuckstück in ein mitgebrachtes Säckchen gleiten.

Zum Glück weilte er offiziell in den Ferien und musste nicht am folgenden Morgen seine Bestürzung und Verwunderung über den Diebstahl dieses Schmuckes kundtun. Die Polizei würde ihn verhören, und er müsste sich etwas einfallen lassen, wie er, ohne dass es zu sehr auffallen würde, den Briefboten belasten könnte. Man würde seiner Verbindung zu der Mafia nachgehen und ihn sicher in Untersuchungshaft nehmen. Die Untersuchungshaft würde sich so lange hinziehen, bis Gras darüber gewachsen war, die Polizei könnte einen Erfolg verzeichnen, die Versicherung würde den Schaden bezahlen und nach geraumer Zeit würde man den Briefboten wieder auf freien Fuß setzen. Und das Wichtigste war, dass Ernest dem mutmaßlichen Entführer den Schmuck aushändigen könnte.

Ernest legte den Schmuck in die oberste Schublade seines Sideboards, um ihn allenfalls griffbereit zu haben. Es war unverständlich für ihn, dass keine weitere Nachricht des Entführers folgte. Die billig nachproduzierte Turmuhr in seinem Wohnzimmer schlug unbarmherzig jede Stunde und riss Ernest jedes Mal aus seinem Dämmerschlaf heraus.

Widerwillig schwamm er am nächsten Morgen wieder seine Längen, aß sein Joghurt mit einem Anflug von Appetitlosigkeit und setzte sich anschließend in einen Korbstuhl am Rande des Schwimmbeckens und blickte dabei in die dürre Einöde der umliegenden Steppenlandschaft. Eine beinahe unnatürliche Ruhe wurde nur durch das zeitweilige Einschalten des Lüftungsventilators unterbrochen. Weder Armando noch seine Schwester selbst hatten sich in der Zwischenzeit gemeldet, was eine Bestätigung dessen war, dass sie tatsächlich einer Entführung zum Opfer gefallen war. Er hatte in seiner Konsternation beinahe vergessen, die neuesten, erschreckenden Nachrichten aus Politik und Wirtschaft auf sein Smartphone zu laden. Dieses Zeremoniell war gewissen Automatismen unterworfen, welche er auch im Angesicht dieses tragischen Ereignisses nicht ablegen konnte. Ganz am Rande wurde auch über einen dreisten Diebstahl eines wertvollen Schmuckstückes berichtet. Ernest schmunzelte, als die Professionalität dieses Safeknackers hervorgehoben wurde. Man habe den Direktor der Versicherung verhaftet, hieß es weiter. Scheinbar wollte er den Stern des Maharadscha verkaufen und zudem die Versicherungssumme in die eigene Tasche fließen lassen. So das kurze Statement der lokalen Polizeibehörde. Das spielte Ernest in die Karten, denn wenn man Luigi verhaftet hätte, so würde er seiner Forderung nicht nachkommen können, was eine unnötige Verzögerung zur Befreiung der Entführten mit sich gebracht hätte.

Ernest schrak zusammen, als die Türklingel einige Male resolut betätigt wurde.

»Bitte folgen Sie mir«, sagte Ernest zu dem etwas grimmig dreinschauenden Mann. Sein Ostblock-Akzent verriet ihm, dass dieser eher ungepflegte Mann der Absender des Entführungsschreibens sein musste.

»Ich habe Ihnen einen Zettel unter der Türe hindurchgeschoben«, begann er in einer Weise, als würde ihm alles ausgesprochen leid tun.

»Ich hätte erwartet, dass sich Luigi bei mir melden würde«, entgegnete Ernest sichtlich überrascht.

»Luigi, ich kenne keinen Luigi«, meinte der Mann darauf hin.

»Sehr gut, ich verstehe es, dass Sie keine Namen nennen wollen. Sie können ihm ausrichten, dass ich den Stern habe.«

»Was für einen Stern? Sie wollen mich wohl für dumm verkaufen.«

»Den Stern des Maharadscha. Ich werde ihn holen, nur einen Moment.«

Eiligst öffnete er die Schublade und entnahm ihr das edle Schmuckstück.

»Hier haben Sie es, aber mit der Bitte, der Entführten nichts anzutun und sie endlich auf freien Fuß zu setzen. Geld habe ich keines hier, Sie müssten sich schon bis morgen gedulden. Aber 20 000 wäre das Äußerste, was ich aufbringen könnte.«

»Was soll ich mit diesem Schmuck, soll ich den etwa am Wochenmarkt in San Miguel de Salinas anbieten? Selbst wenn er echt wäre, würde ich nicht mehr als 50 Euro dafür verlangen können!«

»Mir ist es egal, was Sie damit anstellen, Luigi wird sicherlich eine Verwendung dafür finden.«

Der Mann steckte den Schmuck lieblos in seine Jackentasche.

»Ich glaube, damit hat sich alles erledigt«, sagte der Mann und verließ etwas verwundert das Anwesen.

Ernest zündete sich daraufhin eine Zigarette an und zog den beißenden Rauch tief in seine Lungen. Ruhig und entspannt setzte er sich erneut in den Korbstuhl und lauschte mit geschlossenen Augen dem lautstarken Balztanz der Vögel. Die

Mittagssonne wärmte seinen flachbrüstigen Oberkörper, auf dem sich mittlerweile einige Schweißperlen gebildet hatten. Er war mit sich und der Welt zufrieden, denn er hatte klug und richtig gehandelt. Edwina würde in den nächsten Stunden freikommen und konnte in die Arme ihres Pizzabäckers zurückkehren. Welche Qualen musste dieser bemitleidenswerte Armando ausgestanden haben. Obwohl Ernest für jeden Tag nur ein Joghurt vorgesehen hatte, genehmigte er sich an diesem Tag ein weiteres, welches er genussvoll in sich hineinlöffelte. Mit diesem Joghurt waren sämtliche Dämme gebrochen, denn als Nächstes öffnete er eine Flasche Campari und schenkte sich mehrere Male großzügig ein. Mit Unterbrüchen trug der Wind einige Sprachfetzen zu ihm herüber, welche offensichtlich im Garten seines Nachbarn seinen Ursprung hatten.

»Herr Gallagher, ich bitte Sie, wenn Sie Zeit haben, für einen kurzen Moment zu mir zu kommen, ich möchte etwas mit Ihnen besprechen.«

»Ja selbstverständlich«, murmelte Ernest schon etwas benommen.

Nahe des Zauns stand der Nachbar zusammen mit einem Mann, den Ernest noch nie vorher gesehen hatte.«

»Danke, Herr Gallagher. Ich würde Sie nicht stören, wenn diese Angelegenheit nicht von äußerster Wichtigkeit wäre. Darf ich vorstellen, das ist Herr von Willensdorf, er ist Privatdetektiv aus Valencia. Ich habe ihn hinzugezogen, weil meine Frau gestern Morgen entführt wurde. Sie ist von ihrer Shoppingtour nicht mehr zurückgekehrt. Dieses Schreiben wurde mir bereits gestern unter der Türe hindurchgeschoben.«

Er reichte Ernest den Zettel hin. Eher beiläufig nahm er den Zettel in die Hand, denn er vermutete, nein, er wusste, was der Wortlaut dieses Schreibens war. »Sie ist in unserer Gewalt. Keine Bolizei sonst macken Tot.«

Beinahe derselbe Wortlaut und dieselben Schreibfehler, stellte Ernest fest. Er verlangt 50 000 Euro für ihre Freilassung. »Bei mir hätte es nur 20 000 gekostet,« murmelte Ernest leise in sich hinein. Wie konnte der Entführer nur diese Dummheit besitzen, den Entführungsbrief unter der falschen Türe hindurchzuschieben. Es hätte ja weiß Gott was daraus entstehen können, dachte sich Ernest in seiner Benommenheit.

»Ich wollte Sie fragen, Herr Gallagher, ob Sie möglicherweise den Entführer gesehen haben? Möglicherweise ein Spanier mit Migrationshintergrund, wenn man die Schreibweise als einzigen Hinweis hinzuzieht.«

»Ich werde das Geld überbringen«, sagte Herr von Willensdorf entschlossen, denn auch er hatte als erfahrener Detektiv seinen Tagesansatz mit Spesen und wollte oder besser gesagt musste dafür eine Gegenleistung erbringen.

»Wo soll die Übergabe stattfinden? Etwa aus einem fahrenden Zug, oder wird dieser Entführer ein selbst gebasteltes U-Boot steuern und die Fracht auf hoher See übernehmen?«, fragte Ernest, in diese Angelegenheit schon völlig involviert.

»Ach, reden Sie doch keinen Unsinn, Sie sind ja völlig betrunken, Herr Gallagher. Nein, er geht davon aus, dass wir keine Polizei hinzuziehen und wird das Geld höchstpersönlich bei mir abholen.«

»Und was liegt dann meiner Tätigkeit zu Grunde? Ihm das Geld in die Hand zu drücken und ihm eine schöne Heimreise zu wünschen?«, meinte von Willensdorf etwas geknickt.

»Nein, Herr von Willensdorf. Sie werden mir das Geld wieder beschaffen. Schließlich hätte ich nie und nimmer 50 000 für meine Frau aufgeworfen, wenn ich nicht genau wüsste, dass Sie, Herr von Willensdorf, mir das Geld zurückbringen würden.«

»Und Ihre Frau!«

»Ja, auch meine Frau, obwohl ich mich erstaunlicherweise in dieser kurzen Zeit an ein Leben ohne sie bereits etwas gewöhnt hatte. Immer diese Nörgeleien, seien Sie froh, Herr Gallagher, Sie können tun und lassen, was Sie wollen. Sie müssen sich nicht rechtfertigen, wenn Sie im Hause eine Zigarette rauchen oder einen über den Durst trinken. Sie schwimmen Ihre Längen, als wenn's kein Morgen gäbe. Wirklich beneidenswert.«

»Vielleicht haben Sie Glück und Ihre Frau verliebt sich in den Entführer«, fuhr Ernest lallend dazwischen.

»Ich habe mich dazu entschlossen, die Summe zu bezahlen. Fertig! Schluss!«, meinte Wolfgang und umklammerte dabei die Tasche, in der das Lösegeld in kleinen Scheinen auf seinen neuen Besitzer wartete. »Er wird etwa in einer Stunde da sein. Sie wissen, was Sie zu tun haben, Herr von Willensdorf?«

»Selbstverständlich«, gab er selbstsicher zurück.

Nur Minuten später wurde die Haustüre von außen geöffnet und etwas lädiert, aber lebend stand die Frau, welche in den Fängen des Entführers vermutet wurde, zwischen den Türpfosten.

»Du bist es, mein Liebes, wie hast du es nur geschafft, dem Entführer zu entkommen? Du siehst ja völlig mitgenommen aus«, meinte Wolfgang zu ihr und führte sie sorgsam zu dem Fauteuil, in den sie sich erschöpft niederließ.

»Was redest du denn da? Ich wurde nicht entführt. Ich muss gestern Morgen etwas Verdorbenes zu mir genommen haben, als ich bei meiner Freundin auf Besuch war. Jedenfalls wurde ich daraufhin in das Spital eingeliefert und da haben sie mich über Nacht und heute den ganzen Tag zur Beobachtung behalten. Ich habe dich angerufen, aber dein Handy schien ausgeschaltet zu sein. Es gab keine andere Möglichkeit, dich von Torrevieja aus zu erreichen.«

»Wir dachten, du seist entführt worden, Liebes. Ich habe deshalb extra heute früh einen Detektiv, Herrn von Willensdorf aus Valencia, auf diesen Fall angesetzt. Eine Lösegeldforderung hatte uns der vermeintliche Entführer unter der Türe hindurchgeschoben. Dieser Entführer hatte zudem die Unverfrorenheit, das Lösegeld bei mir persönlich abholen zu wollen. In zirka einer halben Stunde sollte er hier sein«, sagte Wolfgang, während er einen flüchtigen Blick aus dem Fenster warf. »Ich möchte alleine mit ihm sprechen, ich bitte euch solange in der Küche zu warten.«

Tatsächlich näherte sich ein Mann dem Hause, überpünktlich und eine Selbstsicherheit ausstrahlend.

»Ich habe Ihre Frau«, sagte er hämisch und trat unaufgefordert ein. »Haben Sie das Geld?«

»Ich habe es hier in diesem Koffer. Bitte tun Sie ihr nichts«, flehte Wolfgang und fand dabei, dass er ein ganz miserabler Schauspieler sei. Mit zittrigen Fingern reichte Wolfgang ihm den Koffer hin. Dieser öffnete ihn langsam in freudiger Erwartung.

»Was ist denn das? Sie wollen mich wohl verarschen, das ist ja Spielgeld, Sie, Sie Betrüger, Sie werden Ihre Frau niemals wieder lebend wiedersehen«, tobte der Fremde lauthals.

»Was machst du denn hier, Alfonso?«, fragte Wolfgangs Frau, welche von der Neugierde getrieben in das Wohnzimmer trat.

»Ihr kennt euch?«, meinte nun Wolfgang etwas verwundert und von der Situation völlig überfordert.

»Es ist der Lebensgefährte meiner Freundin.«

»Diese Skrupellosigkeit hätte ich dir niemals zugetraut, die Gelegenheit, als ich im Spital lag, auszunutzen, um eine Entführung vorzutäuschen, nur um deine Spielsucht finanzieren zu können. Du musst dir ja sehr sicher gewesen sein, dass Wolfgang die Polizei nicht einschalten würde.«

»Der Tatbestand einer Vorspiegelung falscher Tatsachen sowie einer grobfahrlässigen Täuschung ist damit gegeben«, sagte von Willensdorf, welcher mit Ernest zusammen ebenso dazukam. »Herr Gallagher, benachrichtigen Sie bitte die Polizei.«

»Ihr könnt mir gar nichts, ich habe nur diesen Koffer mit Spielgeld angenommen, was nicht strafbar ist. Die Polizisten werden sich freuen, wenn sie wegen einer solchen Lappalie ausrücken müssen«, entgegnete Alfonso und schien seiner Sache sehr sicher zu sein.

Bis zum Eintreffen der Polizisten saßen die Beteiligten wortlos im Wohnzimmer und nippten an den Getränken, welche Elke zubereitet und serviert hatte. Die Verwirrung war perfekt, als Wolfgang den beiden Polizisten zu erklären versuchte, was sich in den letzten beiden Tagen abgespielt hatte.

»Sie wollen also, dass wir diesen Mann verhaften, für eine Entführung, die es nie gegeben hat, und Lösegeld, welches nie existierte. Wenn wir diesen Mann ins Gefängnis stecken, wo sollen wir dann mit den wirklichen Verbrechern hin«, meinte einer der Polizisten überzeugt.

Ernest bestand aber zur Verwunderung aller darauf, dass Alfonso seine Taschen leeren sollte. Obwohl die Polizisten keinen Grund dafür sahen, wiesen sie ihn an, den Inhalt aller Taschen auf den Esstisch zu legen.

»Was ist denn das?«, fragte ihn einer der Polizisten, als Alfonso ein funkelndes Schmuckstück auf den Tisch legte.

»An dieses habe ich gar nicht mehr gedacht.«

»Das ist doch der Stern des Maharadscha, ein wertvolles Schmuckstück, welches letzte Nacht aus einem Tresor in San Miguel de Salinas gestohlen wurde. Die Nachrichten haben über diesen raffiniert ausgeführten Raub ausführlich berichtet«, sagte Ernest mit einem Lächeln auf seinen Stockzähnen.

»Aber Sie haben mir doch dieses Schmuckstück gegeben«, versuchte sich Alfonso von dem Verdacht zu befreien.

»Jetzt hören Sie aber auf, ich habe Sie in meinem ganzen Leben noch nie gesehen. Er versucht nur, seinen Kopf mit solchen abstrusen Behauptungen aus der Schlinge zu ziehen«, fügte Ernest bei.

»Im Namen des Gesetzes, Sie sind verhaftet, alles, was Sie sagen, kann gegen Sie verwendet werden«, leierte einer der Polizisten herunter, und während sie Alfonso in ihre Mitte nahmen, verließen sie das Haus, stiegen anschließend in den kleinen Seat und fuhren Richtung San Miguel de Salinas davon.

Wolfgang war doch froh, dass seine Frau nicht entführt wurde, ebenso von Willensdorf, welcher von Wolfgang einen ansehnlichen Betrag für seine Umtriebe erhalten hatte.

Das Telefon musste schon eine geraume Zeit geläutet haben, als Ernest in sein Haus zurückkam. Mit »Tschau Bello, comes tai?« meldete sich Armando. »Ich habe gestern ganz vergessen, dich zurückzurufen. Deine Schwester Edwina ist kurz nach deinem Anruf wieder aufgetaucht. Wenn diese Frauen einmal am Shoppen sind, so vergessen sie alles um sich herum. Tschau Ernesto und bis auf anderes Mal.«

Noch eine geraume Zeit hielt Ernest den Hörer in der Hand und vernahm nur noch das Besetztzeichen sowie das erneute Gurgeln der Wasseraufbereitungsanlage des Swimmingpools.

Die Bestie aus dem All

Hugo Schnickelhuber hatte eines seiner Zimmer in seiner kleinen Altbauwohnung als Büro umfunktioniert, denn er sah sich bereits in der Rolle eines erfolgreichen Schriftstellers, welcher mit all seinen Facetten die Kunst des geschriebenen Wortes in neue Dimensionen transferieren wollte. Er sah sich mittendrin in einer Ära einer neuen stilistischen Ausdrucksform intellektuellen Minimalismus. Er wollte das Selbst jener Menschen ansprechen, jener Menschen, welche sich noch in der Phase eines Transformationsprozesses befinden und den Absprung zu sich selbst bisher nicht vollziehen konnten. Schnickelhuber hatte sich zum Ziel gesetzt, die Kraft der Äußerlichkeiten auf das selbstgerichtete Ich zu lenken, unabhängig soziologischer Wechselwirkungen, welche sich allzu oft in diesen Verwandlungsprozessen etablieren möchten. Schnickelhuber entsprach in diesen Tagen der Persönlichkeit eines Unbesiegbaren, denn nicht nur, dass ein renommierter Verlag auf ihn aufmerksam geworden ist, nein, er hatte alleine für den Titel seines bisher ungeschriebenen Buches einen beachtlichen Vorschuss erhalten, welchen er in sein zweites Hobby, dem Sammeln von Beinprothesen, in seinen Anfängen investieren konnte, obwohl er selbst keine solche benötigte. Der Titel »Die Bestie aus dem All« hatte, ohne solche Geschichten, wie etwa »Das Ungeheuer der Lagune, Loch Ness oder Alien?« schmälern zu wollen, alleine schon durch seinen Titel einen gewissen Siegeszug angetreten. Schnickelhuber saß daraufhin strotzend vor Energie vor seinem leeren Blatt Papier und stellte sich vor, wie eine solche Bestie aus dem All aussehen möge. War er überhaupt fähig, diese Bestie mit Worten zu beschreiben? Müsste er nicht Worte hinzuziehen, welche noch gar nicht erfunden waren? Hatten nicht Schriftsteller wie etwa »Lovecraft« jegliche Form des Grauens bereits ausgereizt? Die Inspiration zu diesem Titel entnahm er dem Umstand einer Fischsuppe mit Einlage, welche er letzthin in einem Fischrestaurant bestellte, wobei bei ihm das eingehende Betrachten der Saugnäpfe der Tintenfische einen unauslöschlichen Eindruck hinterlassen hatte. Obwohl Schnickelhuber keine medizinischen Grundkenntnisse besaß, fing er sogleich mit dem Sezieren des Tintenfisches an, wobei er sich des Gefühls nicht erwehren konnte, in neue, unbekannte Universen vorstoßen zu können. Keine Sekunde dachte er daran, die Fischsuppe zu essen, denn in einem solchen Moment, als er immer weiter in diesen Mikrokosmos eintauchte, fand er sich ganz plötzlich in der Weite des Universums wieder, worauf kurze Zeit später der Titel seines bevorstehendes Buches geboren wurde. Wäre er überhaupt imstande, die völlige Ausrottung der Menschheit durch die Bestie vom All vor sich selbst verantworten zu können?

Noch bevor sich auch nur ein einziger Satz auf dem leeren Papier niederschlug, musste er der Bestie einen Namen zuordnen, um sich das Aussehen dieser Bestie besser vorstellen zu können. Stunden vergingen, ehe er sich auf den Namen Alakolus festgelegt hatte. Doch, unter Alakolus konnte man sich etwas vorstellen. Die ganze Menschheit würde vergebens versuchen, den nicht existierenden Namen einer Spezies zuzuordnen, ohne zu wissen, dass jeder von uns diesen Alakolus bereits als Teil unseres Bewusstseins in sich trägt. Irgendwann zwischen dem Entstehen der Menschheit und dem ersten Tötungsdelikt aus niedrigen Beweggründen hatte sich Alakolus an die menschlichen Synapsen angedockt. Nach Tausenden von Jahren hatte die Menschheit es nicht weitergebracht, als anzunehmen, es hätte sich ein Sündenfall ereignet, welchen man als Erklärung für den gängigen Mord und Totschlag beiziehen konnte. Obwohl Alakolus nur ein Lichtpunkt im Universum ist, beinhaltet es Hass, Neid, Eifersucht und Habgier in seiner reinsten Form. Ein nicht anerzogener Effekt, und kein genetischer Defekt, basiert auf dieser Fehlzündung der Evolution. Wie ein richtiger Schriftsteller zerknüllte Schnickelhuber das Papier, obwohl außer Alakolus noch kein Wort darauf gestanden hatte. Schnell spannte er ein neues Blatt in die Schreibmaschine und brachte es in die richtige Position, um seinen Gedankenfluss ohne Verzögerung auf das Papier bringen zu können. Den Erzählungsrahmen hatte er in seiner Vorstellung bereits bis ins Detail geschaffen, doch seine Blockade, das Gedachte in geschriebene Buchstaben umzuwandeln, blieb bestehen. Hatte er etwa bereits eine Schreibblockade, noch bevor er sein erstes Buch oder besser gesagt mit seinen ersten Sätzen begann. Dabei wollte er den Lauf der Zeit nochmals von hinten aufrollen und die Menschheit in eine andere Richtung weisen. Genau, er musste nur die Bestie im Menschen neutralisieren. Nach einigen weiteren Stunden war seine Konzentrationsfähigkeit massiv am Absteigen, und das, obwohl ein gewisser Druck auf ihm lastete, denn er hatte mit seinem Verlag einen Vertrag abgeschlossen und hätte bereits vor drei Wochen die ersten zehn Seiten seines Manuskriptes abliefern müssen. Es ging ja nicht um den Vorschuss, den er erhalten hatte, dieser bildete nur einen Zusatzverdienst zu seiner beruflichen Tätigkeit als Arzt und Chirurg, es war ein Angriff auf seinen Stolz und seine Ehre, außerdem hatte er sein Erstlingswerk bei Freunden und Bekannten bereits in den höchsten Tönen angepriesen. Er wollte nicht zu jenen gehören, welche ganze Paletten von unausgegorenen Vorhaben auf ein »wenn ich dann mal Zeit habe« reduzieren möchte. Hugo versuchte sich vorzustellen, wie andere, erfolgreiche Schriftsteller zu Werke gingen. War da nicht auch zuerst der Gedanke, die Rahmenerzählung? Mensch, das gibt es doch nicht, dass ein Schriftsteller als Bestsellerautor geboren ist. Die haben doch, wie er, auch Kurse belegt und es als Handwerk erlernt. Wie hatte es zum Beispiel dieser Herbert von Willensdorf geschafft, vier Kriminalromane zu veröffentlichen, ohne sie irgendwo von einem unbekannten Autor abzuschreiben? Hugo Schnickelhuber war doch einer dieser Intellektuellen mit einem akademischen Hintergrund, warum fliegen einem Woody Allen die Ideen einfach so zu? Diese Gedanken beschäftigten ihn fortan mehr als die seiner eigenen Geschichte. Wie war doch grad nochmal die Telefonnummer dieses Herbert von Willensdorf? Er musste sich fachmännischen Rat einholen, sonst würde er über seinem leeren Blatt noch dem Wahnsinn verfallen, um es etwas überspitzt formulieren zu wollen. Langsam drückte er daraufhin die Tasten seines Telefons und spielte die Fragen, welche er diesem Herbert stellen wollte, noch einmal durch.

»Hier von Willensdorf, wer spricht?«, meldete sich Herbert in seiner gewohnten Lässigkeit.

»Hallo Herbert, hier ist Hugo.«

»Hugo, welcher Hugo? Ich kenne keinen Hugo«, gab Herbert erstaunt zurück.

»Wir haben uns doch bei dem Schriftstellerkurs an der Clubschule kennengelernt.«

»Ach ja, jetzt weiß ich es wieder, Schnicki haben wir dich immer genannt. Was ist der Grund, wessen du es in Erwägung gezogen hast, mich zu kontaktieren?«

»Wow, das ist die blumige Sprache eines wahren Schriftstellers«, meinte Hugo, worauf er mit dem Erzählen seines Anliegens begann. »Ich sitze jetzt bereits seit einigen Wochen vor einem leeren Blatt Papier und versuche mein Gedankengerüst in eine geschriebene Form zu bringen. Ich habe einen Verlag an Land gezogen, welcher mir für mein erstes Buch bereits einen Vorschuss geleistet hatte.«

»Da hast du Glück gehabt, Schnicki. Mein Verlag, bei welchem ich unter Vertrag stehe, leistet keinen Vorschuss, ganz im Gegenteil, jeder Satz, welchen ich abgeliefert hatte, wurde von mir höchstpersönlich bezahlt«, meinte Herbert etwas bedrückt.

»Aber du verfügst doch sicherlich bereits über eine Fangemeinde, welche dich an deinen Tantiemen teilhaben lassen, Herbert?«

Herbert räusperte sich und lenkte das Gespräch wieder auf Schnickis individuelles Problem.

»Wie ist denn der Titel deines Buches, Schnicki?«

»Es trägt den Titel ›Die Bestie aus dem All‹.«

»Doch das gibt einiges her und trägt das Potenzial eines Fortsetzungsromans in sich«, fügte Herbert ein.

»Wie würdest du an die Sache rangehen, Herbert?«

»Ich würde den Titel so belassen und die Geschichte um diesen Titel herum konstruieren. Wie hatte es unser Kursleiter immer wieder formuliert? Schreibe einen Satz und das ganze Buch entwickelt sich zwangsläufig daraus. Beschreibe, wie du an deinem Schreibtisch sitzt und von jemandem, welcher diese Bestie aus dem All in sich trägt, ermordet wirst. Es könnte ein Bekannter, ein Freund oder zum Beispiel dein Vermieter sein. Dir werden vermutlich noch weitere in den Sinn kommen, welche dich am liebsten ermorden würden, vor allem dann, wenn sie die Bestie in sich tragen«, führte Herbert seine Gedanken aus.

»Doch, als Ansatz ist das gar nicht übel, Herbert, ich könnte von meinem Verleger umgebracht werden, weil ich bisher noch keine Zeile abgeliefert und den Vorschuss bereits für unnützes Zeug ausgegeben habe. Oder von einem meiner Patienten, dem ich eine falsche Therapie verordnet habe, sodass ihm auf Grund dessen alle Haare und Zähne ausgefallen sind. Ja, mein Vermieter auch, weil ich mit meiner Miete im Rückstand bin und den Kehricht zu früh auf die Straße gestellt habe.«

»Siehst du, Schnicki, alleine mit diesem Ansatz könntest du ein halbes Buch füllen. Du musst der Bestie einen Namen geben, sonst können sich deine Leser nicht damit identifizieren.«

»Alakolus heißt die Bestie«, fuhr Schnicki dazwischen.

»Alakolus hört sich an, als wäre es eine Mischung aus King Kong und Godzilla«, war das Bild, welches sich Herbert erschaffen hatte.

»Nein, Herbert, es ist eine Art Virus, welcher das Böse symbolisiert und von den Menschen Besitz ergriffen hatte. Es hatte sich in öffentlichen Toiletten angegliedert und wurde über das Duftspray von den Toilettenbesuchern eingeatmet. Es gelangte in die Blutbahn bis ins Hirn und befahl diesen Leuten wahllos zu töten«, spann Schnicki weiter.

»Wir wissen allerdings nicht, ob zum Beispiel dein Verleger des Öfteren solche öffentlichen Toiletten aufsucht«, meinte Herbert schon völlig in diese Geschichte mit eingebunden.

»Jetzt weiß ich, wer. Ich habe einen Freund, welcher ein richtiger Toiletten-Fetischist ist, möglicherweise weil er sein halbes Leben als Klempner gearbeitet hatte.«

»Siehst du, Schnicki, das ist doch schon mal was. Ein Klempner, der diese außerirdischen Viren inhalierte und von da an, von einer unstillbaren Mordgier getrieben, seinem Freund einen Besuch abstattete und ihn mit einer Rohrzange erschlug, weil er einfach nicht anders konnte.«

»Ach, ich weiß nicht, Herbert, irgendwie wirkt es zu banal. Vor allem das mit der Rohrzange, das glaubt mir doch kein Mensch.«

»Das war ja auch nur ein Beispiel, es könnte auch ein Schweißbrenner sein, um dem Spannungsmoment zusätzlich noch etwas Würze zu geben, wenn ich mir vorstelle, wie das verbrannte Fleisch dir von den Knochen hängt. Das wollen deine zukünftigen Schnickelhuber-Fans lesen. Die Bestie hat wieder zugeschlagen. Immer grausamer, immer effizienter, bis zur Ausrottung der gesamten Menschheit. Doch nur einer, nämlich du, nachdem du zu einer Art Superschnicki mutiert bist, stellst dich dem Virus in den Weg und mit deinem Antivirus bekämpfst du das Welt umspannende Netz. Sie würden dich feiern, jedenfalls jene, welche noch übrig geblieben sind, und würden dich hochleben lassen. Du würdest in die Geschichtsbücher als Superschnicki eingehen, Straßen würden nach dir benannt werden und die Kinder aller Schulen dieser Welt würden ein Loblied auf dich komponieren.«

»Ich glaube, ich muss jetzt Schluss machen. Herbert, ich danke dir, du hast wirklich eine überschäumende Fantasie. Ich werde es mir noch einmal durch den Kopf gehen lassen. Auf Wiederhören, Herbert, auf ein anderes Mal.«

»Auf Wiederhören, Schnicki, und toi, toi, toi.«

Dieser Herbert hatte doch nun wirklich einen an der Waffel. Wird man so, wenn man schon länger in diesem Business tätig ist? Öffentliche Toiletten, Schweißbrenner, Schnickelhuber-Straßennamen, Hugo war verwirrt und vor allem war immer noch nur der Name Alakolus niedergeschrieben.

Eine Woche später meldete sich telefonisch ein gewisser Inspektor Uwe Straff bei Herbert von Willensdorf.

»Ist Ihnen ein gewisser Hugo Schnickelhuber bekannt?«, meinte er mit einem autoritären Unterton.

»Ja, ich kenne ihn allerdings nur unter dem Namen Schnicki.«

»Wir haben herausgefunden, dass er vor einer Woche mit Ihnen ein Telefongespräch geführt hatte.«

»Ja, das stimmt, wir haben ein längeres Gespräch zusammen geführt«, gab Herbert zurück.

»Wir wollten Ihnen nur mitteilen, dass dieser Hugo Schnickelhuber bei sich zu Hause, an seinem Schreibtisch sitzend, ermordet aufgefunden wurde. Auf dem Fußboden fanden wir den Rest einer schleimigen Flüssigkeit, welche einem ganz normalen Badeschaum ähnlich sah. Die DNA-Analyse hatte aber ergeben, dass diese DNA keinem Menschen oder einem Tier zugeordnet werden konnte. Es muss sich um eine Substanz handeln, welche nicht von dieser Welt stammt. Er hatte schon einige Tage an seinem Schreibtisch gesessen und war fürchterlich zugerichtet. Vor sich hatte er ein Blatt Papier in die Schreibmaschine eingespannt, auf dem mit großen Buchstaben der Name Alakolus gestanden hatte.«

»Konnten Sie am Tatort eine Rohrzange oder einen Schweißbrenner sicherstellen, Herr Inspektor?«

»Nein, nichts dergleichen. Warum, haben Sie etwa einen Anhaltspunkt, Herr von Willensdorf?

»Ich dachte nur so, weil dieser Klempner immer diese öffentlichen Toiletten benutzte, aber dies ist wieder eine ganz andere Geschichte.«

Der Langweiler

Liebe Leserinnen und Leser. Jetzt, da Sie sich etwas Zeit genommen haben, mir in diese Geschichte hinein zu folgen, möchte ich die Gelegenheit nutzen, Sie auf eine nicht ganz unwesentliche Entwicklung unserer Gesellschaft aufmerksam zu machen. Wir alle, welche uns mit dem Konsum von der stets wachsenden Zahl von morbiden Darstellungen, sei es in Romanen oder dem Fernsehen auseinandersetzen, haben uns ein Bild erschaffen, ein Bild, welches die Täterschaft mit einem Rahmen umgibt und immer an bestimmten Charakteren hängen bleibt. Ich meine damit nicht die Neider oder etwa die Eifersüchtigen, auch nicht diejenigen, welche eine Straftat oder etwa einen Mord begehen, um sich auf Kosten anderer zu bereichern, nein, ich meine eine ganz andere Gruppe unserer Menschheitsfamilie. Um auf diese stets wachsende Spezies näher eingehen zu können, muss ich zwangsläufig etwas weiter ausholen. Wir nähern uns langsam einer Entwicklung digitalen Umschwungs, was zur Folge hat, dass wir weniger arbeiten, sei es durch Frühpensionierung oder Jobverlust, wobei man nicht erwarten kann, dass sich die Masse an Befehlsempfängern in eine kreative Selbstbestimmung hineinversetzen können. Auch in Anbetracht der unabwendbaren Einführung des bedingungslosen Grundeinkommens werden viele dieser Betroffenen, vorwiegend Frührentner, sich aus Langeweile anderen Deckmustern hingeben, wobei Sie, liebe Leserinnen und Leser, sich wieder gedanklich in einem Rahmen bewegen, den ich aber so nicht hinnehmen möchte und kann, denn es handelt sich dabei nicht um pensionierte Mitglieder von Rockerbanden oder durchgeknallte Schlagersänger. Ebenso wenig sind es Spitzenköche, welche in amerikanischen Restaurants zur Zubereitung von Hamburgern und Fritten degradiert wurden. Es sind Rentner wie du und ich, welche zwischen dem bequemen Sofa und dem Fenster hin und her pilgern, um der Polizei bei der Einhaltung der Rechtsordnung Hilfe zu leisten. Natürlich ist es möglich, die tote Zeit zwischen zwei Mahlzeiten mit dem Briefmarkensammeln oder dem Basteln von Segelschiffchen mit Streichhölzern zu überbrücken, aber viel erfüllender ist es, über einen perfekten Mord mit einem unumstößlichen Alibi nachzudenken. Anschließend ist es ja immer noch möglich, eine Reise, zum Beispiel eine Flussfahrt nach Holland zu unternehmen, welche bei Betagten zuoberst auf der Wunschliste steht. Man stelle sich nur einmal vor, wie alleine schon die Ausarbeitung und Ausführung eines perfekten Mordes den Kreislauf eines älteren Menschen anzuregen vermag. Wie sich solche Denkprozesse auf die Konzentration auswirken können, wobei gerade bei einem gezielten Schuss aus nächster Nähe sich die körperliche Anstrengung auch in einem altersentsprechenden Rahmen bewegen kann. Es ist jedoch empfehlenswert, mit seinem Vorhaben nicht zu früh zu beginnen, denn ein möglicher Aufenthalt in einer Haftanstalt ist mit einer fortgeschrittenen Alzheimer Krankheit jedenfalls besser zu ertragen. Außerdem werden erfahrungsgemäß 70-jährige Delinquenten von der Polizei weniger hart angepackt, denn Abdrücke von Schlagstöcken und Auswirkungen durch Schläge in die Magengrube lassen sich bei älteren Menschen nicht so leicht kaschieren. Zudem wird man im Zuchthaus kulinarisch gut versorgt und kann erst noch das bedingungslose Grundeinkommen auf die hohe Kante legen, falls man aus dem begangenen Mord keinen finanziellen Nutzen ziehen konnte. Ohne diesen Nutzen fehlt allerdings ein Motiv, welches ja bekannterweise zu einer Aufklärung führen könnte. Man sollte es eher von der sportlichen Seite sehen, wobei das potenzielle Opfer nicht mehr oder weniger als ein Kollateralschaden zu bezeichnen ist. Schließlich geht es primär um sich selbst und um die Vertreibung der Langeweile.

Einen dieser Langeweiler verkörperte Yanik Grün. Die meiste Zeit des nicht enden wollenden Tages saß Yanik Grün auf seinem Büffelledersofa, welches durch seine Widerstandsfähigkeit schon ganze Generationen schadlos überlebt hatte. Jeder hätte diesen durchschnittlich gepflegten Mann nicht älter als fünfzig geschätzt, auch weil er eine gewisse Agilität auszustrahlen vermochte, vor allem, wenn er mit zwei Sechserpack Bier beladen die vier Stockwerke hinauf zu seiner Wohnung tänzelte. Yanik war aber schon pensioniert, wenn auch nicht Vollzeit, denn sein ehemaliger Arbeitgeber spekulierte darauf, eben solche Pensionierte zu einem geringen Salär zwischenzeitlich drei Mal im Monat weiterbeschäftigen zu können. Obwohl sich Yanik erst kürzlich einen neuen Fernseher zugelegt hatte, beschränkte er seinen Fernsehkonsum lediglich auf die Abendnachrichten, weniger um die neuesten Neuigkeiten zu erfahren, vielmehr achtete er auf gewisse Feinheiten des Sprechers in Bezug auf Aussprache und Mimik. Er suchte geradezu nach Versprechern und kostete diese in befriedigender Weise aus. Natürlich hatte er nichts gegen seinen adretten Nachfolger, aber trotzdem fiel es ihm schwer, den altersbedingten Rauswurf ohne eine gewisse Melancholie anzunehmen. Sein Nachfolger, Jan Moritz Mahler, starte mit einer verkrampften Miene in den Teleprompter und leierte die Meldungen über Politik und Soziales emotionslos herunter. Irgendwie hatte man das Gefühl, dass er sich einer Beobachtung unterziehen musste, beobachtet von Janiak Grün, was eine gewisse Nervosität mitspielen ließ, auf Grund dessen er mit einem Auge unentwegt blinzelte, als wolle er seine Meldungen in einen Zweifel ziehen. Obwohl der neue Sprecher auf Grund eines Castings und eines strengen Auswahlverfahrens ausgewählt wurde, hatte der Programmdirektor diesen Posten dennoch an seinen Sohn weitergegeben, worauf niemand wagte zu widersprechen. Dutzende Fernsehzuschauer hatten nach der Sendung angerufen, denn diese dachten, dass das einäugige Blinzeln ihnen gegolten hätte. Befriedigt widmete sich daraufhin Yanik wieder seinem Puzzle, kam aber nicht weiter, denn mit diesem Bild eines wolkenlosen Himmels hatte er sich sichtlich übernommen. Immer wieder kreisten seine Gedanken um die Jahre, welche er in diesem Fernsehstudio vor dem Teleprompter sitzend verbracht hatte. Beinahe wie eine Marionette, von einer imaginären Hand geführt, las er die Meldungen, während hinter ihm die dazugehörenden Bilder mitgeliefert wurden, um dem Wahrheitsgehalt dieser Miteilungen noch mehr Nachdruck verleihen zu können. Selbstverständlich trug er einen perfekt sitzenden Anzug mit einer dazu passenden Krawatte, was die Glaubwürdigkeit dieser Meldungen zu unterstreichen vermochte.

In seine Gedanken versunken erschien ihm das zaghafte Poltern an seine Wohnungstüre wie durch seinen Pulsschlag verursachtes Hämmern in seinem Kopf. Langsam, schlurfend begab er sich zu der Türe und öffnete diese einen Spalt. Sein Blick fiel auf das rundliche Gesicht seiner Nachbarin, welche in regelmäßigen Abständen, beinahe wie ein Zeremoniell, sich nach dem Befinden ihres Nachbarn erkundigen wollte. Frau Bellheim lebte schon seit Urzeiten in diesem Hause und hatte in dieser Zeit bereits zwei Ehemänner überlebt und nebenbei noch drei Kinder groß gezogen. Sie war ebenfalls Mitte sechzig und sah auch nach Mitte sechzig aus, obwohl sie versuchte mit viel Make-up jünger zu erscheinen.

»Ach, Sie sind es, Frau Bellheim. Mir geht es gut, ich sitze im Wohnzimmer und beschäftige mich wieder einmal mit einem Puzzle«, griff Janik der bevorstehenden Frage vor.

»Nur nicht so garstig, Herr Green, schließlich möchte ich nur …«

»Sie möchten sich nach meinem Befinden erkundigen«, meinte Yanik mit einer gespielten Gelassenheit.

»Ich habe Sie schon lange nicht mehr im Fernsehen gesehen, sind Sie freigestellt worden, Herr Green?«

»Ich heiße Grün, Grüüüüün«, versuchte Yanik es nun zum gefühlten hundertsten Male richtigzustellen. »Doch, ich arbeite immer noch bei diesem Rundfunksender, aber nur zeitweise«, gab Janiak etwas gefasster zurück.

»Es ist schon erstaunlich, wie Sie wissen können, was alles so in der Welt passiert«, fuhr Frau Bellheim fort.

»Es sind Nachrichten, Frau Bellheim. Ich lese nur vor, was ein anderer, ein Redakteur aufgeschrieben hat«, gab er kurz zurück.

»Aber woher hat denn dieser seine Informationen?«

Ohne es zu wollen, hatte sich Yanik in eine Grundsatzdiskussion verstricken lassen, welche er nicht anreißen wollte.

»Kommen Sie erst mal rein, Frau Bellheim, ich versuche es Ihnen zu erklären.«

Frau Bellheim huschte daraufhin ohne zu zögern an Yanik vorbei, und obwohl sie schon des Öfteren von Yanik zu einem Tässchen Tee eingeladen wurde, schaute sie sich in einer Weise um, als wolle sie herausfinden, ob dieser eingefleischte Junggeselle zwischendurch Damenbesuch hatte, denn sie hatte den Verdacht, dass er auch schwul sein könnte. Diese heutzutage keinesfalls weltbewegende Information, dass eine Vielzahl der Medienschaffenden diese Veranlagung hätten, hatte sie erst kürzlich einer Illustrierten entnommen. Ihr Blick blieb an der Garderobe im Flur haften, aber es deutete nichts darauf hin, dass gelegentlich Frauen ein und aus gingen.

»Haben Sie Grüntee, Herr Green?«, fragte sie, bereits vollends in seiner Wohnung angekommen.

»Nein, aber einen löslichen Kaffee könnte ich Ihnen fix zubereiten«, erwiderte Yanik mit der Selbstverständlichkeit eines Junggesellen.

Zwischen gebündelten Zeitungsbergen hindurch, schleuste Yanik die ältere Dame bis zu dem Büffelledersessel zu der Sitzgruppe hinüber, während er an seinem Morgenmantel herumzupfte, den er teilweise auch tagsüber trug.

»Sie sollten sich nicht so gehen lassen, Herr Green, den ganzen Tag im Morgenmantel zu verbringen, scheint auf einen Anflug von Depression zu schließen, wie mir mein Psychoanalytiker erst kürzlich zu vermitteln versuchte.«

»Bevor Sie mich vollends durchanalysieren, werde ich mich jetzt um den Kaffee kümmern«, meinte Yanik freundlich und verschwand in der winzigen Küche.

Selbstverständlich trieb es Frau Bellheim aus einer Neugierde heraus zu dem Büchergestell hin, denn sie vermutete weiterhin einige dieser Männer-Magazine finden zu können, doch außer diesen einen überallhin verfolgenden Readers-Digest-Büchern und einigen Foto-Bildbänden befand sich nichts im Regal, was auf eine Eigentümlichkeit schließen konnte. Schnell setzte sie sich wieder hin, atmete ihres Alters entsprechend schwer und zupfte währenddessen an ihrer geblümten Bluse herum.

Kurz darauf trat Yanik wieder in das Zimmer, in jeder Hand eine Tasse tragend, und nachdem er ein aufgerissenes Päckchen Zigaretten auf dem Tisch liegen sah, meinte er nur: »Sie dürfen hier schon rauchen, Frau Bellheim. Ich selber rauche nicht, aber ich rieche es gerne und es erinnert mich an meinen Vater, welcher beinahe sein Leben lang diese krummen Zigarillos geraucht hatte.«

Frau Bellheim, schon von einem kleinen Entzug gezeichnet, nahm eine dieser Damen-Zigaretten aus der Schachtel und zündete sie mit einer hastigen, routinierten Bewegung an.

»Ich hoffe, Sie halten es nicht für unverschämt, Sie zu fragen, ob Sie möglicherweise mit mir eine dieser Flussfahrten auf dem Rhein nach Koblenz unternehmen würden. Es wäre für uns Betagte genau das Richtige, all-inclusive, und man wäre in der Gesellschaft weiterer Betagten.«

»Es macht den Anschein, als wollten Sie das Alter glorifizieren, Frau Bellheim. Sie leiden wohl nicht an der Volkskrankheit, welche sich Langeweile nennt? Selbstverständlich könnte ich mir eine solche Flussfahrt ganz amüsant vorstellen, wenn ich mir aber vorstelle, mich aus meinem langweiligen Dasein in ein langweiliges Dortsein zu verlagern, so muss ich, so leid es mir tut, von einer solchen Flussfahrt absehen.«

»Sie werden doch außer Ihrem sicherlich spannenden Puzzle noch andere Interessen haben, Yanik, wenn ich Sie so nennen darf? Ich heiße übrigens mit Vornamen Greti.«

»Na dann, Greti, stoßen wir auf unsere Langeweile an.«

»Auf Ihre Langeweile, ich habe meine Illustrierten, den Kanarienvogel und das Fernsehen. Um noch beim Thema zu bleiben: Woher kommen nun diese Nachrichten, die tagtäglich um acht über den Bildschirm flimmern?«, fragte Greti Bellheim, worauf sie einen äußerst konzentrierten Gesichtsausdruck aufsetzte, welcher ihr noch einige Falten mehr ins Gesicht zauberte.

»Die Nachrichten erhalten wir von ein paar wenigen Presseagenturen wie zum Beispiel Reuters.«

»Dann wissen die demnach aus eigener Quelle, was gerade weltpolitisch der Wahrheit entspricht?«, hakte Greti nach.

»Nein, eben nicht. Diese werden nur fernsehtauglich angepasst, um den gutgläubigen Bürger mit einer gezielten Propaganda beeinflussen zu können.«

»Aber woher kommen denn die Nachrichten wirklich? Irgendjemand muss doch für die Verbreitung zuständig sein?«, meinte Greti weiter.

»Sie werden es kaum für möglich halten, aber diese Leute, welche sich diese News teilweise aus Lügen und teilweise aus Halbwahrheiten zusammenzimmern, sitzen in der Nato und im Pentagon, wobei sich Tausende dafür einsetzen, diese sogenannten Pressemitteilungen an die Nato konformen Medien in der ganzen Welt über die Agenturen weiterzuleiten, welche auch als Transatlantiker bezeichnet werden. Über zwanzig Jahre meines Lebens habe ich zugebracht, die vorgegebenen Berichte Wort für Wort wiederzugeben, ohne zu wissen, dass die Meinungen Einzelner als Tatsache verkauft wurden, und ich mir heute wie ein Idiot vorkomme, dass ich diese politischen Unwahrheiten auch noch an den Zuschauer weitergegeben habe.«

»Ach was, Yanik, Sie steigern sich da in etwas hinein. Auf die Sportresultate und die Wetterprognosen konnte man sich jedenfalls immer verlassen. Wechseln Sie zu den Grünen, dann können Sie sich mit Themen wie der Klimaerwärmung oder erneuerbaren Energien auseinandersetzen und werden nicht von diesen umstrittenen Verschwörungstheoretikern in diesen Sumpf von Mistrauen hineingezogen. Mein zweiter Mann, Gott hab ihn selig, war ein Linksextremer und ist damit immer gut gefahren, wenigstens damals noch, als die linksextreme Szene noch nicht als Nazis betitelt wurden. Diese Basis von Links-Grünen zusammen mit der SP, welche sich aus der PdA und der Poch entwickelt hatten, versuchten der Rechtsbewegung Paroli zu bieten. Heute sind diese Grenzen zwischen links und rechts nahezu nicht mehr erkennbar.«

»Sie können gut reden, Greti. Sie konnten sich hinter der Gewerkschaft verstecken, wenn es darum ging, Fäuste schwingend hinter den Proletariern herzumarschieren und stereotype Parolen in die Welt hinauszuposaunen. Was ist denn aus der Lohngleichheit zwischen Frau und Mann geworden, lediglich eine auf das Papier gedruckte Farce ohne jegliche Verbindlichkeit. Wo ist denn der günstige Wohnraum geblieben in einer von Eliten geprägten Gesellschaft?«

»Mein Mann musste sich nicht das Geringste vorwerfen, denn er lebte für seine Ideale«, gab Greti energisch zurück. »Und Sie, Yanik, ziehen es nun etwa in Betracht, den Redakteur Ihres Fernsehsenders zu ermorden, um ihn dafür zu bestrafen, dass er den Text auf Ihren Teleprompter geschrieben hatte?«

»Einen teuflischen Plan in diese Richtung auszuarbeiten wäre wenigstens ein Ansatz, dieser ewigen Langeweile entkommen zu können«, entgegnete Yanik mit einer erschreckenden Überzeugung.

»Das Morden würde kein Ende nehmen, wenn Sie Ihre Vergeltung bis nach ganz oben ausdehnen würden. Außerdem müssten Sie bei sich anfangen, als letztes Glied der Kette, Yanik. Eine solche Flussfahrt vertreibt ebenso die Langeweile und hilft zu vergessen, was nicht mehr zu ändern ist«, meinte Greti, während sie mit einem Löffel im Tee herumrührte und eines dieser gut gelagerten Biskuits zwischen ihre schmalen Lippen schob. »Außerdem bleibt Ihnen immer noch genug Zeit für eine Richtigstellung, wenigstens solange sie im Rundfunkgebäude ein und aus gehen. Sie haben es doch in der Hand, auf den Spuren eines Bodo Schickentanz Staub aufzuwirbeln, wenigstens so lange, bis man auch bei Ihnen ein Exempel statuiert.«

»Sie meinen eine fristlose Entlassung, Greti?«

»Genau. Sie hatten doch auch einmal an einer solchen Talkshow teilgenommen. Wie hieß damals das Thema? Ah ja: ›Die Liebe zum Beruf‹. Wenn ich mich noch richtig zurückerinnere, waren Sie es doch, welcher diesem Talkmaster Schlönmaier in den Hintern gekrochen sind und auf die Wertigkeit ihres Berufstandes ein Loblied gesungen hatten. Waren es nicht Sie, Yanik, welcher sich anschließend bei mir sozusagen ausgeweint hatte, weil die ganze Sendung nur darauf abzielte zu manipulieren. Hatten nicht etwa vier von fünf Teilnehmern die Meinung dieses selbsternannten Klimaveränderungs-Guru, welcher dafür einstand, mit einer höheren CO_2-Abgabe die Welt retten zu wollen? Haben nicht alle der Zuschauer anschließend einen Blick auf den Vorklatscher geworfen und daraufhin heftig applaudiert? War das denn nicht der Gipfel der Verarschung, Yanik?«

»Sie kommen ja richtig in Rage, Greti. Um dem Bild noch einen Rahmen zu geben, muss ich anfügen, dass wir vor dieser Talkshow von diesem Schlönmaier beinahe genötigt wurden, den Kurs, welchen Schlönmaier einschlug, zu unterstützen und den einzigen anwesenden Verschwörungstheoretiker im Gleichschritt zur Schnecke zu machen und ihn ins Lächerliche zu ziehen, so lange, bis dieser die Schnauze voll hatte und das Studio verließ. Dies war dann der Start zu einer verbalen Gleichschaltung der untersten Schublade«, sagte Yanik etwas aufgewühlt.

»Und da es wirklich wichtig war, sind Sie stumm geblieben und haben sich treiben lassen. Es ist demnach höchste Zeit, dass Sie sich rehabilitieren. Sagen Sie es den Leuten, den Millionen von Zuschauern live in die Kamera. Was haben Sie zu verlieren! Setzen Sie endlich ein Ausrufezeichen und ich kann Ihnen garantieren, dass Ihre Langeweile abrupt beendet wird. Man wird Sie wegschalten, möglicherweise malträtieren, man wird Sie vielleicht mit Faustschlägen in die Magengrube zu einer Richtigstellung zwingen. Ich muss es Ihnen in einer solchen Deutlichkeit sagen, Sie werden alle gegen sich haben. Telefonate zu professionellen Killern werden geführt, Radmuttern Ihres Autos gelöst, entfernte Verwandte bedroht. Dann ist es doch erst mal vorbei mit Ihrer Langweiligkeit.«

»Ich würde so als Einstieg dann doch erst einmal auf eine solche Flussfahrt zurückkommen, um mich an eine veränderte Lebenssituation gewöhnen zu können. Wir könnten Gruppenausflüge machen, Burgen und Weinkellereien besichtigen, Fahrradtouren unternehmen und zwischendurch hätten wir auch einen halben Tag zur freien Verfügung.«

»Das wollte ich hören«, entgegnete Greti und nahm den Prospekt mit einer geheimnisvollen Geste aus ihrer Handtasche

»Koblenz oder Amsterdam? Hier habe ich noch einen Prospekt von der Rhone«, fügte sie noch an.

Ganz langsam wurde es Yanik mulmig, als sie bereits von einer gemeinsamen Kabine zu schwärmen begann.

Ja, ja, dachte sich Yanik und sie würde auf ihrer gemeinsamen Hochzeit dasselbe Hochzeitskleid tragen wie bei ihren ersten beiden Ehen. Ein weißes Spitzenkleid, als Zeichen der Unschuld. Sie würden die Flitterwochen an den Niagarafällen in einem Bungalow verbringen. Sie würde die Sexualität wieder vollkommen neu entdecken und von ihm Sachen verlangen, an die Yanik die letzten Jahre nicht einmal im Entferntesten gedacht hatte. Und wieder diese Flussfahrten, wieder ein Kapitänsdinner. Seine Gedanken überschlugen sich in einem Maße, dass es ihm heiß und kalt wurde, worauf sein Blutdruck bei gefühlten 200 stehen blieb und die Füße schwitzten, sodass die Socken quietschten.

»Haben Sie das gehört, Greti? Ich glaube, bei Ihnen drüben läutet das Telefon schon eine geraume Zeit. Es scheint etwas Wichtiges zu sein.«

»Woran erkennen Sie das, lieber Yanik?«

»An der Hartnäckigkeit des Klingelns«, warf Yanik beinahe fordernd ein.

»Ach, muss denn das gerade jetzt sein«, meinte daraufhin Greti.

Langsam, in einer Weise, als könne sie sich nicht von einem Geliebten losreißen, schwebte sie durch den Hausflur in ihre eigene Wohnung hinüber.

Wie von der Tarantel gestochen, stand Yanik auf, rannte wie von Hunden gehetzt zu seiner Wohnungstüre, schlug die Türe ins Schloss und drehte den Schlüssel zweimal bis zum Anschlag. Erst jetzt getraute er sich auszuatmen. Beinahe beschwingt kehrte er in sein Wohnzimmer zurück, setzte sich erneut auf sein Büffelledersofa, und während er ein Liedchen trällerte, suchte er die fehlenden Teile seines Puzzles zusammen.

Das Grab des Ankh Mesut

Unbarmherzig brannte die Sonne auf die ausladende Terrasse des Hotels Car-lington nieder, und obwohl etliche Sonnenschirme in regelmäßigen Abständen platziert wurden, boten sie keinen wirklichen Schutz. Es hätten sich vermutlich keine Touristen auf die Terrasse hinausgewagt, wenn die freie Sicht auf die drei großen Pyramiden nicht so spektakulär gewesen wäre.

Henry Babtiste entledigte sich kurz seiner Mütze, um die Schweißperlen auf seiner leicht gefurchten Stirn mit einem Taschentuch abwischen zu können, ehe er sich wieder seinem Roman, welcher sich mit dem Leben der ägyptischen Prin-zessin Menahari beschäftigte, zuwandte. Selbstverständlich war die Geschichte frei erfunden, und dennoch faszinierte ihn diese weitere Beschreibung über das Leben am Königshofe des Pharaos Narmer, welcher als erster Pharao in die Ge-schichte einging. Gespickt mit einer Portion Abenteuer und der dazugehörigen Romantik versuchte der Autor, die Leser bei der Stange zu halten, obwohl sich nur ein weiteres Buch dieses Themas an die unzähligen anderen Bücher anreihte. Zwischendurch hob er seinen Kopf, wobei sein Blick über das vor ihm liegende Pyramidenfeld wanderte, wobei er sich bei der Betrachtung vorstellte, etwas entdecken zu können, was bisher im Verborgenen blieb. Es schien allerdings so, als würden diese Monumente ihre Geheimnisse für sich bewahren, und obwohl Babtiste jede erdenkliche Möglichkeit, wie die Pyramiden gebaut wurden, in seiner jahrelangen Tätigkeit als Archäologe in Erwägung gezogen hatte, konnte er auf all diese Fragen auch keine Antwort finden. Die Tendenz deutet allerdings immer mehr daraufhin, dass die Steine der Pyramiden in einer Art Gussver-fahren hergestellt wurden, jedenfalls wenn man den Forschungen des Professors Kraschnick Glauben schenken kann, welchem die Möglichkeit zuteil wurde, einen dieser Steine aufsägen zu lassen, um den Kern analysieren zu können. Seine bahnbrechenden Erkenntnisse hatte er letztes Jahr in einer Fachzeitschrift veröffentlicht und dafür sogar von der ägyptischen Altertumsverwaltung ein Lob geerntet, obwohl es sich trotz allem um eine nicht wissenschaftliche Stu-die gehandelt hatte. Der Kaffee, an welchem Babtiste hin und wieder nippte, schmeckte bitter, aber er hatte diesen dem Nescafé dennoch vorgezogen.

»Warten Sie schon lange, Henry?«, fragte eine zierlich aussehende junge Frau, welche sich an seinen Tisch begeben hatte. Ihre blonden hochgesteckten Haare widerspiegelten das Sonnenlicht und boten einen Kontrast zu ihrer sonnen-gebräunten Haut.

»Eine Stunde, ich habe mich in der Zwischenzeit in einen dieser ägyptischen Romane vertieft«, erwiderte Henry und bot ihr mit einer Handbewegung den freien Stuhl neben sich an.

Obwohl Madlen schon weit über dreißig Jahre alt war, wirkte sie trotzdem immer noch wie eine Studentin, was an ihrem verschmitzten Lächeln und an der Art, wie sie sich kleidete, lag, denn der weite Hosenanzug wirkte jugendlich verspielt und betonte außerdem ihre rundliche Figur in einer dezenten Weise. Schon bereits drei Grabungswinter arbeiteten die beiden Archäologen zusammen, ohne einen nennenswerten Erfolg verzeichnen zu können. Die Gegend um Kafr Musharif lag weit entfernt der sonst üblichen Grabungsstätten wie etwa dem Tal der Könige oder Amarna, aber Babtiste hatte sich mit der Unterstützung der Orientalischen Gesellschaft in den Kopf gesetzt, dieses Gebiet nach möglichen Gräbern zu durchforschen. Madlen fungierte hauptsächlich als Sekretärin und war nebenbei für die Organisation der Grabungsarbeiten zuständig.

»Haben Sie einen neuen Fahrer organisieren können, Madlen?«, fragte Henry beinahe vorwurfsvoll, als hätte sie auf die Unzuverlässigkeit von Mohamed irgendeinen Einfluss nehmen können.

»Selbstverständlich, einen gewissen Ali Fakesh aus Gise, aber auch für ihn werde ich keine Hand ins Feuer legen«, gab Madlen streng zurück.

»Ich kann es nicht verstehen, jetzt suchen wir schon drei Grabungswinter nach Anzeichen des Grabes von Ankh Mesut, es muss dort irgendwo liegen, gerade deshalb bin ich mir so sicher, weil wir ein Fragment einer Stele mit seinem Thronnamen gefunden haben. Ich kann doch nicht das ganze Gebiet umgraben, wer soll denn das finanzieren. Die Leute der Orientalischen Gesellschaft werden schon langsam unruhig«, sagte Henry Babtiste, während er sich in einen seiner cholerischen Anfälle hineinsteigerte, was zur Folge hatte, dass einige der Gäste zu ihnen herüberblickten, um eine etwaige Steigerung in einen Tobsuchtsanfall keinesfalls zu verpassen. »Schon gut, schon gut, ich werde mich fassen, Madlen«, meinte er in einem ungewohnt ruhigen Ton, obwohl es ihn innerlich beinahe zu zerreißen schien.

»Haben Sie gerufen, Mister?«, fragte der hinzugeeilte Hotelmanager, welcher durch den Ausbruch aus seiner Lethargie aufgeschreckt wurde.

»Nein, es ist alles in Ordnung«, antwortete Henry zähneknirschend und richtete dabei seinen Blick erneut zu den Pyramiden, welche mittlerweile nur noch als große dunkle Schatten sichtbar waren.«

»Wann wird Ihre Frau eintreffen?«, fragte daraufhin Madlen, mehr um das Thema wechseln zu können, als aus wirklichem Interesse, denn sie konnte diese

Frau mit ihrem blasierten und herrschsüchtigen Getue nicht ausstehen. Eigentlich mochte sie niemand wirklich, nicht einmal ihre eigenen Kinder.

»Hören Sie auf, von meiner Frau zu sprechen, Madlen, mir graut schon alleine der Gedanke daran, dass sie morgen mit den Kindern zu uns stoßen wird.«

»Ach, die Kinder kommen auch, das ist ja mal ganz was Neues«, entgegnete Madlen neugierig.

»Sie waren nicht davon abzubringen, einige Nächte in einem richtigen Beduinenzelt zu übernachten und uns bei den Ausgrabungsarbeiten zu begleiten, obwohl beide von dieser Materie nun wirklich keine Ahnung haben, aber ich konnte es ihnen nicht ausreden, obwohl ich alles versucht habe. Sophie wird wohl auch noch ihren Mann mitschleppen, was die Krönung dieser für uns verlorenen Zeit bedeuten würde.«

Ein warmes Licht durchflutete die Terrasse, als einer der Kellner die Außenbeleuchtung einschaltete, welche aber etliches Ungeziefer anzog. Es folgte die alltägliche Touristenattraktion »Sound und Lumiere«, bei der die Pyramiden in farbige Lichter getaucht wurden, begleitet von einer monumentalen Musikdarbietung und einer beinahe magischen Stimme, welche in einer betörender Weise die Geschichte der Jahrtausende in einer Weise erzählte, welche zwar erfunden, aber dennoch süffig daherkam. Hartnäckig wurde an der Rampentheorie festgehalten, wobei sich vermutlich nur die wenigsten mit der Machbarkeit als solches auseinandergesetzt hatten und diese abstruse Theorie anschließend in die Welt hinausgetragen haben.

Ein willkommenes laues Lüftchen verursachte ein schwaches Flackern der Tischkerze und hüllte beide in ein Licht- und Schattenspiel. Immer wieder in kurzen Abständen trafen sich ihre Blicke, wobei sich Madlen daraufhin beinahe demonstrativ abwendete, um nicht eine Vertraulichkeit zwischen ihr und ihrem Chef aufkommen zu lassen.

»Ich werde auf mein Zimmer gehen, ich bin müde. Morgen wird ein anstrengender Tag«, meinte Madlen ausdrücklich.

»Madlen, bitte setzen Sie sich nochmals hin, ich möchte Ihnen etwas sagen, obwohl es mir äußerst schwerfällt, denn ich weiß nicht, wie Sie darauf reagieren werden.«

»Bitte Henry, sagen Sie nichts, ich müsste mir sonst etwas eingestehen, etwas, was ich zu unterdrücken versuche und weit von mir wegschiebe.«

»Ich liebe Sie, Madlen.«

Sanft legte Madlen zwei ihrer Finger auf den Mund von Henry und erwiderte hingebungsvoll: »Sprich nicht weiter, Henry, ich weiß, es ist Wahnsinn, aber auch ich kann mich dieser Gefühle nicht erwehren. Wie oft hatte mich die Sehnsucht nach dir verzehrt, als ich alleine in meinem Beduinenzelt liegend auf Grund der tropischen Hitze und der Sehnsucht keinen Schlaf finden konnte. Ich hätte es nie gewagt, meine wahren Gefühle dir zu offenbaren, schon alleine deshalb nicht, weil du verheiratet bist, auch wenn deine Verbindung zu deiner Frau Angela nur noch auf dem Papier besteht und deine Kinder bereits erwachsen sind.«

»Mein Liebes, wie oft stellte ich mir vor, wie meine Hände deinen wohlgeformten Körper liebkosen.«

»Mit wohlgeformt meinst du sicherlich mein Übergewicht, ich bin doch nicht blind, wenn ich mich im Spiegel betrachte. Alle Männer bevorzugen schlanke Frauen, wie oft musste ich es über mich ergehen lassen, dass ich zu fett sei«, meinte Madlen und wendete sich verlegen von ihm ab.«

»Aber Kleines, was redest du denn da für dumme Sachen, ich liebe dich so wie du bist, die einen sind etwas molliger und die anderen haben, so wie ich, abstehende Ohren. Was denkst du, was ich mir diesbezüglich anhören musste.«

»Das ist mir nie aufgefallen, Henry, dass du abstehende Ohren hast«, entgegnete sie verwundert.

»Warum dachtest du wohl, dass ich immer diese bescheuerte Mütze trage. Außerdem habe ich seit meinem 25. Lebensjahr eine Glatze.«

»Natürlich habe ich mich über die Wahl deiner Kopfbedeckung gewundert und mich gefragt, warum es gerade eine gestrickte Wollmütze sein muss, wie sie vorwiegend in Lappland getragen wird, und das bei mittleren Tagestemperaturen um 35 Grad im Schatten.«

»Du siehst, mein Kleines, wir sind alle nicht perfekt und ich bitte dich darum, niemals von mir zu verlangen, dass ich sie ausziehe«, meinte Henry streng.«

»Dann trägst du die Mütze auch des Nachts, Henry?«

»Selbstverständlich, nur wenn ich dusche, ziehe ich sie aus. Siehst du, Madlen, so haben wir alle unsere Baustellen, du mit deiner Molligkeit, ich mit meinen abstehenden Ohren und der Kellner mit seinem Mundgeruch.«

»Hat er wirklich Mundgeruch, das ist mir nicht aufgefallen?«, fügte Madlen bei.

»Es beweist uns, wie unvollkommen wir sind. Pharao Echnaton litt zum Beispiel an einer Schläfenlappen-Epilepsie und zeigte außerdem Symptome einer fortgeschrittenen Verweiblichung, welche naturalistisch auch im Abbild seiner Büsten deutlich zu diagnostizieren war. Eine erblich bedingte Vergrößerung der Brüste und Hüfte.«

»Mit dem Unterschied, dass ich meine Kilos angefuttert habe und diese nicht auf eine erbliche Veranlagung zurückzuführen sind«, meinte daraufhin Madlen verschmitzt.

»Möchtest du mich noch begleiten, Madlen, ich hätte Lust, mit dir einen kleinen Spaziergang bis hinunter zur Sphinx zu unternehmen, denn ich nehme nicht an, dass ich in einer solchen Nacht schlafen könnte, dazu bin ich zu sehr aufgewühlt.«

»Doch Liebster, ich würde dich gerne begleiten, denn auch ich spüre, dass etwas Wundervolles mit uns geschehen ist.«

Ali Fakesh wartete bereits morgens um sieben Uhr neben seinem Jeep auf die Ankunft der beiden Archäologen, denn bis gegen Mittag war die Hitze noch einigermaßen erträglich und zudem hatte man auf der Verbindungsstraße, welche von Kairo nach Alexandria führte, freie Fahrt und musste nicht diesen stinkenden, mit Zuckerrohr beladenen Lastwagen hinterherfahren.

Punkt acht Uhr verließen Madlen und Henry mit Reisetaschen und Rollkoffern das Hotel Carlton und bewegten sich eilends zu dem Wartenden auf den hoteleigenen Parkplatz hinüber.

»Guten Morgen, die Herrschaften«, begrüßte Ali die Ankömmlinge und nahm ihnen die Gepäckstücke ab, verstaute diese anschließend im kleinen Kofferraum des Geländewagens, wobei er ungewohnt sorgsam damit umging.

Die Straße sah aus, als hätte man nur eine dünne Schicht Asphalt über den sandigen Untergrund gegossen, denn links und rechts waren bereits große Stücke weggebrochen. Leichte Sandverwehungen zogen über die schnurgerade Straße und wirbelten den Sand bei jedem vorbeifahrenden Auto auf. Zielstrebig und sichtlich routiniert chauffierte Ali Fakesh die beiden durch die endlos scheinende Wüste hindurch. Obwohl sich der Nil in unzählige Arme verzettelte, kreuzten wir ihn nur einmal, als wir nach Nordosten Richtung Kafr Musharif abbogen, welches an der Peripherie zum grün überwachsenen Nildelta war. Ein künstlich angelegter Kanal sorgte für die Bewässerung der abgelegenen Felder, seit durch den Bau des Assuan Staudammes keine natürliche Überschwemmung mehr stattfinden konnte. Durch den Bevölkerungszuwachs hatten sich die Dörfer immer mehr ausgebreitet und man hätte diese teilweise abtragen müssen, um weitere Grabungen vornehmen zu können. Das abgesteckte Gebiet, mit dem sich Babtiste beschäftigte, war schon vor einigen Jahrzehnten von mehr oder weniger professionellen Ausgräbern durchforscht worden, wobei es sich meist um irgendwelche Abenteurer gehandelt hatte, welche auf Zufallsfunde gehofft hatten. Es wurde mit brachialer Gewalt vorgegangen, wobei ich an die Methoden eines gewissen Ali Abd ar Rasul erinnern möchte, welcher nicht davor zurückschreckte, aufgefundene Sarkophage mit Dynamit auseinanderzusprengen, um an vermutete Schätze zu gelangen. Diese unvorstellbare Barbarei wäre in der modernen Archäologie nicht mehr denkbar. Natürlich leben heute noch Nachkommen Rasuls im Grabräuberdorf Kurna und versuchen unter ihren Hütten, allerdings nur mit bescheidenem Erfolg, Eingänge zu Grabanlagen freizulegen.

Das vorläufige Ziel der beiden Archäologen war ein kleines Guest House, welches sich nicht unweit der Grabungsstätte befand. Der palmenbewachsene Garten erinnerte Henry an die Oase el Kharga, welche er einige Male besucht hatte, um etwas Ruhe und Erholung finden zu können. Madlen hielt sich an Henry fest, als der Fahrer auf der Nebenstraße zu diesem Guest House mit ruckartigen Fahrmanövern den Schlaglöchern auszuweichen versuchte, was ihm aber nur teilweise gelang.

»Ich nehme an, dass meine Familie bereits eingetroffen ist.«

»Du hast immer noch die Möglichkeit, umzukehren, Henry, es ist noch nicht zu spät«, meinte Madlen mit Nachdruck, denn sie wollte eine Konfrontation mit seiner Frau, dieser alles vereinnehmenden Person vermeiden. »Wirst du es ihr sagen, Henry?«

»Was denn, mein Liebling?«, antwortete er in einer gespielten Naivität.

»Dass wir uns lieben.«

»Ja, mein Kleines, aber bitte lass mir etwas Zeit, die richtigen Worte zu finden.«

Das stabile Schuhwerk der beiden versank im sandigen Boden, als sie sich dem Guest House näherten.

»Ah Mister Babtiste, welcome«, sagte der sichtlich aufgebrachte Besitzer des Guest House und streckte ihm seine verschwitzte Hand hin.

»Misses Winter, es ist mir eine Freude, Sie bei mir begrüßen zu können.«

Diese gespielte, klebrige Freundlichkeit, immer diese einstudierten Phrasen dieses Hotelbesitzers, hatte Henry noch nie gemocht, und er hatte diese in den letzten drei Jahren wahrlich zur Genüge kennengelernt, obwohl sie es meistens vorzogen, im Beduinenzelt nahe der Ausgrabungsstätte zu nächtigen.

»Ihre Frau mit Gefolgschaft wartet im Speisesaal auf Sie«, meldete er, wobei die Betonung auf »Gefolgschaft« etwas Abwertendes beinhaltete.

Langsam, als wollte Henry noch etwas Zeit gewinnen, stieß er die Türe zum Speisesaal auf.

»Wo bleibst du denn so lange, Henry, uns in diesem stinkenden Hotel warten zu lassen, ist wahrlich eine Zumutung. Ist das deine Hilfskraft?« Mit ihrem

Gehstock zeigte sie zu Madlen hinüber und weigerte sich damit, ihr die Hand zu reichen.

»Guten Tag, Vater«, meldeten sich daraufhin Henrys Töchter zu Wort, nur Karl-Heinz folgte der Begrüßung angespannt und wortlos, obwohl ihn Sophie mehrmals anstupste.

»Und du, Karl-Heinz, hast du dich auch dazu entschieden, romantische Nächte in einem richtigen Beduinenzelt zu verbringen?«

»Ich wollte eigentlich nicht an dieser sicherlich abenteuerlichen Expedition teilnehmen, aber Sophie hatte mich ausdrücklich darum gebeten, sie zu begleiten.«

»Du siehst nicht danach aus, als wenn du diesen Strapazen gewachsen wärst«, meinte Henry streng.

»Ach was, Karl-Heinz wird wohl kaum selber zur Schaufel greifen müssen, dafür hast du ja deine Lakaien, Henry«, ging Angela entschieden dazwischen. »Sie sehen mir auch nicht gerade beweglich aus, Miss Winter, ich dachte immer, es erfordere eine gewisse Sportlichkeit, um in diese Höhlen hineinkriechen zu können.«

»Nun mach aber mal einen Punkt, Angela, kannst du deine Beleidigungen nicht für dich behalten. Miss Winter ist eine erfahrene hoch dotierte Archäologin und kriecht nicht in Höhlen herum.«

»Wann soll es also losgehen? Je schneller, desto besser! Kommt Kinder, wir werden heute Nacht unsere Zimmer hier im Hotel beziehen, für eine Nacht im Beduinenzelt ist es morgen immer noch früh genug«, sagte Angela Babtiste und drehte sich ruckartig um.

»Haben Sie auch etwas mit diesen Grabungen zu tun, oder sind Sie für das Gepäck zuständig?«, sagte Angela zu mir, während sie auf die in der Halle stehenden Koffer zeigte.

»Weder noch, ich bin lediglich auf der Durchreise auf dem Weg nach Kenia. Darf ich mich vorstellen, mein Name ist von Willensdorf«, antwortete ich freundlich, aber bestimmt.«

»So, so, nach Kenia wollen Sie, was macht ein Mann wie Sie in Kenia? Vermutlich sind Sie einer dieser Sextouristen, Sie sehen mir nicht so aus, als seien Sie geschäftlich unterwegs.«

»Jetzt lass doch diesen Mann in Ruhe, Angela«, sagte Henry, welcher das Gespräch Wort für Wort mitbekommen hatte. »Entschuldigen Sie bitte, Herr von Willensdorf, meine Frau ist heute wieder einmal unausstehlich.«

Ohne sich umzudrehen, stampfte Misses Babtiste in das obere Stockwerk und verschwand anschließend in einem der Zimmer.

»Darf ich mich vorstellen, Henry Babtiste, ich leite zusammen mit Miss Winter die Ausgrabungen hier in Musharif. Das sind meine Töchter Sophie und Soraya sowie mein Schwiegersohn Karl-Heinz.«

»Man könnte uns beinahe als Kollegen bezeichnen, ich bin Schriftsteller und Verfasser des Buches ›Das Antlitz des Anubis‹, und obwohl es sich dabei nicht um ein wissenschaftliches Buch handelt, so wandelt es trotzdem auf den Spuren des ägyptischen Totenbuches, aus der Sicht Professor Erik Hornungs, welcher vor einigen Jahren eine Vorlesung über dieses Thema gehalten hatte.

»Dann kennen Sie womöglich auch das Buch ›Der eine und die vielen?‹«

»Sicherlich kenne ich es«, entgegnete ich begeistert. »Was hoffen Sie hier draußen, abseits der üblichen Ausgrabungsstätten zu finden, Herr Babtiste?«

»Es gibt Anzeichen für die Existenz eines weiteren Grabes eines eher unbedeutenden Pharaos namens Ankh Mesut.«

»Welchen Erkenntnissen liegt Ihre Vermutung zu Grunde?«

»Der einzige Anhaltspunkt, den ich für das Vorhandensein eines möglichen Grabes habe, ist ein Fragment einer Stele mit dem Thronnamen dieses Pharaos aus der 12. Dynastie, welche ich drüben bei der Grabungsstelle gefunden habe.«

»Bestehen irgendwelche Aufzeichnungen, welche ein Vorhandensein dokumentieren könnten«, wollte ich weiter wissen, denn er hatte mittlerweile mein Interesse geweckt.

»Wir sind im Besitze von Aufzeichnungen, welche uns Flinders Petri hinterlassen hatte, in der Musharif erwähnt wurde. Seine Grabungen waren aber nicht von Erfolg gekrönt und so geriet dieser Ort an die hundert Jahre in Vergessenheit. Miss Winter und ich werden von der Orientalischen Gesellschaft finanziert, doch deren Geduld ist nicht unerschöpflich, sie wollen nach drei Grabungswintern endlich Resultate sehen.«

»Und wenn die Orientalische Gesellschaft den Geldhahn zudreht, was wirst du dann tun, Papa?«, ging Sophie dazwischen.

»Dann werde ich es aus eigener Tasche finanzieren, schließlich habe ich ja noch den Familienbesitz in Bordeaux, ich werde jedenfalls nicht aufgeben, so viel steht fest«, erwiderte Henry vollends überzeugt.

»Warum zeigst du ihm nicht die Stele, ich denke, du hast das Interesse von Herrn von Willensdorf nun restlos geweckt, ist es nicht so?«, meinte Madlen nicht ganz ohne Stolz.

»Das scheint eine längere Fachsimpelei zu werden, ich werde mich auch auf mein Zimmer zurückziehen«, sagte daraufhin Sophie und verließ alleine das Esszimmer.

»Ich werde die scheinbare Faszination solcher Ausgrabungen nie begreifen können. Einige Tonscherben sind dann meist das Ergebnis monatelanger Wühlerei in der unsäglichen Hitze«, kam Karl-Heinz dazwischen, wobei sein Gesichtsausdruck eine gewisse Langeweile beinhaltete, wie es von einem Versicherungsagenten nicht anders zu erwarten war.

»Ich werde Ihnen die Stele zeigen, würdest du Sie holen, Madlen?«

Kurz darauf kam sie mit der in ein Seidenpapier gewickelten Stele zurück und legte sie behutsam auf den Esstisch. Beinahe theatralisch wurde diese von Henry ausgewickelt, wobei alle Anwesenden das Fundstück fasziniert in Augenschein nahmen. Sogar Karl-Heinz warf einen kurzen Blick darauf.

»Ich nehme an, Sie haben eine Abschrift der Hieroglyphen erstellt, Herr Babtiste?«

»Bitte sagen Sie Henry zu mir.«

»Freut mich, mein Name ist Herbert.«

»Um auf Ihre Frage zurückzukommen, selbstverständlich habe ich eine Abschrift, wollen Sie sie sehen, Herbert?«

»Gerne«, antwortete ich, worauf Madlen erneut das Zimmer verließ, denn die Abschrift befand sich in einer Aktenmappe auf ihrem Zimmer.

Gerade als Madlen das Zimmer wieder verlassen wollte, stellte sich Sophie ihr demonstrativ in den Weg.

»Bringen Sie meinen Vater dazu, dass er diese sinnlose Grabungstätigkeit einstellt. Wir werden es zu verhindern wissen, dass er unser Vermögen für nichts und wieder nichts zum Fenster hinauswirft. Ich warne Sie, Madlen, auch im Namen meiner Mutter. Sie wird sich Ihnen gegenüber großzügig zeigen, falls Sie ihn dazu bringen können, die Arbeiten vor Ende der Grabungssaison aufzugeben.«

»Wie großzügig?«, antwortete Madlen scheinbar an dem Angebot interessiert.

»Wir dachten so an 20 000 ägyptische Pfund, außerdem werden Sie diese Stele verschwinden lassen, denn dies könnte ihn dazu bringen, die Arbeit aufzugeben.«

»Sie scheinen es mit Ihrem Angebot wirklich ernst zu meinen, Sie vergessen nur eines, liebe Sophie, dass ich nicht die Sekretärin Ihres Vaters bin, sondern ebenso eine ambitionierte Archäologin mit einem unzähmbaren Wissensdrang. Davon abgesehen liebe ich Ihren Vater und werde ihn heiraten, sobald Ihre Mutter einer Scheidung zustimmen wird.«

Eigentlich wollte sie das Liebesbekenntnis für sich behalten, aber sie war über den Bestechungsversuch dermaßen aufgebracht, dass sie sich gegenüber Sophie nicht zurückhalten konnte.

»Das werden Sie mir büßen, Madlen«, sagte Sophie wutentbrannt, und packte sie dabei fest an beiden Armen, sodass Madlen sich regelrecht losreißen musste.

»Sie werden unsere Liebe und die Suche nach dem Grab nicht aufhalten können, weder mit Geld noch mit Drohungen, Sophie.«

Eiligst verschwand sie daraufhin im Zimmergang, und den Tränen nahe, eilte sie die Hoteltreppe hinunter.

»Was ist mit dir, Madlen?«, fragte Henry, als sie etwas überstürzt das Esszimmer betrat.

»Ich möchte nicht darüber reden«, entgegnete sie wieder etwas gefasst, während sie das Blatt Papier auf den Tisch legte.

»Hier Herbert, sehen Sie selbst, es handelt sich zweifelsfrei um die Königskartuschen des Pharaos Anch-Mesut mit dem schreitenden Horus in Menschengestalt. Was meinen Sie, Herbert?«

»Ich tippe eher auf einen Ibis in Menschengestalt«, erwiderte ich mit einer gewissen Zurückhaltung.

Nachdem Henry die Aufzeichnungen mit einer Lupe nochmals eingehend studierte, meinte er: »Sie haben recht, Herbert, es ist tatsächlich ein Ibis. Sie denken wohl auch, dass dieses Fragment echt ist, oder handelt es sich dabei um eine der unzähligen Kopien, welche auf dem Schwarzmarkt unter der Hand den Besitzer wechseln?«

»Könnte ich nochmals das Original sehen, Henry?«

Vorsichtig schob er mir die Stele mit einer gewissen Andacht herüber. Henrys Blicke wechselten abwechslungsweise hin und her, wobei seine Aufmerksamkeit meiner Beurteilung des Fundstückes galt.

»Die Tatsache, dass niemand einen offensichtlichen Vorteil aus einer Fälschung erzielen könnte, falls er dieses Fragment nicht selbst zum Verkauf anbieten würde, stimmt mich positiv, dass es sich wirklich um ein Original handeln könnte. Außerdem würde eine Fälschung ein gewisses Fachwissen voraussetzen.«

»Dann werden wir weitergraben, Henry!?«, war mehr eine Bestätigung, als eine Frage von Madlen, welche vor lauter Freude und Begeisterung Henry um den Hals fiel.

»Na, na, Madlen nicht so stürmisch. Wir werden erst die Ankunft von Mister Sharani abwarten müssen, denn ohne seine Einwilligung können wir unsere Arbeit nicht fortsetzen.«

Sharani war der Vorsteher der Altertumsverwaltung in Kairo und kein Weg führte an ihm vorbei. »Ich weiß, Henry, aber ich bin guter Dinge, dass er die Bewilligung erteilen wird«, entgegnete Madlen beschwingt.

»Es wäre mir eine Ehre, wenn Sie, Herbert, uns morgen zu der Grabungsstätte begleiten würden, Ihre fachmännische Meinung könnte meinen Forschungsdrang beflügeln.«

»Sehr gerne, aber versprechen Sie sich nur nicht zu viel von meinen bescheidenen Kenntnissen, denn mein Spezialgebiet ist eher die Forensik und diese käme allenfalls nach dem Auffinden eines womöglich unberührten Grabes zum Tragen.«

»Dann sind Sie Mediziner, Herbert?«, folgerte Henry.

»Nein, Kriminalist«, gab ich entschieden zurück.

Die Nacht kühlte nur mäßig ab, und ich wachte auf Grund seltsamer, undefinierbarer Geräusche, welche sich wie ein Stöhnen anhörten, mehrmals auf. Früh morgens riss mich ein hartnäckiges Klopfen an meine Zimmertüre aus dem Schlaf.

»Herr von Willensdorf«, war eine schwache Stimme zu vernehmen. »Die anderen Gäste sind bereits beim Frühstück. Herr Babtiste hat mir aufgetragen, Sie zu wecken, denn er möchte noch, wenn möglich in der morgendlichen Frische die Grabungsstätte aufsuchen.«

»Ich komme«, gab ich zurück, und mit meinen Safarihosen und einem bunten Hemd bekleidet, begab ich mich nach unten in das Speisezimmer.

»Wir wollen doch früh los, Herbert, bevor die sengende Hitze ein Arbeiten unmöglich macht«, meinte Henry knapp, bevor er sich wieder dem kontinentalen Frühstück zuwandte.

Alle waren anwesend, sprachen aber nur das Nötigste miteinander, denn Angela Babtiste wusste nun über die heimliche Beziehung zwischen Madlen und Henry Bescheid.

»Wann wollen Sie starten, Henry?«

»In einer halben Stunde soll es losgehen«, gab Henry sichtlich aufgeregt zurück.

Sophie und Madlen tauschten verächtliche Blicke aus, nur Karl-Heinz schien die spannungsgeladene Luft nicht zu stören, denn er sah sich von den familiären Problemen weitgehend ausgeschlossen.

»Werden wir diesen Sharani am Grabungsfeld treffen?«, wollte Soraya wissen.«

»Ja, aber erst gegen Abend, er wird von Kairo kommend etwa um 17 Uhr eintreffen«, berichtete Henry in einer geschäftlichen Art. »Ich glaube, es wäre vernünftig, wenn die Damen auch etwa um diese Zeit zu uns stoßen würden. Ich glaube, ihr würdet euch ja nur langweilen. Was meint ihr, Kinder?«

»Also ich möchte dabei sein«, sagte Soraya und hoffte auf die Zustimmung ihres Vaters, welcher zustimmend nickte.

»Sophie und ich werden hier im Hotel bleiben und uns den lieben langen Tag langweilen. Ach, hätte ich doch nur dieser hirnverbrannten Idee nie zugestimmt. Gut, wir werden später mit dem Land Rover nachkommen«, zischte Angela und legte sich draußen auf einen der Liegestühle in den Schatten. Ihr Sonnencreme verschmiertes Gesicht glänzte, auf Grund dessen sie sich unentwegt mit einer Papierserviette abtupfte.

Kaum hatten die Archäologen das Hotel verlassen, näherte sich ein gut gekleideter Mann Angela Babtiste. Sie waren alsbald in ein vertrauliches Gespräch vertieft, als würden sie sich schon länger kennen.

Sophie hatte sich unterdessen in ihrem Zimmer unter die Dusche gestellt und war froh, diese wenige Zeit mit sich selbst verbringen zu können. Sanft, aber ausgiebig ließ sie das Wasser über ihren straffen Körper perlen, wobei sie der Gedanke, dass ihr Vater sie um ihr Erbe bringen würde, nicht mehr losließ. Sie erfand die abstrusesten Theorien, wobei sie sogar mit dem Gedanken spielte, einen Unfall auf der Grabungsstelle zu inszenieren.

Als Sophie die Treppe herunterkam, traf sie ihre Mutter, an der Bar sitzend, einen Gin Tonic schlürfend. Es war scheinbar nicht ihr erster, denn obwohl sie saß, schien sie leicht zu schwanken und ihr Blick war trüb und glasig.

»Geben Sie mir noch einen«, forderte sie den Barkeeper auf, welcher selbstverständlich auf ihre Wünsche einging.

»Hast du nicht schon genug gehabt, Mutter! Wir müssen einen klaren Kopf behalten, es geht schließlich um unsere Existenz.«

»Ja, ja, ich werde aufhören zu trinken, nur noch den einen«, sagte sie daraufhin lallend.

»Und nachher legst du dich am besten hin, ich werde dich dann rufen, wenn es Zeit ist, abzufahren.

Eher widerwillig, aber dennoch ging Angela nach oben und legte sich hin.

Unterdessen herrschte Großbetrieb auf der Grabungsstätte. Riesige Massen von losem Sand wurde von Arbeitern in Körben weggetragen und durchgesiebt, um auch die noch so kleinsten Hinweise auf ein vorhandenes Grab auffinden zu können. Madlen hatte eine Karte, auf der in einem Raster das Gebiet eingezeichnet war, offen auf einem Tisch liegen und verglich sie mit dem Verlauf der Grabungsarbeiten. Etwas davon entfernt saßen Soraya und Karl-Heinz im Schatten des Beduinenzelt-Vordaches und blickten von den Grabungsarbeiten abgewendet in die beinahe unendliche Weite des flimmernden Wüstensandes. In regelmäßigen Abständen beklagte sich Karl-Heinz über die Hitze, aber weil es eine unabdingbare Tatsache war, blieb seitens Soraya jegliche Reaktion aus.

Henry hielt sich in einem der Zelte auf und begutachtete die spärlichen Fundstücke, die aber nicht einmal den historischen Wert besaßen, in einem Museum ausgestellt zu werden. Trotzdem wurden alle sorgsam registriert und mit einem Kärtchen versehen. Obwohl sich immer wieder eine gewisse Resignation breitmachte, arbeitete Henry unaufhörlich und unbeirrbar weiter.

Mit einem Ruck wurde die Blache des Zelteinganges zur Seite geschoben. Draußen standen Sophie und Angela.

»Wir haben diesen Herrn unten an der Straße angetroffen. Ich nehme an, Sie wollen zu meinem Mann? Darf ich vorstellen, das ist Herr Henry Babtiste, der Grabungsleiter.«

Der etwas schmächtige Mann in dem beigen Freizeitanzug drängte sich nach vorne mit den Worten: »Mein Name ist Sharani. Ich komme von der Altertums-Verwaltung in Kairo. Meine Visite wurde Ihnen sicherlich angekündigt, Herr Babtiste.«

»Sicherlich«, antwortete Henry und bat den Fremden Platz zu nehmen. »Bitte lasst uns alleine«, sagte er zu den beiden Damen und zog, schon wegen der eintretenden Hitze, die Blache wieder zu.

»Ich wurde damit beauftragt, Ihnen im Falle einer positiven Entwicklung der Grabungsarbeiten eine weitere Grabungslizenz zu erteilen. Wir schätzen Ihre Bemühungen, endlich einen Anhaltspunkt sowie den Beweis für das Existieren eines solchen Grabes zu erbringen. Leider müssen wir Ihnen nun mitteilen, dass wir Ihre Grabungslizenz nicht verlängern werden. Nachdem bereits Flinders Petri kein Erfolg beschert wurde, sehen wir es als beinahe unmöglich an, dass Sie nun etwas finden werden. Könnten Sie sich beispielsweise dazu entscheiden, im Tal der Könige oder in Kom Ombo zu graben, so würden wir gegebenenfalls Ihren Antrag wohlwollend prüfen. Es tut uns leid, aber ich muss Sie bitten, die Grabungen bis in einem Monat einzustellen. Ich wünsche Ihnen noch weiterhin viel Erfolg. Auf Wiedersehen, Herr Babtiste.« Sharani verschwand, wie er gekommen, und ließ den resignierten Forscher alleine mit sich zurück.

»War das Sharani?«, fragte Madlen, welche kurz darauf das Zelt betrat.

»Ja, wir müssen die Grabungen einstellen, er teilte mir mit, dass die Lizenz nicht erneuert wird. Ich war gerade dabei, einige Fotos der Grabungsstelle aufzunehmen, als mich die Hiobsbotschaft erreichte.«

»Wir müssen etwas finden, nur so wäre es möglich, die Verwaltung umstimmen zu können«, sagte Henry zu mir und trieb die Arbeiter an, mit vollen Kräften weiterzuarbeiten.

»Wir haben es bereits vernommen, es tut uns leid, aber vielleicht ist es ja besser so«, meinten Angela und Sophie, welche scheinbar das Gespräch belauscht hatten.

»Bitte entschuldigt mich, ich muss alleine sein.«

Seine Enttäuschung wechselte in Zorn, worauf er mit schweren Schritten das Zelt verließ und Richtung Straße hinunterging. Die Anwesenden folgten ihm mit ihren Blicken, bis zu dem Zeitpunkt, als er hinter einer großen Erderhebung verschwand.

»Das tut mir leid für euch«, versuchte ich Madlen zu trösten, doch sie wirkte apathisch und hörte nicht wirklich zu. Nur Karl-Heinz schien dies alles nicht zu interessieren, denn er hatte sich nicht einmal dazu bewegen können, aus seinem Klappstuhl aufzustehen. Genüsslich trank er seinen Guaven-Drink und schien zufrieden mit sich und der Welt zu sein.

Stumm saßen Madlen und ich unter dem Vorzelt. Madlen war dabei, einige Pläne in eine Klapptasche zu versorgen, während ich, möglicherweise aus einer Verlegenheit heraus, begann, mit einem Taschenmesser einige Kerben in den Holztisch zu kritzeln.

In einer typischen aufgeregten Manier näherte sich ein Arbeiter unserem Zelt und mehr schreiend als redend berichtete er, dass man in einer Grube nicht weit der Grabungen einen Toten gefunden hätte. Er läge auf dem Bauch und niemand der Arbeiter getraute sich ihn anzufassen. In seinem Rücken stecke ein Messer. »Sie müssen kommen, Mister, entsetzlich grauenvoll«, stammelte er noch, ehe er sich umdrehte und uns in schnellen Schritten vorauseilte.

Madlen und ich hatten beide unabhängig voneinander den Verdacht, dass es sich bei dem Toten um Henry handeln könnte. Ein Messer im Rücken schloss wenigstens einen Suizid aus. Doch dies waren erstmals nur Spekulationen, welche wir uns beide zurechtgelegt hatten.

Mit einer gewissen Abscheu zeigte Mohamed auf den toten Körper. Um die Mulde herum hatten sich bereits die Arbeiter versammelt und blickten schweigend hinunter. Gefolgt von Madlen sprang ich in einem Satz hinunter und drehte den Toten mit aller Vorsicht um. Tatsächlich steckte ein langes Messer in seinem Rücken, welches nach ersten Erkenntnissen tatsächlich zu seinem Tod maßgeblich beigetragen hatte.

»Kennen Sie diesen Mann?«, fragte ich Madlen, doch auch sie hatte diesen

Mann niemals zuvor gesehen. »Bitte gehen Sie zurück und informieren Sie die Polizei, wir können den Toten bei dieser Hitze nicht allzu lange hier liegen lassen.«

Während Madlen sich aufmachte, untersuchte ich den Toten, denn ich nahm nicht an, dass er keinen Ausweis bei sich hätte. Einen Passport konnte ich in keiner seiner Taschen seines Anzuges finden, doch in der einen Innentasche befand sich eine abgegriffene Visitenkarte, auf der man noch schwach den Namen Sharani erkennen konnte. Dies war also der Abgesandte der Altertums-Verwaltung, welcher die Hiobsbotschaft überbracht hatte.

»Kennt ihr diesen Mann?«, wollte ich von den Arbeitern wissen, doch niemand meldete sich.

Von der Neugierde getrieben, erschienen ebenso Angela und Sophie am möglichen Ort des Verbrechens und blickten angewidert hinunter, denn das Gesicht des Opfers war auf Grund seines Todeskampfes zu einer furchterregenden Grimasse verzogen.

»Das ist doch dieser Sharani«, sagte daraufhin Angela und wendete sich von dem Toten ab.

»Wo ist Henry, er müsste ihn zweifelsfrei identifizieren können, schließlich hatte er mit ihm gesprochen?«

»Ja, das stimmt«, meinte daraufhin Sophie, wobei sie ihren Blick nicht von dem Toten abwenden konnte.

Bei genauerer Betrachtung fielen mir Schleifspuren im Sand auf, was darauf hindeutete, dass der Fundort nicht mit dem Tatort identisch war. Die Spur war weitgehend zertreten, doch ich konnte ihr trotzdem bis zur Straße hinunter folgen, auf der eine schwarze Limousine mit dem Schlüssel im Zündschloss steckend stand. Neben dem Auto war an einer Stelle der Sand leicht rot-schwarz gefärbt. Möglicherweise wurde er beim Einsteigen überrascht und niedergestochen, aber das würde die kriminaltechnische Untersuchung sicherlich auch ergeben.

Die Polizei ließ sich alle Zeit der Welt, was ich aber nicht als unüblich empfand. Dennoch kamen sie etwa eine halbe Stunde nach der Benachrichtigung zu dritt in einem alten Fiat angefahren. Zu guter Letzt stieg in einer Behäbigkeit der leitende Inspektor aus dem Fahrzeug und kam auf mich zu. Er trug als Einziger keine Uniform, aber dennoch schwitzte er, was auch an seinem Übergewicht gelegen haben könnte.

»Einen Toten haben Sie gefunden?«, fragte er eher teilnahmslos und blickte sich dabei suchend um. »Wo ist denn der Tote?«

»Da drüben hinter dieser kleinen Düne«, gab ich zurück.

»Wer sind Sie, und haben Sie den Toten gefunden?« Er wollte alles zu einem schnellen Abschluss bringen, denn es war immer noch brütend heiß, obwohl es schon sechs Uhr abends war. Gefolgt von den beiden Polizisten gingen wir zu dieser Mulde hin und endlich schien der Inspektor zu glauben, dass wirklich ein Verbrechen vorlag.

»Mein Name ist Herbert von Willensdorf und ich habe mich dieser Grabungsexpedition angeschlossen.«

»Wer ist der Grabungsleiter?«

»Ein gewisser Henry Babtiste, er ist momentan unpässlich, das heißt, wir wissen nicht, wo er sich zurzeit aufhält.«

»Bitte sperrt den Tatort großräumig ab«, befahl der Inspektor, worauf die Polizisten begannen, die Arbeiter nachhaltig zu verscheuchen.

Ein soeben herbeigeeilter Arzt war eben dabei, das Messer aus dem toten Körper zu ziehen, als Henry herbeieilte und ebenso entsetzt hinunterblickte.

»Man hatte mir gesagt, dass ein Mord verübt wurde und dass es sich bei dem Toten um Sharani handeln würde. Aber das ist ja gar nicht Sharani, ich habe diesen Mann noch nie zuvor gesehen«, verkündete er mit absoluter Sicherheit.

»Sind Sie sich dessen absolut sicher, Henry, ich jedenfalls habe eine Visitenkarte, welche auf den Namen Sharani lautet, bei ihm gefunden«, erwiderte ich etwas verwundert.

»Kann denn niemand bezeugen, dass es sich bei diesem Mann wirklich um den sogenannten Sharani handelt?«

»Doch, meine Frau und meine Tochter können es bezeugen, dass es sich bei diesem Mann nicht um den gleichen Mann handelt, welcher sich bei mir als Mister Sharani vorgestellt hatte.«

»Bitte, jemand soll augenblicklich die Frau und die Tochter hierherbringen«, befahl der Inspektor ausdrücklich.

»Bitte schauen Sie sich den Toten genau an, Misses Babtiste. Können Sie uns bestätigen, dass es sich um den gleichen Mann handelt, welchen Sie im Zelt Ihres Mannes gesehen haben?«

Ohne zu überlegen, meinte Angela: »Ja, es ist derselbe Mann, es besteht kein Zweifel.«

»Aber Angela, sag doch die Wahrheit, du weißt doch, dass es nicht dieser Mann war, warum lügst du?«

»Doch, es war derselbe«, bestätigte nun auch Sophie nachdrücklich.

»Was wollte dieser Sharani von Ihnen, Herr Babtiste?«, fuhr der Inspektor mit seiner Befragung fort. »Sie brauchen nur zu antworten, falls Sie sich nicht selbst damit belasten.«

»Ich habe nichts getan. Natürlich war ich äußerst aufgeregt, als er mir mitteilte, dass die Grabungslizenz nicht erneuert würde, aber ihn dafür umzubringen, wäre doch völlig absurd und würde an der Tatsache rein gar nichts ändern.«

»Was sagen Sie dazu, Misses Babtiste?«, versuchte der Inspektor ein Bild aus Angela herauszukitzeln.

»Keinesfalls wäre mein Mann fähig, einen Mord zu begehen, auch wenn er hin und wieder zu cholerischen Anfällen neigt.«

»Ich finde es zum jetzigen Zeitpunkt unverantwortlich, auf Grund einer Vermutung bereits eine Schuldzuweisung zu tätigen, obwohl die kriminaltechnische Untersuchung noch nicht mal begonnen hat«, mischte ich mich beinahe vorwurfsvoll ein. »Bringen Sie mir Beweise für eine Tat des Beschuldigten und machen Sie Ihre Arbeit«, sagte ich mit Nachdruck.

Die Ermittlungen verliefen in einer zu erwartenden dilettantischen Weise, welche ich aus früheren Ermittlungen her kannte. Spuren wurden verwischt, die dazu beigetragen hätten, den Verdächtigen zu entlasten. Wenigstens wurde an der schwarzen Limousine nach Fingerabdrücken gesucht und der mittlerweile schwarze Blutfleck wurde zu meinem Erstaunen auch bemerkt, jedoch wurde im Innern des Wagens kein Schriftstück gefunden. Henry konnte sich frei bewegen und beobachtete aus einer Distanz heraus das unprofessionelle Vorgehen der Beamten.

»Bleiben Sie nur ruhig, Henry, sie werden mit Sicherheit keinen Beweis finden, welcher Sie belasten könnte«, sprach ich ruhig und gelassen zu ihm.

Erstmals zeigte Karl-Heinz eine gewisse Aufregung, denn für ihn war es das erste Mal, bei einer solchen Ermittlung hautnah dabei zu sein.

»Ich kann es nicht verstehen, Herbert, warum Angela nicht die Wahrheit sagt, sie weiß doch, dass sie mich mit ihrer Aussage zusätzlich belastet.«

»Könnte es sein, dass Sie sich auf Grund einer seelischen Belastung nicht doch geirrt haben, Henry?«, versuchte ich diese Möglichkeit einzubeziehen.

»Nein, ach, ich weiß doch auch nicht mehr, ich bin so durcheinander, ich weiß überhaupt nichts mehr.«

»Könnte ich Sie einen Moment sprechen, Misses Babtiste?«, sagte ich in einer unaufdringlichen Weise, worauf sie mir in das kleine Beduinenzelt folgte.

»Misses Babtiste, wo haben Sie diesen Mann, sei er nun Sharani oder nicht, erstmals gesehen, war es, als er aus dem Auto stieg?«

»Wir, meine Tochter und ich, bemerkten ihn erst, als er den kleinen Hügel hinaufstieg und scheinbar nach meinem Mann Ausschau hielt.«

»Hatte sich dieser Mann als Mister Sharani vorgestellt?«

»Nein, aber ich habe angenommen, dass es sich um diesen Mann handeln musste.«

»Warum?«

»Weil er Straßenkleidung trug«, erwiderte Angela.

»Sie sind also mit Ihrer Tochter vom Hotel losgefahren und kamen etwa zur gleichen Zeit mit diesem Sharani am entfernten Grabungsfeld an. Nun behaupten Sie, dass Sie sein Auto nicht bemerkt hätten.«

»Wir sind auf der oberen Straße bis zu der Kreuzung, welche in die untere Kreuzung einmündet, und von da an zu Fuß weitergegangen. Erst weiter oben trafen wir auf diesen Sharani.«

Tatsächlich stand der Range Rover auf der oberen Straße und belegte somit die Aussage von Misses Babtiste.

Ganz unvorbereitet stand plötzlich der Inspektor im Raum und meinte ziemlich nachdrücklich, ich solle mich nicht in seine Untersuchung einmischen und die laufende Ermittlung mit meinen Befragungen stören.

»Sie werden mich nicht daran hindern können, meine eigenen Ermittlungen durchzuführen, außer Sie würden mich wegen Behinderung festnehmen lassen, doch davon würde ich Ihnen abraten, wenn Sie Ihren Job behalten wollen. Bitte zwingen Sie mich nicht dazu, Dr. Behrami in Kairo zu kontaktieren, Inspektor.«

Dr. Behrami war der Leiter des Auswärtigen Amtes und mein persönlicher Freund aus der Zeit, als ich mich in Wadi Halfa aufgehalten hatte. Natürlich hatte auch der Inspektor schon von diesem Behrami gehört und schlug daraufhin ganz andere Töne an.

»Eigentlich habe ich nichts gegen Sie, Herr von Willensdorf, und möchte Sie selbstverständlich in die Ermittlung einbeziehen.«

»Hat man das Messer bereits untersuchen können«, wollte ich wissen, denn es bot die Möglichkeit, der Lösung etwas näher zu kommen.

»Ich erwarte jederzeit den Bericht der Untersuchung und werde Sie selbstverständlich über das Ergebnis informieren, Herr von Willensdorf. Für mich ist der Fall klar. Nur Henry Babtiste kommt als Täter in Frage, denn er hatte ein Motiv und die Gelegenheit dazu gehabt. Vermutlich hatte er sich in einen dieser cholerischen Anfälle hineingesteigert und zugestochen, als dieser Sharani in sein Auto steigen wollte. Auf einem kleinen Umweg kam er anschließend zurück zum Camp und mimte den Unschuldsengel«, folgerte der Inspektor, vollends von seiner These überzeugt.

»Sie gehen den Weg des geringsten Widerstandes, Herr Inspektor. Natürlich ist es für Sie von Vorteil, die Lösung pfannenfertig serviert zu bekommen, den Täter abzuliefern und die Lorbeeren einzuheimsen.«

Kurz darauf läutete sein Handy, und wie er vermutet hatte, waren auf dem Messer nur die Fingerabdrücke von Henry Babtiste zu finden.

»Was sagen Sie nun, von Willensdorf, sind Sie immer noch von der Unschuld Babtists überzeugt?«

Ich konnte und wollte mich nicht dazu äußern, außer dass ich vorschlug, Babtiste einem Verhör zu unterziehen, ehe man ihn als Schuldigen verhaften würde. Der Inspektor stimmte widerwillig zu, worauf dieses im großen Beduinenzelt stattfinden sollte.

»Herr Babtiste, Sie sind Archäologe?«

»Ja.«

»Seit wann sind Sie direkt oder indirekt an Ausgrabungen beteiligt?«

»Seit nun mehr als neun Jahren.«

»Ich nehme an, Sie gehen mit Herzblut zur Sache?«

»Ja, aber was soll diese Fragerei?«

»Bitte antworten Sie nur auf meine Fragen, Mister Babtiste. Ich frage, weil ich annehmen muss, dass sie mit dem Bescheid dieses Sharani nicht wirklich umgehen konnten und nur noch rotsahen.«

»Ich habe ihn nicht getötet, wenn Sie das damit meinen.«

»Also, Sharani betrat das Zelt und offenbarte Ihnen das Ende der Grabungen. Anschließend verließ er das Zelt wieder, und was geschah dann?«

»Madlen, meine Assistentin, betrat kurz darauf das Zelt und ich teilte ihr diese niederschmetternde Nachricht mit. Gemeinsam gingen wir nach draußen und trafen auf Misses Babtiste und ihre Tochter. Scheinbar hatten sie gelauscht und alles mitbekommen, denn sie versuchten mich zu trösten. Soraya und Karl-Heinz saßen drüben vor dem anderen Zelt und hielten Blickkontakt mit uns.«

»Also etwa fünfzig Meter entfernt«, ließ sich der Inspektor bestätigen. »Und dieser Karl-Heinz war die ganze Zeit vor diesem Zelt?«

»Ich kann mich nicht daran erinnern, ich habe nicht immer darauf geachtet. Ich wollte alleine sein und ging zu Fuß den schmalen Weg hinunter bis zur unteren Straße und weiter an der kleinen Düne entlang bis zu dem Punkt, von welchem man den grünen Landstrich des Nildeltas sehen kann.«

»Wie lange dauerte dieser Fußmarsch in etwa?«

»Eine Stunde schätzungsweise.«

»Als Sie die Straße erreichten, ist Ihnen dieser dunkle Wagen aufgefallen?«, wollte der Inspektor weiter wissen.

»Ja, jetzt da Sie mich fragen, tatsächlich habe ich diesen Wagen gesehen, und ich habe mich noch gewundert, weil eine Türe offen stand.«

»Was haben Sie sich gedacht, als Sie das Auto sahen?«

»Ich weiß es nicht mehr, ich war so in Rage.«

»Den Fahrer, Mister Sharani, haben Sie demnach nicht gesehen?«

»Nein, ich kann mich nicht daran erinnern.«

»Ihr Messer, welches in dem Toten steckte, wurde von Ihrer Frau zweifelsfrei identifiziert, denn wie Sie sagte, hätte Sie es Ihnen vor einiger Zeit geschenkt, zum Geburtstag oder so. Ihr Messer mit Ihren Fingerabdrücken, was sagen Sie dazu, Babtiste?«

»Ich habe dieses Messer gar nie benutzt, ich weiß nicht einmal mehr, wo ich es liegen hatte. Jeder hätte es nehmen können.«

»Sie behaupten also, dass es nicht der Getötete war, welchen Sie in Ihrem Zelt empfangen hatten. Ist Ihnen an diesem Mister X etwas Spezielles aufgefallen? Versuchen Sie sich an Details zu erinnern, es ist äußerst wichtig.«

»Er trug einen Straßenanzug, ein weißes Hemd ohne Krawatte, einen braunen Wildwest-Hut und ziemlich massives Schuhwerk. Ich habe darauf geachtet, weil er ein Bein leicht nachzog, als hätte er eine leichte Gehbehinderung«, führte Henry aus.

»Eine Mappe oder Aktentasche hatte er nicht bei sich?«

»Nein, das war auch eine Besonderheit, denn solche Typen haben doch immer eine Mappe oder dergleichen bei sich.«

»Ja, das ist sehr verwunderlich, da gebe ich Ihnen recht, denn der Getötete hatte weder bei sich noch im Auto eine solche Aktentasche«, stellte der Inspektor fest. »Wir werden an dieser Stelle das Verhör unterbrechen. Ich kann Sie leider nicht entlasten, Mister Babtiste, auch wenn Ihre Geschichte glaubwürdig erscheint, dennoch sind Sie unser Hauptverdächtiger, was meinen Sie, von Willensdorf?«

»Wenn Sie nichts dagegen haben, Herr Inspektor, so würde ich gerne diesen Karl-Heinz einer Befragung unterziehen, denn er ist der Einzige, welcher sich bisher nicht geäußert hatte.«

»Wenn Sie sich etwas davon versprechen, nur zu.«

Karl-Heinz hatte sich mittlerweile wieder vor dem kleinen Zelt auf seinen Stuhl gesetzt und rauchte genüsslich eine Zigarette. Es schien, als ginge ihn die ganze Angelegenheit überhaupt nichts an. Die Sonne stand schon etwas tief und hatte etwas an Kraft verloren, aber trotzdem wischte er sich mit einem Handtuch in regelmäßigen Abständen den Schweiß von der Stirn. Zwischendurch versuchte er vergebens mit seiner Hand einige aufsässige Mücken zu vertreiben. Als ich noch etwa zwanzig Meter von ihm entfernt war, winkte er mir in einer Weise zu, als wäre ich ein langjähriger guter Freund. Das Waten durch den Sand strengte mich an, obwohl die Verbindungswege aus festgetretenen Pfaden bestanden.

»Sie scheint ja überhaupt nichts aus der Ruhe bringen zu können«, begann ich das Gespräch.

»Ich sehe keinen Sinn darin, mich in irgendetwas hineinzusteigern, nur dass der Mörder noch frei herumläuft, beunruhigt mich ein wenig, das muss ich zugeben. Sind Sie schon weitergekommen, Herr von Willensdorf? Sie werden mich jetzt womöglich nach meinem Alibi fragen?«

»Sie saßen die ganze Zeit auf diesem Klappstuhl und hatten rein gar nichts zu tun. Das stimmt doch soweit?«

»Ja, und Soraya leistete mir, abgesehen von schätzungsweise zwanzig Minuten, Gesellschaft«, meinte er selbstsicher und putzte dabei seine Brillengläser.

»Zwanzig Minuten hätten gereicht, hinunterzueilen, um diesem Mann ein Messer in den Rücken zu stoßen«, sagte ich provozierend.

»Sie machen sich lächerlich, von Willensdorf, was hätte ich für ein Motiv gehabt, eine solche verwerfliche Tat zu begehen? Ich bin nur der nette Schwiegersohn, und außerdem ist es mir völlig gleichgültig, ob Henry nach Schätzen gräbt oder nicht. Hauptsache, ich habe meine Ruhe.«

»Immerhin können Sie es sich leisten, hier in Ägypten ihre Zeit zu verbringen. Eigenartigerweise schon seit zwei Monaten, etwas zu lange, als dass es sich in eine übliche Ferienabwesenheit einordnen lassen würde. Um es auf den Punkt zu bringen, Sie sind seit über drei Monate arbeitslos, jedenfalls hatte es mir Soraya so berichtet.«

»Ach, diese Ziege konnte wieder einmal ihren Mund nicht halten. Ja, es stimmt, und nun, was folgern Sie daraus, macht es mich etwa verdächtig?«

»Aus diesem Gesichtspunkt heraus kann es Ihnen nicht völlig gleichgültig sein, wenn Ihr Schwiegervater sein ganzes Geld für seine Grabungskampagne ausgibt. Nein, ich kann Sie von den Verdächtigen nicht vollends ausschließen, Karl-Heinz. Haben Sie den Namen Ihrer Frau angenommen?«

»Ja.«

»Wie ist Ihr richtiger Name, Ihr Ledigname?«

»Müller, Karl-Heinz Müller, aber dieser Name gibt im Gegensatz zu Babtiste gar nichts her.«

»Das verstehe ich nur allzu gut«, entgegnete ich, ohne zu erwähnen, dass von Willensdorf auch nicht mein richtiger Name ist. »Sie saßen also zur Zeit des Verbrechens hier und haben überhaupt nichts gesehen oder gehört?«, fuhr ich mit der Befragung fort.

»Das würde ich so nicht sagen.«

»Schließlich hatten Sie …«

»Genau, überhaupt nichts zu tun. Ich sah einen Mann aus dem großen Zelt kommen. Dieser ging aber nicht zu der Autostraße hinunter, sondern schlug genau die entgegengesetzte Richtung ein, was mich wunderte, denn südlich unseres Camps befindet sich nichts, nur Sand und Dünen. Erst jetzt, da Sie mich darauf ansprechen, ist es mir wieder eingefallen«, meinte Karl-Heinz nachdenklich.

»Und sonst?«

»Etwas später trat mein Schwiegervater zusammen mit Madlen aus dem Zelt, wo sie von Sophie und meiner Schwiegermutter scheinbar in ein Gespräch verwickelt wurden. Kurz darauf entfernte sich Henry und verschwand hinter dem Hügel, welcher hinunter zur Straße führt.«

»Danke für Ihre Hilfe, Karl-Heinz, ich werde Sie nun wieder in Ruhe lassen, denn wenn einer nichts zu tun hat, sollte man ihn dabei nicht unterbrechen. Wo ist Soraya?«

»Sie hat sich hingelegt, denn es war alles etwas zu viel für sie.«

Als ich zurück zum großen Zelt kam, erwartete mich Madlen bereits.

»Bist du schon weitergekommen, Liebling?«

»Ich denke, dass ich den Fall gelöst habe, es steht nur noch ein Telefonat an, und dann möchte ich mich noch einmal drinnen im Zelt umsehen.«

»Der Inspektor verdächtigt immer noch Henry und er lässt sich durch nichts von seiner Theorie abbringen«, meinte Madlen sachlich.

»Bei Henry passt alles genau zusammen. Tatmotiv und Gelegenheit, doch es passt nicht in mein Schema, dass er auf diese höchst dilettantische Weise einen Mord begehen würde.«

Ganz außer Atem stürmte Sophie herbei und überbrachte uns die Nachricht, dass man anscheinend Soraya vergiftet hätte. Sie liege drüben bei dem Tisch, auf dem die gekühlten Getränke stehen, am Boden und würde sich nicht mehr rühren. Der Inspektor war bereits vor Ort und versuchte sie, so gut es ging, zu reanimieren, doch jede Hilfe kam zu spät. Leblos glitt sie ihm durch die Finger und sank lautlos in den heißen Wüstensand. Das Glas, aus dem sie getrunken hatte, stand immer noch auf dem Tisch, wurde aber sogleich von dem Inspektor gesichert. Es war auf Grund des Bittermandelgeschmackes nicht schwierig zu erraten, dass Soraya mit Zyankali vergiftet wurde.

»Schon der zweite Mord, wer hatte Zugang zu den Getränken?«, fragte ich, als ich kurz darauf dazustieß.

»Das arme Ding«, meinte der Inspektor und senkte dabei den Kopf.«

»Soraya! Bitte lasst mich zu meiner Tochter.«

In tiefstem Entsetzen versuchte Angela ihre Tochter wachzurütteln, doch das Leben war erloschen. Nun kam auch Henry dazu und blickte unbeweglich, starr auf den leblosen Körper hinunter.

»Ich hätte es wissen müssen, wie konnte ich nur so dumm sein. Jetzt fügt sich alles aneinander. Ich bitte euch alle, in einer Stunde im großen Zelt zu erscheinen, dann werden wir Klarheit darüber haben, wie sich alles zugetragen hatte. Bitte, Herr Inspektor, bringen Sie den Leichnam in das kleine Zelt und bahren Sie ihn dort auf, bis er abgeholt werden kann.«

Ich versuchte mich auf einem Spaziergang so gut es ging zu sammeln. Mein Telefonat hatte das ergeben, was ich erwartet hatte, und so war auch der letzte Zweifel restlos ausgeräumt.

»Wir haben uns hier versammelt, leider zu spät, weil ich das Naheliegende nicht erkannt habe und damit den zweiten Mord an Soraya nicht verhindern konnte. Der unglückselige Verlauf dieser Tragödie nahm mit einer Frage seinen Anfang, aber auf diesen Punkt möchte ich später nochmals eingehen. Zuerst möchte ich jeden der Männer bitten, ihren linken Schuh auszuziehen und ihn mir rüberzureichen.«

»Jetzt machen Sie aber einen Punkt«, fauchte Karl-Heinz, folgte aber dennoch widerwillig meiner Anweisung.

»Genau wie ich es mir gedacht habe. Ich wollte nur den Beweis erbringen, dass es zwei Sharanis gab, denn hier vor diesem Tisch ist deutlich ein Fußabdruck im losen Sand zu erkennen, an dem dieser sogenannte Sharani gestanden hatte. Das Profil der Sohle gleicht beinahe einem Wanderschuh und ist weder mit dem Schuh des Getöteten noch mit einem von euren identisch. Wir wissen jetzt, dass dieser Fremde sich als Sharani ausgegeben hatte, nur worin lag der Grund dieses Täuschungsmanövers? Klarheit habe ich bekommen, als ich telefonisch die Altertums-Verwaltung kontaktierte und mir bestätigt wurde, dass sie selbstverständlich die Grabungslizenz verlängert hätten. Natürlich konnte man die Erregung seitens von Herrn Babtiste verstehen, welcher sein Lebensziel, das Grab des Ankh Mesut, schwinden sah. Natürlich hätte er die Möglichkeit gehabt, diesem Sharani zu folgen und ihm das Messer, sein Messer in den Rücken zu stoßen. Aber so war es nicht, denn schon die Tatsache, dass er einem anderen, völlig fremden Mann gegenüberstand, hätte ihn derart verunsichert, dass er niemals zugestoßen hätte. Tatsache ist, dass er, wie ausgesagt, einen längeren Spaziergang tätigte und daraufhin ahnungslos zurückkam. Der wirklich einzige Knackpunkt, den ich zu lösen hatte, war die Tatsache, dass bei der Ankündigung gestern im Esszimmer, dass dieser Sharani zu uns stoßen würde, weder Sophie noch Angela Babtiste etwas mitbekommen hatte, denn sie hatten sich bereits in ihre Zimmer zurückgezogen. Damit kam zwar nicht der Mörder selbst, aber ein Mitwisser ins Spiel, unser über alles erhabener Karl-Heinz Babtiste, welcher scheinbar kein Wässerchen trüben kann. Nur Sie konnten die Information weitergeben. Nichts ahnend fuhr dieser Sharani die untere Straße hinauf, um die gute Botschaft dem Grabungsleiter zu überbringen. Selbstverständlich hielt er an, als die beiden Frauen, Sophie und Angela, auf der Straße standen und womöglich einen Notfall vortäuschten. Während die eine ihn ablenkte und die andere ihm mit aller Kraft das Messer in den Rücken stieß. Zusammen, denn alleine wäre es nie möglich gewesen, schleiften sie den toten Körper bis zu der Mulde und ließen ihn dort liegen. Ein wirklich teuflischer Plan und eiskalt berechnet. Unterdessen machte sich der falsche Mister Sharani zu Fuß auf den Weg und kam über die Düne von der Südseite her, denn sein parkierter Wagen durfte keinesfalls gesehen werden. Ich glaube, dass es sich Angela Babtiste einiges kosten ließ, diesen Mann dazu zu bewegen, in die Rolle dieses Sharani zu schlüpfen. Soraya muss den Mord an Sharani beobachtet haben, hielt sich aber vorerst zurück, doch sie konnte es mit ihrem Gewissen nicht vereinbaren und erwähnte es gegenüber Sophie, es der Polizei melden zu müssen, obwohl es sich um ihre eigene Schwester handelte. Die eine Frage von Sophie über die weitere Finanzierung der Grabungen und die Antwort, dass Henry es von seinem Vermögen finanzieren würde, kostete Sharani und Soraya das Leben, von der Angst getrieben, sie müssten auf das be-achtliche Erbe von Henry verzichten. Auch Sie, Karl-Heinz, werden sich vor dem Gesetz verantworten müssen, denn Sie haben dieses Verbrechen bewusst nicht zu verhindern versucht, denn auch Sie rechneten sich am Rockzipfel Ihrer Frau ein Leben im Luxus aus. Das Messer bei Henry zu entwenden, um den Verdacht auf ihn lenken zu können und ihn lebenslänglich hinter Gitter zu bringen, war auch ein Teil dieses teuflischen Planes.«

»Sie haben sich hier eine Geschichte zurechtgelegt, welche leider nur auf Vermutungen basiert, denn Sie sind uns den Beweis bisher schuldig geblieben«, sagte daraufhin Misses Babtiste in einer gewissen Überheblichkeit.

»Ihr Plan hatte zu diesem Zeitpunkt eine Schwachstelle, als Sie Karl-Heinz in Ihre mörderische Absicht einbezogen, denn Karl-Heinz ist zu schwach, um die stundenlangen Verhöre durchzustehen, aber intelligent genug, seinen Kopf rechtzeitig aus der Schlinge zu ziehen. Denken Sie nicht auch, Karl-Heinz? Wir werden uns für Sie einsetzen und Sie werden möglicherweise mit einer bedingten Gefängnisstrafe davonkommen.«

»Ich wusste doch, dass es nicht klappen wird. Alleine schon diesen Sharani umzubringen, um weitere Grabungen verhindern zu wollen, war von Anfang zum Scheitern verurteilt. Ja, ich habe Angela und Sophie von dem Besuch des Altertums-Verwalters berichtet, ich weiß nicht mehr, warum, möglicherweise aus Solidarität. Jedenfalls fassten auf Grund dessen Angela und Sophie den Entschluss, diesen Sharani umzubringen und den Mord Henry in die Schuhe zu schieben. Als Soraya drohte, der Polizei alles zu erzählen, gab es kein Zurück mehr. Sie beide waren es, Sie haben recht, von Willensdorf, ich kann so nicht weiterleben.«

»Du warst schon immer ein Versager, Karl-Heinz, du hast es eben wieder bewiesen, sie hätten uns rein gar nichts nachweisen können«, schrie Sophie, während sie auf den ruhig dasitzenden Karl-Heinz mit beiden Fäusten einschlug. Nur mit gemeinsamer Anstrengung war es möglich, die Aufgebrachte und in eine Hysterie verfallende Sophie zurückzuhalten. »Es war doch dein Plan, sag es ihnen. Er hatte den Plan, diesen Sharani zu beseitigen«, schrie sie weiter, während Angela ruhig und gefasst auf ihrem Stuhl saß und ihren Kopf gesenkt hatte.

Der Inspektor gab die Anweisung, alle drei abzuführen.

»Es tut mir so leid für dich, Henry, du hast auf einen Schlag deine gesamte Familie verloren, aber ich werde mich um dich kümmern.«

Mit ruhiger Stimme meinte er daraufhin: »Dann ist es wirklich wahr, dass wir unsere Arbeit fortsetzen können?«

»Wie gesagt, wurde es mir bestätigt. Eine schriftliche Zusage wird in den nächsten Tagen folgen«, gab ich zurück.

»Ich möchte Ihnen von Herzen danken, Herr von Willensdorf«, fuhr er ruhig fort.

»Ich werde hier wohl nicht mehr gebraucht«, meinte daraufhin der Inspektor und verließ mit einer gewissen Andacht das große Beduinenzelt.

Die Grabungsarbeiten wurden ein paar Tage später wieder aufgenommen, immer noch auf der Suche nach dem legendären Grab des Pharao Ankh Mesut, welches tief in der Erde auf seine Entdeckung wartete.

Die Kreuzfahrt

Berge von Reiseprospekten stapelten sich auf dem Schreibtisch von Inspektor Carington in einer ungeordneten und nicht überschaubaren Weise. Er selbst hatte bisher vehement die Meinung vertreten, dass Ferien völlig unnötig wären und dass diese ein bis zwei Wochen vom Leben abgezogen würden. Also fiel es Carington nicht schwer, diese ersatzlos streichen zu wollen. Wenn da nicht seine Frau Sally gewesen wäre, welche schlussendlich den ausschlaggebenden Impuls dazu gegeben hatte. Steve Carington wollte es bei einer kurzen Flussfahrt mit einigen geführten Ausflügen belassen, doch die Gegenwehr seiner Frau schien diesmal übermächtig und unabwendbar zu sein. Mindestens eine Atlantikkreuzfahrt müsste es dann schon sein, denn schließlich möchte man mitreden können, wenn sich Freunde und Bekannte wieder einmal über das Buffet und das Freizeit-Angebot an Bord gegenseitig hochschaukeln würden. »Alle unsere Freunde haben mindestens schon einmal an einer solchen Kreuzfahrt teilgenommen«, war das unumstößliche Argument von Misses Carington gewesen. Besonders die teuren Segelschiff-Reisen in kleinen Gruppen hatte Sally mit einem Rotstift hervorgehoben, obwohl sie wusste, dass es das finanzielle Budget um ein Vielfaches sprengen würde. Oberflächlich blätterte Steve einige der Prospekte durch und versorgte sie dann aber stapelweise in der Schublade seine Schreibtisches, denn er hatte noch einen Fall abzuschließen und wollte sich nunmehr auf dieses bevorstehende Verhör vollends konzentrieren.

»Bitte nehmen Sie Platz, Herr von Euw. Nicht da drüben, hier, wenn ich bitten dürfte.«

Martin von Euw setzte sich hin und blickte dabei etwas verloren zu dem Inspektor hinüber.

»Zuerst zu Ihren Personalien. Sie heißen Martin von Euw und sind wann geboren?«

»Aber Herr Inspektor, das wissen Sie doch schon alles.«

»Nun stellen Sie sich bitte nicht quer, Herr von Euw. Es sollte doch nicht so schwierig sein, mir Ihr Geburtsdatum zu nennen.«

»Am 5. September 1956.«

»Sehen Sie, es war doch gar nicht so schwierig. Können Sie sich erinnern, wo Sie sich am Donnerstag, den 10. Juni um etwa 15 Uhr aufgehalten haben, Herr von Euw?«

»Sie sagten Donnerstag? Da war ich zu Hause, ich bin eigentlich sehr oft zu Hause, seit man mir meine Anstellung altersbedingt gekündigt hatte.«

»Sie waren also zu Hause, kann dies jemand bezeugen, Herr von Euw?«

»Was sollen diese Fragen, Herr Inspektor, Sie wissen doch ganz genau, dass mir die Anstellung gekündigt wurde, weil ich nur mit einer Krawatte bekleidet Kunden in der Kleiderboutique bedient habe. Ich hatte schon früher das Bedürfnis, mich bei jeder passenden und unpassenden Gelegenheit nackt zu zeigen.«

»Mich würde vor allem dieser genannte Donnerstag interessieren, Herr von Euw. Sie können also bestätigen, dass Sie zu Hause waren? Würden Sie sich oben bitte frei machen, Herr von Euw.«

»Sehr gerne, Herr Inspektor.«

Martin zögerte keinen Moment und entledigte sich daraufhin seines T-Shirts.

»Zeugen haben ausgesagt, dass ihnen eine Narbe, möglicherweise von einer Blinddarmoperation, an dem Mann aufgefallen war. Ich sehe, Sie haben eine solche gut sichtbare Narbe. Außerdem hätte der Mann einen beigen Trenchcoat getragen. Besitzen Sie einen solchen, Herr von Euw?«

»Ja, ich besitze mehrere Trenchcoats, möglich, dass einer davon beigefarben ist.«

»Wir haben jedenfalls einen solchen bei Ihnen sicherstellen können«, meinte der Inspektor.«

»Das kann schon sein, aber was soll das beweisen, Herr Inspektor. Ich weiß ja nicht einmal, warum Sie mich vorgeladen haben«, entgegnete von Euw, sich seiner Unschuld vollends bewusst.

»Sie hätten doch nun wirklich an solchen FKK-Stränden an der Ostsee oder so genug Möglichkeit, sich nackt zu zeigen, warum muss es denn immer an solchen unspezifischen Orten sein. Es geht ja nicht in erster Linie um uns Erwachsene, Sie haben mit Ihren exhibitionistischen Schweinereien auch Kinder erschreckt, Herr von Euw.«

»Ich kann nichts dafür. Irgendwann hat es damit angefangen, dass ich mich nur mit einem Tangaslip in die öffentliche Straßenbahn setzte und spürte, wie die Blicke der Passagiere auf mir lasteten. Ein Gefühl einer tiefen Befriedigung durchströmte meinen Körper. Ich konnte gar nicht mehr anders, als es immer und immer wieder zu wiederholen.«

»Nur dass Sie sich nicht mehr damit begnügten, sich in Unterwäsche zu zeigen. Sie wollten mehr, sie wollten alles zeigen«, sagte der Inspektor beinahe angewidert. »Irgendwie hatten Sie es aber jedes Mal fertiggebracht, sich einer Verhaftung durch die Ordnungskräfte zu entziehen. Möglicherweise lag es daran, dass Sie immer eine Maske getragen haben. An diesem besagten Donnerstag zum Beispiel trugen Sie eine DJ-Bobo-Maske, als Sie vor dieser Telefonkabine standen und Ihren Mantel öffneten. Sie können es nicht leugnen, dass Sie einige Masken zum Beispiel von Heino oder Chris Roberts besitzen, welche Ihnen möglicherweise eine besondere zusätzliche Befriedigung verschafften. Wir wissen nicht, ob die Masken, oder Ihre Nacktheit, die beteiligten Zuschauer mehr irritiert hatten. Jedenfalls hatten Sie es mit der Maske von Angela Merkel auf die Spitze getrieben. Wir hatten schon länger ein Auge auf Sie geworfen, denn Sie konnten sich ja nicht mehr damit begnügen, einmal pro Woche Ihre exhibitionistischen Ausflüge zu unternehmen, nein tagtäglich und dann noch, was ich besonders verurteile, vor einem Schulhaus. Wir sind daraufhin mit der psychologischen Betreuung beinahe nicht mehr hinterhergekommen. Einige der Schülerinnen mussten sich daraufhin krankschreiben lassen, denn so irritiert waren diese von Ihrer Performance, wenn man dies so bezeichnen könnte. Wenn Sie wenigstens ein Instrument dazu gespielt oder einen Tanz aufgeführt hätten, dann hätte man die Kinder spielerisch auf das nackte Leben vorbereiten können. Geben Sie es zu, Herr von Euw. Sie steckten unter dieser DJ-Bobo-Maske. Und haben diese beiden älteren Damen damit erschreckt. Wir hatten die größte Mühe damit, die beiden Damen davon zu überzeugen, dass es sich bei diesem Exhibitionisten nicht um DJ Bobo gehandelt hatte, denn sollte dies einer Öffentlichkeit zugänglich gemacht werden, so würden die Besucherzahlen seiner Shows drastisch sinken, oder steigen, wenn allgemein erwartet wird, dass er sich während der Show entblößen würde. Alle Indizien sprechen gegen Sie, Herr von Euw. Sie brauchen nur noch hier zu unterschreiben und Sie werden bis zur Gerichtsverhandlung auf freien Fuß gesetzt. Außer Sie treiben Ihr Spiel weiter, so müssten wir Sie in Gewahrsam nehmen. Außerdem hat sich bereits eine Gruppe von Rentnern zusammengeschlossen, um den Masken-Exhibitionisten zu jagen. Ich brauche Ihnen wohl nicht zu sagen, was sie mit diesem Maskenmann anstellen, wenn sie ihn erwischen.«

»Sie meinen?«

»Ja, ich meine, Herr von Euw. Sie werden nichts mehr haben, um es zeigen zu können.«

»Wo muss ich unterschreiben, Herr Inspektor?«

Der Inspektor reichte ihm das Schuldbekenntnis, worauf Martin mit zittrigen Fingern unterschrieb.

Nach Meinung von Steve ging alles zu glatt und viel zu schnell. Er hätte gerne

noch einige Verhöre mehr angehängt, um die Entscheidung bezüglich der Kreuzfahrt noch etwas hinauszuzögern zu können. Nochmals nahm Steve die Prospekte
aus der Schublade und blieb an einer günstigen Karibik-Kreuzfahrt hängen.
Alles bis auf die üblichen Nebenkosten inklusive. Erholung an Bord, fakultative
Landausflüge, alles dabei. Er hoffte auf eine Zustimmung seiner Frau, war aber
äußerst zuversichtlich. Tatsächlich stimmte sie zu, als Steve ihr am Abend das
Angebot unterbreitete.

»Du wirst sehen, mein Liebling, es wird dir auch gefallen«, schwärmte Sally
ihrem Mann vor. »Während ich an einem Insel-Shopping teilnehme, kannst du
in einer Hängematte liegen und Kokosnusswasser trinken. Endlich einmal weg
von deinem Mord-und-Totschlag-Beruf.«

»Ich habe bereits jetzt schon Heimweh, obwohl wir noch gar nicht gestartet
sind, Sally«, meinte Steve, während er mit seiner Gabel im Krautsalat herum-
stocherte. »Wir konnten übrigens diesen Maskenmann identifizieren und verhaften. Er hat daraufhin das Schuldbekenntnis, bei dem ich noch einige Delikte
mehr dazugedichtet hatte, unterschrieben. Wir haben schließlich genug unbe-
arbeitete Fälle.«

»Aber Steve, du kannst diesem Mann doch nicht alle deine unbearbeiteten
Fälle unterjubeln. So lange würde dieser Mann ja gar nicht mehr leben, wenn er
alle unerledigten Straftaten absitzen müsste«, meinte Sally mit ernster Miene.

»Muss er auch nicht, denn ich habe es nur so als kleinen Scherz in die Diskussion einfließen lassen. Der nette junge Mann im Reisebüro meinte, dass erst 2800
Buchungen für unsere Kreuzfahrt eingegangen sind. Es hätte noch freie Außen-
kabinen mit Bullauge und dem obligatorischen Haarföhn. Ich werde mir eine
Anti-Eisberg-Garantie unterschreiben lassen«, sagte Steve sichtlich verunsichert.

»In der Karibik hat es keine Eisberge, mein Schatz. Es wäre viel wahrschein-
licher, in einen Tropensturm zu geraten und als Fischfutter für die Haie zu
enden«, entgegnete Sally lachend.

Der Taxichauffeur, welcher die Caringtons zum Flughafen bringen sollte, wartete
bereits geduldig vor ihrem Hause, während Misses Carington immer noch versuchte, irgendwelche Sachen in den bereits übervollen Koffer hineinzupressen.

»Nun komm schon, Sally«, mahnte Steve, während er den Knopf des Fahr-
stuhls drückte.

Stundenlang mussten die Caringtons eingezwängt auf ihren Sitzen ausharren,
was ein solcher Direktflug nach Kuba zwangsläufig mit sich brachte und nicht
zu umgehen war. Immer wieder musste Steve zwischendurch aufstehen, um sei-

nen Thrombose gefährdeten Beine etwas Freiraum verschaffen zu können. Das Flugzeug war bis auf den letzten Platz besetzt. Beim Betrachten der Touristen versuchte Steve abzuschätzen, welche Leute ebenfalls dieselbe Kreuzfahrt gebucht haben könnten, und stufte diese in verschiedene Gruppen ein. Da waren zum Beispiel diejenigen der gehobenen Klasse, welche aber auf Grund einer pathologischen Sparsamkeit die enge Economy-Klasse wählten. Dann waren da diejenigen, welche zu vergessen versuchten, dass eine solche Reise nur mittels eines Kredites möglich war. Er selbst würde sich als durchschnittlichen Mittelklasse-Reisenden mit Drang zum Inselabenteurer bezeichnen, wobei niemand außer seiner eigenen Frau dem wilden Treiben Einhalt gebieten könnte, und würde. Er sah sich nicht den ganzen Tag in der Hängematte, er würde in den Strandbars scharfe Getränke zu sich nehmen und exzessiv zu den tropischen Rhythmen tanzen, während seine Frau bei der Wassergymnastik versuchte die vorgegebenen Choreographien einzustudieren. Er wollte einmal über das Ziel hinausschießen, einmal zusammen mit anderen Wagemutigen als Pirat ein Schiff entern und zusammen mit einer rothaarigen Piratenbraut eine Kiste voller Golddukaten an Land hieven. Steve wachte erst wieder auf, als das Flugzeug in Havanna zur Landung ansetzte und anschließend die holprige Piste bis zum Gate entlangfuhr.

Es machte den Anschein, als würden alle, welche im Flugzeug mitflogen, ein Taxi benötigen, um an den Hafen hinuntergelangen zu können. Natürlich blieb bis zum Ablegen des Schiffes genug Zeit, um durch die Passkontrolle und bis zur Gepäckausgabe zu gelangen, aber Sally Carington war sichtlich nervös und fand sich mit dieser veränderten Situation überhaupt nicht zurecht. Sie war mit solch vielen fremden Gesichtern restlos überfordert. Jedenfalls konnte Steve die Frage, warum es so viel Bordpersonal gab, beantworten, denn ohne Unterstützung hätten die Caringtons ihre Kabine niemals finden können.

Sally war entzückt über das vielfältige Abendprogramm, welches die Möglichkeit offenbarte, sich kulturell weiterbilden zu können, wobei aber Steve der Meinung war, dass ein Bauchredner keinerlei Einfluss auf die kulturelle Entwicklung eines Menschen haben könnte. Dann schon eher die groß angepriesene Oper von Puccini im großen Theatersaal. Da hatte sich das Einpacken des Abendkleides und des Smokings bereits bezahlt gemacht, auch wenn seitens der Veranstalter nur eine sportlich bis elegante Kleidung gefordert wurde. Hatte nicht der Pizzabäcker ihrer Lieblingspizzeria auch Puccini geheißen? Die Musiker hatten sich an »Madame Butterfly« herangewagt, verfielen aber immer wieder in eigene Interpretationen dieses Werkes, doch niemand schien es wirklich zu merken, schon gar nicht der unerfahrene Dirigent, welcher nur dirigierte, was die Musiker spielten. Diese hätten ebenso gut den Zigeunerbaron oder den Vogelhändler anstimmen können, der Applaus der Zuschauer wäre ihnen sicher gewesen. Genau, Alberto Puccini hieß der Pizzabäcker. Steve befasste sich immer noch mit ihrem letzten Besuch in der Pizzeria »Al Forno« an ihrem Hochzeitstag. Alberto hatte aus Mozzarella ein Hochzeitspaar gebastelt, welches er auf den Pizzen liebevoll platzierte. Was folgte, war eine Überleitung zu einer stürmischen Liebesnacht, zum Glück noch kurz bevor ihr der Arzt bescheinigte, dass sie sich in der Abänderung befinden würde. Steve hörte nicht auf die Oboen und die Bratschen, er war meilenweit weit weg mit seiner Aufmerksamkeit. Er dachte an das Mitternachtsbuffet mit all den Spezialitäten, welche er normalerweise tagsüber auch nie essen würde. Aber auf den obligaten Sekt freute er sich, auch wenn dieser mit Bestimmtheit nur von bescheidener Qualität sein würde. Im selben Moment, als sich Madame Butterfly einem dramatischen Höhepunkt näherte, nickte Steve ein und wachte erst wieder auf, als Sally ihn anstupste, weil ein frenetischer Applaus auf diese Darbietung folgen musste. Glücklicherweise war es nicht üblich, bei Opern Zugaben zu geben, daher konnten sie auch diesen Teil kultureller Erbauung hinter sich lassen. Ein Strom von Heißhungrigen näherte sich dem einen Speisesaal, in dem das großzügige Mitternachtsbuffet aufgebaut wurde. Von Lachs bis Hummer wurde alles auf die kleinen Teller aufsortiert, denn das All-inclusive-Angebot musste um jeden Preis vollends ausgenutzt werden. Man würde es sich später nie verzeihen können, wenn man nicht an seine Grenzen gegangen wäre.

Bereits am Mittagessen sortierten sich die gleichen Leute am Tisch neben dem Ausgang zusammen, obwohl an die 3000 Leute alle einen Platz in einem der drei Restaurants finden mussten. Außer den Caringtons waren da noch Misses und Mister Astor, Alex Ferguson, ein holländisches Ehepaar namens Rykart sowie eine zierliche Dame, welche sich mit Carlotta Parish vorstellte. Und ein gewisser Herbert von Willensdorf. Es traf sich, dass immer genau diese Konstellation an diesem Tisch zustande kam, was auch an der gegenseitigen Sympathie gelegen haben musste. Die Astors waren beide pensioniert, aber wirkten noch sehr jugendlich und aufgeschlossen. Alex Ferguson war der typische Grundstücksmakler, etwa 35 Jahre alt und trug immer seinen weißen Leinenanzug und ein oben offen stehendes Hemd. Carlotta Parish hatte vermutlich eine schwere Krankheit überstanden, denn sie war zierlich und wirkte etwas eingefallen. Man hätte sie auf 55 Jahre geschätzt, sie war aber vermutlich einiges jünger.

»Sind Sie Schauspieler, Herr von Willensdorf?«, wollte Mister Astor von Herbert wissen, denn er musste sich zugestehen, dass er über eine ausgesprochene Menschenkenntnis verfügen würde.

»Nein, Mister Astor, ich versuche mich als Schriftsteller. Kriminalromane sind meine Maxime. Außerdem würde ich mich als Allrounder bezeichnen, welcher schon in den verschiedensten Berufen tätig war.«

»Sie schreiben aber unter Ihrem richtigen Namen, von Willensdorf?«

»Nein, auch das muss ich verneinen. Mein richtiger Name gibt nun wirklich nichts her und so habe ich mich für den geläufigeren Namen ›H. E. Miller‹ entschieden. Von Willensdorf ist die Romanfigur, welche diese kniffligen Kriminalfälle zu lösen versucht.«

»Ich schreibe auch, allerdings nicht in Romanform. Ich schreibe Leserbriefe. Einer davon wurde sogar veröffentlicht«, meinte Carlotta stolz. »Ich wollte mit meinem Leserbrief eine Petition starten, welche verhindern sollte, dass Hundebesitzer ihren Lieblingen Namen wie Trump, Putin oder Merkel geben dürfen. Ich hatte bereits einige Dutzend Unterschriften zusammen, aber ganz plötzlich wurde mir die Sinnlosigkeit meines Vorhabens bewusst und ich ließ meine Idee wieder fallen.

»Dürfte ich bei Ihnen mein Rateglück noch einmal unter Beweis stellen, Herr Ferguson?«, fuhr Mister Astor fort. »Sie sind Treuhänder oder Grundstücksmakler.«

»Grundstücksmakler und auch noch ein erfolgreicher«, antwortete Alex Ferguson, wobei er aber bei den Anwesenden keinesfalls punkten konnte, denn diese hatten für Aufschneider keinerlei Verständnis.

Herr Rykart meinte nur so nebenbei: »Doch, das kann ich bestätigen, denn Ihr Name ist in der Branche allgemein bekannt. Sie haben einem guten Freund von mir ein Stück Land für teures Geld verkauft. Als er die Grube für ein Einfamilienhaus ausheben wollte, stellte sich heraus, dass sich das Grundstück auf einer Sondermüll-Deponie befand. Er beschuldigte sie daraufhin, davon gewusst zu haben. Die Sanierung der Deponie hätte Millionen gekostet, aber alleine schon, dass er das Land nicht weiterverkaufen konnte, trieb ihn in den Konkurs. Er verlor alles, und kurz bevor er dem Wahnsinn verfallen war, schwor er, Sie töten zu wollen. Scheinbar war seinem Vorhaben kein Erfolg beschieden.«

»Die Anschuldigungen waren haltlos, denn ich hatte keine Kenntnis darüber, dass sich die Deponie gerade an diesem Standort befunden hatte«, erwiderte Alex Ferguson nachdrücklich.

»Dann wissen Sie auch nicht, dass sich seine Frau aus Schmach das Leben genommen hatte«, fügte Carlotta bei, welche scheinbar gewisse Kenntnisse über diesen traurigen Fall besaß.

»Das wusste ich nicht«, meinte Alex energisch und wandte sich wieder seinem Teller zu.

»Tatsächlich liegen keine Beweise vor, welche belegen, dass Mister Ferguson Kenntnis über den Standort der Deponie hatte«, fügte Herbert hinzu, welcher diese tragischen Ereignisse aus der Zeitung entnehmen konnte, welche daran interessiert war, das Ganze aufzubauschen.

Mister Astor ging erneut zu dem Buffet hinüber und füllte seinen Teller ein weiteres Mal mit diesen leckeren Langustenschwänzen, während Misses Astor in die Runde lächelte, um die angespannte Stimmung etwas zu entschärfen. Tatsächlich kehrte die Stimmung zu einer Normalität zurück, nur Mister Rykart schien das Thema in einer unnachgiebigen Hartnäckigkeit wieder aufgreifen zu wollen.

»Ich habe noch von vier anderen gehört, dass diese von Ihnen, Mister Ferguson, über den Tisch gezogen wurden. Scheinbar handelte es sich um größere Summen, welche diese Investoren verloren hatten. Ich könnte nachts nicht mehr ruhig schlafen, wenn ich an Ihrer Stelle wäre, Mister Ferguson.«

»Nun hör doch endlich damit auf, Alfred«, mischte sich Misses Astor ein.

»Möchten Sie tanzen, Carlotta?«, fragte Herbert, als die Musiker die ersten Titel angespielt hatten.

»Sehr gerne, Herbert, aber verzeihen Sie, ich bin noch etwas schwach auf den Beinen«, meinte Carlotta.

Auch Mister und Misses Rykart bewegten sich der kleinen Tanzfläche zu und versuchten dem eben angespielten Tango einen Ausdruck zu verleihen.

»Man kann es Ihnen immer noch ansehen, dass Sie an einer Krankheit gelitten haben, Carlotta«, sagte Herbert zu seiner Tanzpartnerin.

»Ja, es stimmt, Herbert, ich hatte einen ausgewachsenen Burnout, welcher über ein Jahr angedauert hatte«, erwiderte Carlotta mit ernster Miene. »Und Sie, Herbert, sind Sie gerade dabei ein neues Buch zu schreiben? Ein Kreuzfahrtschiff als Kulisse würde doch viel Stoff in sich bergen, meinen Sie nicht auch?«

»Darüber habe ich mir noch keine Gedanken gemacht, aber mein letztes Südsee-Abenteuer hatte tatsächlich einen Mord zur Folge. Daraufhin habe ich mich wieder einmal als Hobby-Detektiv betätigt und den Fall tatsächlich lösen können.«

»Doch, ich kann mich erinnern, Sie haben diese Geschichte unter dem Titel ›Die Bucht von San Cristóbal‹ veröffentlicht. Meine Schwester hatte mich auf dieses Buch hingewiesen.«

Die Musik wurde unterbrochen, weil der Kapitän eine kurze Ansprache halten wollte.

»Liebe Gäste unseres wunderschönen Kreuzfahrtschiffes MS Harmonica. Wir nähern uns nächstens Santo Domingo. Ich bitte Sie, sich nach draußen zu begeben, denn wie jedes Jahr um diese Zeit wird ein großes Feuerwerk zu Ehren von Captain Cook gezündet. Die Lichter unseres Schiffes werden dazu für kurze Zeit erlöschen, um das Spektakel besser mitverfolgen zu können. Ich wünsche Ihnen weiterhin viel Vergnügen auf unserer MS Harmonica.«

Ein kurzer Applaus folgte der Rede des Kapitäns. So wie empfohlen, begaben sich die Passagiere nach draußen, um sich das Feuerwerk anzusehen.

»Herr von Willensdorf, könnte ich mich mit Ihnen unter vier Augen unterhalten, wenn Sie kurz für mich Zeit hätten?«, fragte Alex und schaute dabei Herbert fragend, beinahe fordernd an.

»Am besten wir gehen rüber in die Bar, da können wir ungestört reden, Alex«, erwiderte Herbert.

Die Beleuchtung auf dem Schiff wurde mittlerweile abgeschaltet, nur einige Windlichter, welche auf dem Tresen aufgestellt waren, verströmten ein romantisches, beinahe magisches Licht. Alex bestellte beim Barkeeper zwei doppelte Whiskys einer nicht definierbaren Marke, welche mit schottischem Whisky gar nichts gemein hatte. Das Getränk brannte fürchterlich im Rachen. Es musste ein mexikanischer Verschnitt gewesen sein, denn diese hatten die Angewohnheit, irgendwelches Krabbelgetier dem Hochprozentigen beizumischen.

»Sie haben sicherlich auch bemerkt, Herbert, dass ich in unserer Runde nicht gerade über einen Sympathiebonus verfüge. Sie werden sicherlich verstehen, dass ich äußerst beunruhigt bin.«

»Sie fühlen sich bedroht, wenn ich Sie richtig verstehe, Alex?«

»Ja, und ich dachte mir, Sie als Kriminalist könnten mich vor dieser mordlustigen Gesellschaft beschützen. Ich würde Sie gut entlohnen, Herbert.«

»Nein, dieses Angebot muss ich leider ablehnen, Alex.«

»Ich gebe Ihnen 5000 Euro, wenn Sie für meine Sicherheit sorgen, wenigstens so lange, bis wir wieder von Bord sind«, sagte Alex verunsichert.

»Es geht mir nicht ums Geld, ich nehme prinzipiell keine solchen Aufträge an.«

Alex wirkte beinahe abweisend, drehte sich um und blickte zu dem beleuchteten Landstrich hinüber. Kurz darauf wurde das Licht im großen Speisesaal wieder angedreht, worauf die Passagiere zu ihren Plätzen zurückkehrten.

»Das Feuerwerk war wirklich fantastisch«, meinte Steve Carington, welcher mit seiner Frau eher zufällig am gleichen Tisch Platz genommen hatte, denn er und seine Frau Sally hatten sich bisher in ihrer Kabine aufgehalten, denn Sally litt an einer abgeschwächten Form von Seekrankheit.

»Dann haben Sie das Feuerwerk demnach von Ihrer Kabine aus gesehen?«, fragte Misses Astor interessiert.

»Darf ich mich vorstellen? Mein Name ist Carington, Steve Carington, und das ist meine Frau Sally.«

»Sie werden sehen, Misses Carington, nach der dritten Seereise haben Sie sich an das Schaukeln gewöhnt«, kam Carlotta Parish dazwischen.

»Ich könnte mir vorstellen, dass Sie in der Versicherungsbranche tätig sind, um unser heiteres Beruferaten weiterzuführen«, sagte Mister Astor.

»Ich tippe eher auf einen ehemaligen Fußballschiedsrichter«, mischte sich Herbert in das Ratespiel ein.

»Nein, ganz daneben, Herr von Willensdorf, ich bin ein Inspektor der Kriminalpolizei.«

Eine allgemeine Verunsicherung folgte seinem Bekenntnis, denn einige wunderten sich darüber, dass sich ein Inspektor eine solche kostspielige Kreuzfahrt leisten konnte.

»Ich selbst hätte mir ja eine solche Kreuzfahrt nie leisten können, aber meine Frau Sally ist eine geborene von Fürstenberg«, meinte Steve, um dem Rätseln ein Ende zu setzen.

»Also stoßen wir an auf unsere Reise.«

Alle erhoben gemeinsam ihr Glas und tranken einen Schluck von dem bereits abgestandenen, billigen Sekt. Kurz nachdem sie das Glas wieder hingestellt hatten, und die Unterhaltungsband ein weiteres Stück anspielte, bückte sich Alex Ferguson etwas nach vorne, und mit schmerzverzerrtem Gesicht sank er beinahe lautlos von seinem Stuhl.

»Was ist mit Ihnen?«, sagte Steve und bückte sich zu dem röchelnden Mann hinunter.

»Bitte fassen Sie die Gläser nicht mehr an, vor allem nicht das Glas von Alex, denn es könnte sein, dass es vergiftet ist«, meinte Herbert geistesgegenwärtig.

»Einen Arzt, wir brauchen einen Arzt«, schrie Misses Rykart lauthals.

»Ist er tot, was denken Sie, Herbert?«, fragte Mister Astor.

»Nein, aber eine Lebensmittelvergiftung kann es auch nicht sein, wir haben ja alle das Gleiche gegessen«, meinte Herbert.

Kurz darauf kam ein Arzt dazu und versuchte den ohnmächtig Erscheinenden anzusprechen.

»Ich glaube, es ist nichts Lebensbedrohliches«, diagnostizierte der Arzt. »Am besten wir bringen ihn in seine Kabine.«

Fassungslos blickten die Anwesenden dem Arzt hinterher, welcher zusammen mit Herbert den Mann stützend wegführte.

In seiner Kabine legten sie Alex auf das Bett, worauf der Arzt eine Spritze mit einem starken Beruhigungsmittel aufzog und diese ihm intravenös injizierte.

»Zur Sicherheit werden wir eine Krankenschwester die ganze Nacht bei ihm postieren, wenigstens so lange, bis wir wissen, was diese Ohnmacht verursacht hatte«, sagte der Arzt, während er auf Alex blickte.

Wenig später meldete sich eine Krankenschwester bei ihm und setzte sich auf der gegenüberliegenden Seite des Bettes auf einen Stuhl.

»Sind Sie auch zu der Überzeugung gekommen, dass es sich nicht um eine Lebensmittelvergiftung handelt?«, fragte Herbert den etwas ratlos scheinenden Arzt.

»Am plausibelsten scheint mir als Grund für seinen Zusammenbruch ein stressbedingter Anfall gewesen zu sein. Hatte sich Herr Ferguson über etwas speziell aufgeregt, Herr von Willensdorf? Er wird jetzt jedenfalls erst mal die nächsten paar Stunden tief schlafen. Nur gut, dass wir keine weiteren Krankheitsfälle haben, so kann Miss Bailey ihre ganze Aufmerksamkeit unserem Patienten widmen. Ich werde mich auch noch etwas hinlegen, denn ich bin schon seit zwölf Stunden auf den Beinen«, sagte der Doktor und zusammen mit Herbert verließ er das Zimmer des Patienten.

Die Gruppe erwartete Herbert bereits, denn sie wollten wissen, wie es um den Gesundheitszustand des Patienten bestellt war.

»Hatten Sie den Verdacht, dass jemand von uns beabsichtigte, Alex zu vergiften?«, meinte Mister Rykart sichtlich aufgewühlt.

»Wenn das so wäre, dann hätte es sich entweder um eine zu schwache Dosis gehandelt, oder der oder die Täterin hatte nicht die Absicht, Alex umbringen zu wollen, obwohl, wie wir alle mitbekommen haben, es an Motiven nicht mangeln würde, wenn wir von der Tatsache ausgehen, dass durch diesen Alex Ferguson noch jemand von Ihnen zu Schaden gekommen ist und nicht darüber sprechen möchte. Sie müssen wissen, Mister Carington, dass Alex Ferguson über so einige großes Leid gebracht hatte. Machenschaften, welche mit seiner Tätigkeit als Grundstücksmakler einhergehen. Er besitzt außerdem einen zweifelhaften Ruf und würde vermutlich über Leichen gehen, um sich einen finanziellen Vorteil verschaffen zu können«, sagte Herbert und stieß mit seiner Analyse auf wenig Widerspruch seitens der Anwesenden.

»Sie haben recht, Herr von Willensdorf. Ich selbst habe eine Anzeige, welche gegen ihn vorlag, an das Betrugsdezernat weitergeleitet«, meinte Steve Carington mit einer ruhigen Sachlichkeit.

»Konnten Sie feststellen, ob seinem Glas ein mögliches Gift beigemischt wurde?«, richtete sich Steve an Herbert.

»Nein, geschmacklich ist rein gar nichts festzustellen«, meinte Herbert und stellte das Glas wieder auf den Tisch zu den anderen Gläsern zurück, aus denen aber nicht mehr getrunken wurde.

»Ich brauche jetzt was Stärkeres«, meinte Mister Astor und versuchte die Bedienung herbeizurufen.

»Ich sehe keinen Grund dafür, dass wir uns nicht weiter amüsieren könnten. Ich würde gerne weitertanzen, Herbert, falls Sie sich zutrauen, mit mir einen Rumba auf das Parkett zu legen«, sagte Carlotta und zupfte sich dabei das Oberteil ihres Deux-Pièces zurecht.

»Doch, ein Rumba liegt mir allemal«, war die prompte Antwort, worauf sich die beiden wieder auf die Tanzfläche begaben.

»Die zwei geben ein schönes Paar ab«, meinte Sally, und obwohl sie wusste, dass Steve kein guter Tänzer war, schaute sie erwartungsvoll zu ihm hinüber.

»Sind Sie verheiratet, Herbert? Ach verzeihen Sie, ich wollte nicht so direkt fragen, aber ein solch gutaussehender Junggeselle auf einem Kreuzfahrtschiff bildet sicherlich eine Ausnahme, und ich bin versucht zu sagen eine abwechslungsreiche Besonderheit.«

»Ihre Direktheit wirkt erfrischend, Carlotta. Tatsächlich gehöre ich auf diesem Schiff einer Minderheit an. Ich habe beinahe den Eindruck, Sie flirten mit mir, Carlotta«, gab Herbert geschmeichelt zurück.

»Ich denke dabei auch an die einsamen, langen Nächte«, flüsterte Carlotta und schmiegte sich dabei noch näher an Herbert heran.

Langsam leerte sich der Saal, denn vor allem für die zahlreichen älteren Passagiere wirkte eine solche Seefahrt doch sehr anstrengend. Man verabredete sich wieder zum Frühstück, wobei einige das Langschläfer-Frühstück in Anspruch nahmen, welches bis um elf Uhr serviert wurde.

»Sind wir in der blauen Schicht?«, fragte Herbert die übrigen Anwesenden, worauf jeder am Tisch mit einem Kopfnicken bejahte.

Carlotta hatte sich offensichtlich an Herbert gehalten und begleitete ihn bis zu seiner Kabine.

»Wir könnten noch nachsehen, was mein kleiner Kühlschrank hergibt«, schlug Herbert vor.

Carlotta sträubte sich nicht dagegen und schlüpfte durch die schmale Kabinentüre hindurch.

»Ich werde uns einen Drink mixen«, schlug Carlotta vor und nahm einen Augenschein von den vorhandenen Getränken. Carlotta reichte ihm einen Gin Tonic hin und nahm selber einen großen Schluck von dem scharfen Getränk.

Sehnsüchtig und erwartungsvoll empfing Carlotta die Zärtlichkeiten, welche Herbert behutsam zu geben verstand. Carlotta steigerte sich daraufhin in eine ungeahnte Wollust hinein, welche für Herbert zwischendurch beinahe beängstigend wirkte, denn er war es nicht gewohnt, dass eine Frau sich so gehen lassen konnte.

»Das war wirklich schön mit dir, Herbert. Ich hätte nie gedacht, dass ein Mann, welcher eher reserviert auf mich zu scheinen schien, solche Gefühle an den Tag legen könnte.«

Herbert überkam daraufhin eine schwere Müdigkeit und er fühlte sich nicht einmal imstande eine Zigarette zu rauchen, obwohl er das unbändige Bedürfnis danach verspürte.

Herbert hatte durchgeschlafen, obwohl es in letzter Zeit selten vorkam, denn er hatte eine innere Unruhe, welche er sich nicht erklären konnte. Carlotta lag mit geöffneten Augen neben ihm und kräuselte seine buschigen Brusthaare.

»Ich habe so tief geschlafen wie selten«, sagte Herbert und lächelte, als er die Liebesnacht noch einmal Revue passieren ließ.

»Jetzt ein Frühstück. Spiegeleier mit Speck wäre das Passende im Moment«, schlug Herbert vor und wälzte sich aus dem wohlig warmen Bett hinaus.

Tatsächlich wimmelte es im Speisesaal von Passagieren, welche einen blauen Bändel am Handgelenk trugen, was darauf hindeutete, dass die blaue Schicht an den Tischen Platz nehmen konnte. Außer Alex Ferguson, welcher sich von seinem Schwächeanfall erholen musste, waren alle von unserer kleinen zusammengewürfelten Familie wieder beieinander. Der Duft frisch gebrauten Kaffees breitete sich in jedem Winkel des Speisesaales aus. Alle schienen zu lächeln, als Herbert mit Carlotta händchenhaltend den Saal betrat, doch niemand von ihnen wagte eine eindeutige Anspielung zu machen.

Ein Offizier, eine schmucke Uniform tragend, näherte sich kurz darauf dem Tisch und richtete sich mit den Worten »Ich bitte Sie beide mitzukommen« an Herbert und Steve Carington. Ohne zu zögern, standen die beiden auf und verließen in Begleitung des Offiziers den Speisesaal.

»Man hat diesen Alex Ferguson ermordet«, teilte der Offizier den beiden mit, als sie sich zu der Kabine von Alex begaben.

Der Arzt war schon informiert und beugte sich über den Toten, als Herbert und Steve die Kabine betraten.

»Er ist mit einem Skalpell, welches vermutlich aus der Krankenabteilung entwendet wurde, erstochen worden«, schloss der Arzt aus der ersten Beurteilung.

»Aber die Krankenschwester war doch die ganze Zeit bei ihm, wie war denn das möglich?«, war die erste Frage, welche Steve beschäftigte.

»Die Krankenschwester war tatsächlich die ganze Zeit bei ihm gewesen. Sie konnte sich nur noch daran erinnern, dass ihr jemand einen mit Chloroform getränkten Lappen auf das Gesicht presste, worauf sie das Bewusstsein verlor. Der Stich mit dem Messer wurde heftig ausgeführt, was darauf schließen könnte, dass es ein Mann gewesen sein musste.« Tatsächlich war das Bettzeug mit Blut durchtränkt und bot keinen schönen Anblick.

Routiniert ließ Steve seinen Blick über das Bett und die Leiche gleiten, fand aber keinen Hinweis auf einen möglichen Täter.

»Wir können die Mordwaffe nicht einmal auf Fingerabrücke untersuchen, wir sind gezwungen zu improvisieren«, sagte Steve etwas deprimiert.

»Fällt Ihnen etwas auf, Herbert?«

»Wie konnte es sein, dass der Täter dieses Skalpell in der Krankenabteilung entwenden konnte?«, richtete sich Herbert an den Arzt.

»Die Krankenabteilung war nicht besetzt und ist zu einem gewissen Teil frei zugänglich. Niemandem würde es einfallen, sich dort zu bedienen«, gab der Arzt zurück.

»Wo ist die Krankenschwester jetzt?«

»Sie liegt in der Krankenabteilung und ist noch etwas benommen. Wollen Sie sie verhören, meine Herren?«

»Sicher, es könnte ja sein, dass sie den Täter erkannt hat«, sagte Steve.

»An Verdächtigen mangelt es uns nicht. Beinahe jeder unserer Gruppe könnte es gewesen sein. Wir werden jeden einzeln in ihren Kabinen einem Verhör unterziehen müssen«, schlug Herbert vor, worauf Steve zustimmte.

»Bitte teilen Sie es den anderen mit, Steve, ich möchte mich noch einmal mit Dr. Bailey unterhalten, um gewisse Unklarheiten aus dem Weg räumen zu können.«

Steve ging zurück in den Speisesaal und sprach ruhig über das Unfassbare, welches sich letzte Nacht ereignet hatte.

»Ich möchte, dass Sie Ihre Kabinen aufsuchen, denn Herbert und ich möchten Sie noch einzeln befragen.«

Mit gesenkten Köpfen verließen die Anwesenden den Speisesaal und begaben sich schweigend in ihre Kabinen.

»Wir wollen mit Mister und Misses Astor beginnen«, schlug Herbert vor.

Mister und Misses Astor saßen ruhig an einem Beistelltischchen, als Herbert und Steve die Kabine betraten.

»Sie können mir glauben, ich habe diesen Alex verachtet und mit dem Gedanken gespielt, ihn umzubringen, aber ich habe es nicht getan«, begann Mister Astor das Gespräch.

»Ich nehme an, dass Sie sich die ganze Nacht durch hier in Ihrer Kabine befunden hatten? Können Sie das bestätigen, Misses Astor?«

»Mein Mann war nur kurz draußen, denn er wollte sich etwas Milch gegen sein Sodbrennen im Office besorgen.«

»Wie lange hatte das gedauert?«

»Nur kurz, denn das Office hatte geschlossen«, meinte Mister Astor.

»Und Sie sind dabei niemandem begegnet?«

»Nein, die Gänge waren menschenleer.«

»Hatten Sie vor Ihrer Begegnung hier auf dem Schiff Kontakt zu Mister Ferguson gehabt?«, fragte Steve weiter.

»Nein, ich kannte ihn nur aus den Beschreibungen meines Freundes.«

»Das war dann vorläufig alles. Möglicherweise haben wir später noch weitere Fragen an Sie«, sagte Steve und verließ mit Herbert zusammen die Kabine.

Die Rykarts saßen beim Eintreffen der beiden Ermittler auf dem Sofa und blätterten in einer Zeitschrift.

»Es ist wichtig für unsere Ermittlungen zu wissen, wieweit Sie in den Machenschaften dieses Alex Ferguson verstrickt waren?«, fragte Herbert Mister Rykart.

»Ich habe zu Alex keinerlei geschäftliche Beziehung unterhalten, aber wir, meine Frau und ich, hatten ihn in einem Restaurant rein zufällig kennengelernt. Aus irgendeinem Grund, womöglich lag es daran, dass er betrunken war, gerieten wir aneinander, worauf meine Frau als Nutte betitelte und auf mich losging. Eine geprellte Rippe und ein blaues Auge waren die Folge davon. Wir haben ihn erst hier an Bord wiedergesehen. Ich glaube, er hatte sich aber nicht mehr an uns erinnern können. Aber ich habe sein Gesicht nicht mehr vergessen«, meinte Mister Rykart.

»Und als Sie sich für die Beleidigungen revanchieren wollten, kam es zum Handgemenge in seiner Kabine.«

»Nein, ich habe ihm nichts angetan, es lag ja schon weit zurück und deswegen mit einem Messer auf jemanden einzustechen, ist doch völlig absurd«, fuhr Mister Rykart energisch dazwischen.

»Wir können auch Sie nicht von dem Verdacht freisprechen, Mister Rykart.«

Carlotta befand sich unter der Dusche, als Herbert eher zaghaft an die Kabinentüre klopfte.

»Kommt herein, es ist offen«, ertönte die liebliche Stimme von Carlotta.

»Wir müssen auch dich befragen, Carlotta, obwohl du, wie es scheint, ein unumstößliches Alibi vorweisen kannst. Ja Steve, wir waren die ganze Nacht in meiner Kabine zusammen«, meinte Herbert zurückhaltend. »Außerdem sehe ich keine Verbindung zu Alex, ich nehme an, dass du ihn vorher nicht gekannt hast? Warst du früher einmal verheiratet?«

»Ja, ich bin seit einigen Jahren aber wieder geschieden. Ist das so wichtig für diesen Fall?«

»Eigentlich nicht, aber uns interessiert jedes Detail. Wie war dein lediger Name, Carlotta?«

»Ich habe Marow geheißen«, entgegnete Carlotta.

»Nein, ich kann keine Verbindung zu dem Opfer erkennen. Wir werden dich jetzt in Ruhe lassen, Carlotta. Wir sehen uns dann beim Nachtessen, bis später«, meinte Herbert.

»Die Zeit läuft uns davon, Herbert, wir sollten Beweise vorlegen können, bevor wir in Curaçao anlegen. Wie ist dein Plan, Herbert? Es muss jemand von unserer Gruppe gewesen sein. Einen Dritttäter können wir mit Sicherheit ausschließen. Eine Fülle von Motiven, aber jeder scheint ein wasserfestes Alibi zu haben.«

»Es ist zum Verrücktwerden, Steve. Ich habe noch ein Ass im Ärmel, aber darüber möchte ich zum jetzigen Zeitpunkt noch nicht spekulieren. Wir werden bis morgen abwarten müssen, Steve«, sagte Herbert und zog sich darauf in seine Kabine zurück.

Irgendwo war der Schlüssel, die Auflösung, doch Herbert konnte das Puzzle noch nicht richtig zusammensetzen. Es fehlten noch zwei Teile, um ein Gesamtbild erstellen zu können.

Ein von Misstrauen geprägtes Nachtessen folgte am selben Abend. Es wurde nur das Nötigste gesprochen und dann hörte es sich mehr wie ein Flüstern an.

Die Männer spielten daraufhin Karten und die Frauen tranken an der Bar ihren beinahe alltäglichen Likör.

»Konnten Sie den Täter ermitteln?«, wollte der Kapitän von Steve erfahren, doch dieser verneinte mit nachdenklicher Miene.

»Jetzt haben wir schon einmal einen Herbert von Willensdorf an Bord. Wo bleiben nun die hoch gerühmten kriminalistischen Fähigkeiten eines von Willensdorf?«, meinte der Kapitän mit einer ungewohnt erhobenen Stimme. »Wir können es nicht der Polizei von Curaçao überlassen, denn das Schiff voller Polizisten würde die Passagiere nur unnötig verunsichern. Also lösen Sie denn Fall«, befahl der Kapitän und verschwand darauf im Führerhaus.

Herbert hatte schon den dritten Creme de Chocolat hinter sich und hatte danach das Gefühl, dass ihm die Zunge am Gaumen kleben würde. »Irgendwas habe ich übersehen, eine Kleinigkeit und trotzdem von größter Wichtigkeit«, sagte Herbert zu sich selber, aber er kam nicht darauf, obwohl er die Zusammenhänge Stück für Stück zu ordnen versuchte. Doch plötzlich ging ihm ein Licht auf, und nachdem er noch ein weiteres Mal mit dem Arzt gesprochen hatte, wusste er Bescheid. Natürlich, so muss es gewesen sein. Die Antwort lag nun wie ein offenes Buch vor ihm.

»Ich werde den Fall aufklären«, sagte er zu der versammelten Runde, als diese sich gerade den Nachtisch einverleibte. »Morgen früh werde ich das Rätsel um die Ermordung von Alex Ferguson lösen.«

»Wie bist du darauf gekommen, Herbert?«, fragte Steve neugierig, völlig im Dunkeln gelassen.

»Morgen werde ich es aufklären, Steve.«

Bereits frühmorgens saßen alle wieder zusammen am Frühstückstisch und warteten auf Herbert, welcher sich etwas verspätet hatte.

»Ich komme ja gerade rechtzeitig«, sagte Herbert und setzte sich auf den einzigen leeren Stuhl neben Steve Carington.

»Liebe Freunde. Es war beinahe ein perfektes Verbrechen, welches auf grausame Weise verübt wurde. Es war kein Mord aus einem Affekt heraus, nein, die Tat wurde von dem Mörder oder der Mörderin geplant. Nur ein unbeschreiblicher Hass konnte den Täter zu einer solchen Tat veranlassen, doch die Motive, jedenfalls diejenigen, welche wir alle mitbekommen hatten, reichten nicht aus, um diesen abscheulichen Mord zu begehen. Das wirkliche Motiv lag im Dunkeln. Wie erwartet, hatten die Befragungen keinen Hinweis auf die Täterschaft geben können. Mister und Misses Rykart gaben zu, dass sie eine handgreifliche Auseinandersetzung mit Alex hatten, doch mein Verdacht konnte sich nicht erhärten. Ebenso wenig fiel unser Verdacht auf Mister Astor, obwohl er die Gelegenheit gehabt hätte, als er nachts seine Kabine verließ, um, wie er sagte, Milch zu holen. Es ist nicht anzunehmen, dass er so kaltblütig einen Mord begehen könnte, ohne dass seine Frau es merken würde, zumal wir Mister Astor als ruhigen, besonnenen Menschen kennengelernt haben. Unser Interesse galt dieser Flasche mit Chloroform, welche dazu benutzt wurde, die Krankenschwester zu betäuben. Wir haben daraufhin mit einigen Leuten alles abgesucht und sind wirklich fündig geworden. Zwischen dem Krankenzimmer und den Erste-Klassen-Kabinen war das Fläschchen mitsamt dem Lappen in einem Wandschrank versteckt. Dieser Fund hatte uns aber nicht wirklich weitergebracht, bis zu dem Zeitpunkt, als ich den Lappen einer genaueren Untersuchung unterzog. Aber dazu werden wir zu einem späteren Zeitpunkt kommen. Wie allgemein bekannt sein sollte, hatte Carlotta die Nacht bei mir in meiner Kabine verbracht und meines Wissens nicht verlassen. Ein besonderer Umstand hatte mich jedoch stutzig gemacht, denn nachdem wir noch in meiner Kabine einen Schlummertrunk zu uns genommen hatten, überfiel mich einige Zeit später eine Müdigkeit, welche mir unnatürlich erschien. Nie hätte ich es merken können, wenn Carlotta die Kabine verlassen hätte. Der Arzt hatte tatsächlich festgestellt, dass sich an diesem Morgen noch Reste eines starken Schlafmittels in meinem Blut befunden hatten. Es war mir klar, dass es nur Carlotta gewesen sein konnte, welche mir das Mittel in meinen Drink schüttete.«

»Aber was hatte denn den Schwächeanfall von Alex verursacht?«, wollte Mister Astor wissen.

»Alex bat mich um Hilfe, denn er vermutete, dass ein Anschlag auf ihn verübt werden sollte. Ich selbst habe ihm geraten, diesen Schwächeanfall vorzutäuschen, um dem möglichen Täter zuvorzukommen. Immer und immer wieder kam mir der Ledigname von Carlotta in den Sinn, aber ich konnte keinen Zusammenhang verknüpfen, bis mir die Zeitungsmeldung über die Frau, welche sich das Leben genommen hatte, in den Sinn kam, welche Patricia Marow geheißen hatte. Carlotta war die Schwester dieser Frau und hatte nur noch eines im Sinn, sich an diesem Mann, welcher dafür verantwortlich war, zu rächen. Du, Carlotta, hast Alex getötet.«

»Nur weil ich dir ein Schlafmittel in deinen Drink gemixt hatte, ist das noch lange kein Beweis dafür, dass ich für den Mord an Alex verantwortlich bin«, sagte Carlotta bestimmt.

»Tatsächlich ist das nicht als Beweis zu werten«, musste sich Herbert eingestehen.

»Ich dachte, du hättest einen Beweis, Herbert. Es kann doch nicht sein, dass eine solche abscheuliche Tat ungesühnt bleibt«, befand Steve mit einer gewissen Nachdrücklichkeit.

»Ich habe bemerkt, dass dir ein Fingernagel abgebrochen ist, Carlotta. Es ist mir schon gestern aufgefallen, denn scheinbar legst du äußersten Wert auf manikürte Fingernägel. Als wir das Fläschchen und den Lappen fanden und ich diesen entfaltete, fiel mir etwas hinunter, welches ich erst nicht identifizieren konnte. Erst beim genauen Hinsehen sah ich, dass es sich um ein Stück Fingernagel gehandelt hatte. Die Farbe ist mit der Farbe deines Nagellacks identisch. Ich kann dir beweisen, dass dieser abgebrochene Fingernagel von dir stammt. Das ist so beweislastig und einzigartig wie ein Fingerabdruck. Der Nagel muss dir abgebrochen sein, als du der Krankenschwester den Lappen auf ihr Gesicht gepresst hattest. Eine Liebesnacht mit einem solch grausamen Mord in Verbindung zu bringen, ist abscheulich und durch nichts zu rechtfertigen, Carlotta.«

»Ja, ich habe es getan, und ich würde es wieder tun. Dieser Mann hatte meine Schwester auf dem Gewissen, und nachträglich muss ich sagen, dass er für das, was er mir angetan hat, noch viel zu wenig gelitten hatte.«

»Bitte Herr Offizier, benachrichtigen Sie den Kapitän, er soll diese Frau bis Curaçao in Gewahrsam nehmen. Ich werde zu Händen der dortigen Polizei einen Bericht verfassen«, fügte Herbert bei.

»Sie haben den Fall doch noch auflösen können, Herr von Willensdorf«, sagte der Kapitän und war gerade dabei, die Delinquentin mit Hilfe von zwei weiteren Crew-Mitgliedern abzuführen.

»Du kannst mir glauben, Herbert, ich habe dich wirklich nicht nur als Alibi benutzen wollen, aber ich konnte nicht anders handeln. Versuch es doch zu verstehen, Herbert. Dass ich mich in dich verliebt habe, war so nicht vorgesehen, hatte aber nichts mit meiner Entscheidung, die Welt von einem solchen Ungeheuer zu befreien, zu tun«, sagte Carlotta, kurz bevor sie aus dem Speisesaal geführt wurde.

»Wollen wir an diesem geführten Ausflug in Curaçao teilnehmen, mein Schatz?«, wollte Steve von seiner Frau wissen.

»Doch gerne, Liebling.«

»Könntet ihr euch vorstellen, euch uns anzuschließen, schließlich wollen wir doch als Reisegruppe zusammenbleiben?«, fragte Sally in die Runde, worauf alle einstimmig das Angebot annahmen, auch wenn es nur dazu diente, die schrecklichen Ereignisse der letzten Tage etwas vergessen zu lassen.

Die kalte Hand des Todes

Sehr verehrte Zuhörerinnen und Zuhörer. Manche von Ihnen können sich an endlos scheinende Nächte erinnern, an denen sie sich unruhig in ihrem Bett hin und her gewälzt hatten, während sie sich auf die kleinen Buchstaben eines Kriminalromans, welcher auf den üblichen Mordsgeschichten basierte, zu konzentrieren versuchten. Im Besonderen wirken Geschichten über Jack the Ripper nicht gerade schlaffördernd, auch wenn dieses Thema schon unzählige Male abgehandelt wurde, und dadurch verständlicherweise etwas an Brisanz verloren hatte, obwohl versucht wurde, mit einer wortgewandten Steigerung das Original übertreffen zu wollen. Wahre Geschichten wie zum Beispiel »Der würgende Graf von Hohenzollern«, »Die Bestie mit den fünf Fingern« oder »Der einarmige Kettensägen-Mörder« hatten das wahre Potenzial, das Blut der Leser in Wallung versetzen zu können. Obwohl in Edgar-Wallace-Romanen im mittleren Durchschnitt bis zu einem halben Dutzend Tote gezählt werden können, wobei man aber leicht den Überblick verlieren könnte, so hinterlässt es bei den etablierten Kriminalroman-Lesern höchstens einen minimalen Anstieg des Blutdrucks, aber auch nur, weil man sich nicht in das dilettantische Vorgehen der geisteskranken Mörder hineinversetzen konnte. Selbstverständlich vermag eine wahre Geschichte die Vorstellungskraft der Leserinnen und Leser zu steigern, wobei grundsätzlich eine Begeisterung über die Fantasie begabte Performance der Täter mit einhergeht. Eine solche wahre Geschichte, welche ich Ihnen, liebe Zuhörer und Zuhörerinnen, näherbringen möchte, birgt das Unfassbare, Unvorstellbare in sich.

Es ist die Geschichte des Schlitzers von Wagenhausen, welcher mit einer unnachahmlichen Grausamkeit zu Werke ging, die mit Worten kaum zu beschreiben ist. Niemand vermutete, dass sich hinter der Fassade dieses jungen sympathischen Mannes, welcher den gutbürgerlichen Namen Rheinhold Diggelmann trug, das Grauen in einer nie da gewesenen Weise manifestierte. Sondereinheiten der Polizei, angeführt von dem kurz vor seiner Pensionierung stehenden Kommissar Karl-Friederich Grabowski, versuchten, mit den neuesten kriminaltechnischen Mitteln dieser unmenschlichen Bestie habhaft zu werden. Sogar der mit allen Wassern gewaschene Kriminalist Herbert von Willensdorf wurde in die Ermittlungen einbezogen, doch das raffinierte Vorgehen des Schlitzers zeigte auch bei ihm die Grenzen auf. Waren die Ermittler der Intelligenz dieses Mannes, obwohl nicht einmal feststand, ob es sich bei dem Schlitzer um einen

Mann gehandelt hatte, nicht gewachsen? Die Vermutung der Sondereinheiten, es handle sich bei dem Schlitzer um einen Intellektuellen, wurde von Professor Dr. Dr. Kunzelmann, welcher ein psychologisches Phantombild von dem Täter erstellt hatte, bestätigt. Obwohl der Schlitzer, wie er nur noch genannt wurde, bei der Ausübung seiner Taten keinen Wert darauf legte, bezüglich seiner Fingerabdrücke oder der Beseitigung von DNA-Spuren Vorsicht walten zu lassen, konnten die Ermittler der Presse nichts anderes berichten, als an einem toten Punkt angekommen zu sein, denn die am Tatort gefundenen Fingerabdrücke konnten immer nur der gleichen Person zugeordnet werden, wobei es sich dabei um die Fingerabrücke Horst Seehofers handelte. Nicht einmal der Vorgesetzte von Karl-Friederich Grabowski, welcher sich sozusagen nie in die laufenden Ermittlungen einmischte, fand eine Erklärung dafür, wie der Schlitzer es bewerkstelligen konnte, an die Fingerabdrücke von Seehofer zu gelangen. Natürlich hatten daraufhin an die 150 Polizisten den Wohnort von Seehofer umstellt und waren kurz davor, ihn in Gewahrsam zu nehmen, aber Grabowski stellte sich schützend vor ihn und war dazu entschlossen, sich für ihn zu verbürgen. Das war nur ein Ausschnitt der beinahe unheimlichen Raffinesse des sogenannten Schlitzers von Wagenhausen. Alleine 15 Beamte waren damit beschäftigt, einem möglichen Motiv auf den Grund gehen zu können. Ob arm oder reich, dick oder dünn, alt oder jung, serienmäßig schlitzte er alles, was ihm in die Finger kam. Es wurde daraufhin angeordnet, dass die Einwohner von Wagenhausen nur noch in Gruppen von mindestens fünf Personen das Haus verlassen durften, denn der Schlitzer würde es nicht wagen, täglich mehr als eine Person zu schlitzen, was auf die Polizei mehr als beruhigend wirkte.

Ganz plötzlich, wie aus dem Nichts, hatte Grabowski eine Erleuchtung. Er wusste nun, weil die Morde immer nachts zwischen drei und vier Uhr ausgeführt wurden, dass der Schlitzer ein Langschläfer sein musste, was doch der Aufklärung ein gutes Stück näher kam. Nur ein einziges Mal war es möglich, ein Phantombild auf Grund einer Personenbeschreibung zu erstellen. Der Mann, welchen der Schlitzer aus unerklärlichen Gründen verschont hatte, konnte ihn als mittelgroß, mit einer mittleren Statur, mit mittellangen Haaren und mittleren Alters beschreiben. Da hatten sie doch schon mal was. Das Phantombild glich irgendwie Thomas Gottschalk, wonach eine Pressemitteilung, sie hätten den Täter, die Runde machte. Grabowski blieb nur noch eine Möglichkeit offen, obwohl er diese Möglichkeit vorher nie in Betracht ziehen wollte. Er hängte sich an das Telefon und versuchte mit einem gewissen Daniel Schild, welcher sich in Honolulu als Schlagersänger einen Namen gemacht hatte, in Kontakt zu treten.

Dieser Daniel Schild war jahrzehntelang der Leiter des Special-UDC-Geheimdienstes, bevor er als Lobbyist bei der Schweizer Nationalbank an der Durchsetzung der Null-Zins-Politik mitgearbeitet hatte, und dafür vom Bundesrat eine Auszeichnung in Form eines schmucken Einfamilienhäuschen erhalten hatte. Dieser Daniel Schild war mit allen Wassern gewaschen und genoss das Privileg, im Bundeshaus nach Lust und Laune ein und aus gehen zu können. Wenn einer diesen Schlitzer entlarven könnte, dann war es dieser Daniel Schild.

»Mister Schild ist nicht im Hause, er bereitet sich gerade auf das HSDS vor«, meldete sich eine freundliche Stimme am anderen Ende.

»Was bedeutet HSDS?«, wollte Grabowski von der sympathischen Dame wissen.

»Es bedeutet ›Honolulu sucht den Superstar‹. Ah, jetzt kommt Herr Schild eben zur Türe herein. Ich verbinde, Herr Grabowski.«

»Schild« war sein kurzes, aber prägnantes Statement.

»Hi Daniel, hier spricht Karl-Friederich Grabowski. Ich hätte es nie gewagt, dich zu stören, aber ein Serienkiller treibt bei uns in Wagenhausen sein Unwesen. Du bist unsere letzte Hoffnung, Daniel, dem Morden ein Ende bereiten zu können. Nicht einmal die Scharfsinnigkeit eines Herbert von Willensdorf hatte uns auf die Spur des Mörders führen können.«

»Gut, Karl-Friederich. Ich werde noch kurz diesen Gesangswettbewerb gewinnen und werde anschließend zu euch stoßen. Es wäre doch gelacht, wenn wir diesen Serienmörder mit meiner Hilfe nicht dingfest machen könnten.«

»Danke Daniel, wir sehen uns in Wagenhausen. Und viel Glück bei deinem HSDS.«

»Wie bitte?«

»Bei ›Honolulu sucht den Superstar‹.«

»Ah ja. Bis dann, Karl-Friederich«, meinte Daniel mit einer für ihn gewohnten Überzeugung.

»Er wird frühestens in drei Tagen bei uns eintreffen. Das würde bedeuten, dass der Schlitzer noch drei weitere Male zuschlagen wird, falls er seinen gewohnten Turnus in dieser Weise weiterführt«, sagte Grabowski zu von Willensdorf, welcher das Kaffeesatzlesen als letzte Möglichkeit ansah, Wagenhausen vor der vollkommenen Ausrottung zu bewahren.

»Was sagt dein Kaffeesatz, Herbert?«

»Er wies mich darauf hin, die Lösung auf der Basis einer mathematischen Gleichung zu suchen. Dazu müsste ich aber wissen, wie viele Morde bisher begangen wurden?«

Grabowski wandte sich an seinen Mitarbeiter mit der Frage: »Egon, wie viele Morde hat unser Schlitzer bereits auf seinem Konto?«

»Es sind 38, wenn ich den von gestern Nacht dazuzähle.«

»Die Quadratwurzel aus 38 ist 6,16 auf zwei Stellen gerundet. Wie viele Frauen und Männer waren es?«

»18 Männer und 20 Frauen.«

»Faszinierend. Das würde bedeuten, dass unser Mann an einer geraden Hausnummer wohnt, wenn man die Anzahl Frauen in den Vordergrund stellt. Der Straßennamen ergibt sich aus den Buchstaben der vollständigen Quadratwurzel.«

Herbert war davon überzeugt, die Adresse des Schlitzers rechnerisch herausfinden zu können. Es ist die Fafddadbifi Straße. Gibt es in Wagenhausen eine Straße dieses Namens?«, fragte Herbert die Anwesenden.

»Warte Herbert, ich guck mal nach«, sagte Grabowski und blätterte das Verzeichnis der Straßennamen durch.

»Nein, da muss dir ein Fehler unterlaufen sein, Herbert. Vielleicht ist es doch besser, wenn wir auf die Ankunft von Daniel warten. So kommen wir jedenfalls nicht weiter«, meinte Grabowski mit einem Anflug von Verzweiflung. Bereits hatten sich einige Filmleute im Hotel Wagenhausen eingemietet, denn die Ereignisse in diesem beschaulichen Ort hatten hohe Wellen geschlagen, wobei eine filmische Umsetzung über das Leben des Serienkillers von Wagenhausen nur eine logische Abfolge dessen war. Für die Hauptrolle des Serienkillers hatte der Regisseur Herbert Grönemeyer vorgesehen, obwohl der Produzent auf Hardy Krüger junior bestanden hatte.

»Ach, wenn doch nur Klaus Kinski noch leben würde, ich hätte mir keinen Besseren für die Rolle des Schlitzers vorstellen können«, sagte der Produzent beinahe wehmütig.

Die folgende Nacht brach langsam an und tiefblaue Schatten hüllten den Ort in eine gespenstische Kulisse. Einige Einwohner, welche es sich leisten konnten, flohen aus Wagenhausen und machten Urlaub in ihren Häusern auf Teneriffa, auf die Meldung ausharrend, dass die Bestie endlich mit dem systematischen Morden aufhören würde.

Auch diese Nacht hatte der Schlitzer wieder zugeschlagen, aber diesmal war alles anders. Endlich hatten die Ermittler eine Spur, denn dieses Mal richtete sich der Mörder gegen den Kapitalismus, indem er einen Bankdirektor meuchelte, welcher als Ausgleich zu seiner sitzenden Tätigkeit nach Hause joggen wollte.

Nun war für die Ermittler soweit alles klar. Es musste sich um einen Kommunisten handeln.

»Habe ich es nicht von Anfang an gesagt, dass die Spur nach Russland führt. Nur ein Putin-Versteher ist für diese Taten zu verantworten.«

»Womöglich ist es noch ein Orthodoxer«, meinte Egon nachdrücklich.

»Ach, ich weiß es doch auch nicht. Jedenfalls werde ich ein Zeichen setzen und den Verkauf von russischem Vodka strikt verbieten lassen, um ein kleines Zeichen unseres aktiven Embargos gegen Russland zu setzen. Wir werden damit den Schlitzer aus seinem Versteck locken können«, sagte Grabowski.

»Dann hat er aber ausgeschlitzt«, war die dümmliche Aussage von Egon, welcher immer noch damit beschäftigt war, das Wort Embargo zu interpretieren.

Daniel fuhr mit einem Taxi vor, dessen Fahrer sich mittlerweile bis auf die Zähne bewaffnet hatte, um sich vor dem Schlitzer schützen zu können.

»Da bist du ja endlich, Daniel«, meinte Grabowski und nahm den Angekommenen beinahe brüderlich in seine Arme.

»Der Täter ist immer noch auf freiem Fuß, aber wir wissen jetzt, dass es sich bei den Schlitzer um einen Russen handeln muss. Wir brachten ihn erst mit der rechtsradikalen Szene in Verbindung, aber nun sind wir zu der Überzeugung gelangt, dass es sich um einen Kommunisten handeln müsse.«

»Ich glaube, ihr seid da gehörig über das Ziel hinausgeschossen, meine Herren. Alles den Russen anzuhängen ist zu einer alltäglichen Selbstverständlichkeit geworden, oder seid ihr noch nicht so weit, dass ihr russischen Kaviar nur noch im Geheimen zu euch nehmt. Ich kann nur sagen, ihr habt die richtige Wahl getroffen, als ihr mich benachrichtigt habt«, meinte Daniel und zündete sich dabei genüsslich eine Zigarette an. »Wir werden systematisch vorgehen und uns auf die Regelmäßigkeit der Morde konzentrieren«, versuchte sich Daniel von der Lage ein Bild zu machen.

»Unser Schlitzer mordet sechs Tage in der Woche«, sagte Grabowski.

»Stellt sich da nicht die Frage, warum er sonntags nicht seiner schlitzerischen Tätigkeit nachgeht? Müssen wir nicht in Betracht ziehen, dass es sich bei dem Schlitzer um einen gläubigen Menschen handeln könnte?«

»Eine kluge Überlegung, Daniel. Egon, du wirst mit einigen Männern die Kirche am Sonntag umstellen, aber erst wenn der Gottesdienst begonnen hat. Herbert wird dich dabei unterstützen. Außerdem werden wir einige unserer Männer in die Kirche einschleusen.«

Die Polizisten blieben bis der Gottesdienst begonnen hatte in Deckung und hielten den Eingang aber unter strenger Beobachtung. Grabowski hantierte an seinem Funkgerät herum und gab zwischendurch immer wieder kurze Anweisungen an seine Truppe weiter.

»Wo ist Egon?«, wollte der Kommissar von Herbert wissen.

»Er hat sich heute krankgemeldet. Ein Grippe muss ihm ziemlich zugesetzt haben«, gab Herbert zurück.

Einige Kirchgänger hatten bereits die Kirche betreten, aber Grabowski wollte noch zuwarten mit der Umstellung der Kirche. Keine Maus hätte den eng gezogenen Ring von Polizisten durchbrechen können. Mit dem Beginn der Kirchenglocken begann auch der Gottesdienst, worauf an die zehn Männer die Kirche betraten und sich unter die Leute mischten. Es war an Auffälligkeit nicht zu überbieten, denn die Anzahl Männer mit ihren schmuddeligen, verbeulten Anzügen überstieg die Zahl der Kirchgänger in weitem Maße.

Ein Mann, welcher eine Kapuze über seinen Kopf gezogen hatte, stand auf und bewegte sich mit schnellen Schritten dem Beichtstuhl zu und verschwand in einer Nische, welche sich hinter dem Beichtstuhl befand. Ruckartig standen die Männer auf und nahmen sogleich, unter dem verwunderten Blick des Pfarrers, die Verfolgung auf. Herbert, welcher die Polizisten anführte, entdeckte einen Durchgang, welcher zu einer Treppe führte.

»Mir nach Männer«, schrie er, und der Reihe nach quetschten sich alle durch den schmalen Durchgang.

Die Treppe führte nach unten und endete in einem langen Gang, welcher gewunden unter der Kirche hindurchführte. Die Polizisten mussten sich aufteilen, denn es war nicht auszumachen, welchen der labyrinthartigen Gänge dieser Mann gewählt hatte. Nur ein Gang führte nach draußen. Der Fluchtgang führte zu einer kleinen Kapelle, aber als die Männer die Kapelle erreichten, war der Kapuzenmann bereits verschwunden. Der Schlitzer hatte wieder alle zum Narren gehalten, denn er hatte sich gut auf alle Eventualitäten vorbereitet, nur etwas hatte er übersehen. Er hatte das Gebetsbuch angefasst und deutliche Fingerabdrücke darauf hinterlassen.

Der Pfarrer versuchte den Gottesdienst weiterzuführen, doch niemand schien dem Geistlichen nur die geringste Aufmerksamkeit entgegenzubringen, denn nun wimmelte es von Polizisten und Presseleuten, welche die sagenhafte Flucht des Schlitzers dokumentieren wollten.

»Wir werden ihn kriegen, und wenn es das Letzte ist, was ich tue«, sagte Grabowski und trug das Gebetsbuch wie ein Relikt aus der Kirche hinaus.

Die Fingerabdrücke konnten aber niemandem zugeordnet werden, und so beschloss Grabowski einen großangelegten Fingerabdruck-Vergleich bei den männlichen Einwohnern von Wagenhausen vorzunehmen. Es war beinahe zum Verzweifeln, denn auch dieses Vorgehen brachte keine neuen Erkenntnisse.

»Wir werden heute Nacht unsere Patrouillen verstärken«, meinte Grabowski aus einer tief sitzenden Verzweiflung heraus.

»Herbert, Sie werden den Einsatz koordinieren.«

Die Jagd auf den Schlitzer begann um elf Uhr nachts. In Zivil gekleidete Polizisten schwärmten aus und konnten tatsächlich einen Mann festnehmen, welcher sich des Nachts in den engen Gassen herumtrieb und scheinbar auf seine Freundin wartete, welche aber nicht erschien. Unter strenger Polizeibewachung wurde dieser Mann in das Kommissariat geführt, wobei er ganz und gar nicht mit Samthandschuhen angefasst wurde. Grabowski führte das Verhör durch, wobei er keinen Zweifel an der Schuld dieses jungen Mannes hatte, obwohl die Fingerabdrücke nicht mit denen auf dem Gebetsbuch übereinstimmten. Der Unschuldsbeweis wurde übergangen, denn endlich war es möglich, einen Erfolg vorweisen zu können. Erst als der Schlitzer ein weiteres Mal zugeschlagen hatte, mussten sie diesen Mann, welchen sie zu einem Geständnis gefoltert hatten, wieder gehen lassen.

Herbert von Willensdorf und Daniel Schild setzten sich zusammen in die Polizeikantine, und während Daniel beinahe lustvoll in ein Wiener Würstchen biss, schreckte Herbert plötzlich und unerwartet auf, denn nun glaubte er zu wissen, wer sich hinter der Maske des Schlitzers befand.

»Es passt alles zusammen, Daniel. Ich kenne die Identität des Schlitzers. Wir werden ihm heute Nacht eine Falle stellen. Dann hat es sich für alle Zeiten ausgeschlitzt«, sagte Herbert sichtlich aufgeregt.

Daniel, welcher für seine ausgesprochene Scharfsinnigkeit bekannt war, konnte der Kombinationsfähigkeit eines von Willensdorf nicht mehr folgen und widmete sich weiterhin seinem Wiener Würstchen.

»So meine Herren, das war mein Vortrag über das Vorgehen der Polizei in Ausnahmefällen, wenn es sich tatsächlich so ereignet hätte, dass ein Serienmörder unser kleines Städtchen Wagenhausen in Bann gehalten hätte«, sprach Kommissar Grabowski zu den versammelten Polizeiaspiranten, welche beinahe eine Stunde lang an seinen Lippen hingen und sich selbst schon bei einem solchen Einsatz involviert sahen.

»Es sollte ein kleines Lehrstück sein, euch auf die bevorstehenden Einsätze besser vorbereiten zu können«, fügte Grabowski noch an.

Einer der jungen Aspiranten hob seine Hand.

»Grüninger, was möchten Sie noch dazu sagen?«

Aspirant Grüninger stand auf und befand, dass diese Geschichte sehr gut vorgetragen und eindrücklich war, aber er vermisse die endgültige Aufklärung dieses Falles um den Schlitzer von Wagenhausen.

»Ihr seid die zukünftigen Polizeimänner, darum frage ich euch, wer kann mir sagen, um wenn es sich bei diesem Serienkiller gehandelt hatte?«

Wie Grabowski erwartet hatte, blieben die Antworten der jungen Männer aus.

»War es dieser von Willensdorf selbst?«, meinte einer der Aspiranten.

»Nein, ich sehe schon, ich muss euch auf die Sprünge helfen, meine Herren. Es war Rheinhold Diggelmann, welcher aber unter falschem Namen in den Polizeidienst eintrat und in Wahrheit Egon Schweinsteiger hieß. Herbert ging ein Licht auf, als er sich so kurzfristig wegen einer angeblichen Grippe krankmeldete. Auch nahmen wir von unseren Männern selbstverständlich keine Fingerabdrücke. Ich würde mir wünschen, dass ihr in euren späteren Einsätzen euch ebenfalls solche kriminalistische Spitzfindigkeiten eines Herbert von Willensdorf aneignen könntet«, meinte Grabowski mit einem beinahe spitzbübischem Lächeln.

Das Plagiat

Wie feine Glasperlen rannen die Regentropfen an meinem imprägnierten Trenchcoat hinunter, als ich an jenem frühen Nachmittag die Berliner Straße entlangschlenderte. Gefühlte drei Tage hatte es nun schon unaufhörlich geregnet, ganz gegenteilig der Wetterprognosen, welche auf Grund des kommenden Feiertages und auf Druck des Amtes für Tourismus nur eine mäßige Bewölkung voraussagten. Unhörbar erwähnte ich mir gegenüber die Hausnummer, denn ich hatte sie mir nicht aufgeschrieben, möglicherweise deshalb nicht, um mir gegenüber meine geistige Agilität beweisen zu können. Die aneinandergereihten Häuser boten eine endlos scheinende Komposition in Grau und unterschieden sich nicht merklich voneinander, außer dass sich in einigen früheren Kolonialwaren-Geschäften nun türkische Döner-Kebab-Restaurants eingemietet hatten. Das Haus mit der Nummer 236 c unterschied sich durch seine eigenwillige, im Jugendstil gehaltene Bauweise, ausgedrückt durch die in Stein gehauenen verschnörkelten Blumenranken. Durch das großzügige Rundbogenfenster bot sich ein Blick in das hell erleuchtete und mit ein paar wenigen Stühlen spärlich eingerichtete Ladengeschäft jener Buchhandlung, welche sich durch Vorlesungen mehr oder weniger bekannter Schriftsteller einen Namen geschaffen hatte. Verhalten öffnete ich die Ladentüre, um nicht als Eindringling zu erscheinen, und wurde von einem gedämpften Gemurmel einiger Leute erwartet, welche meist Apéro trinkend versuchten, mit der Hauptakteurin, der Buchautorin Bettina von Hagenwald, irgendwie ins Gespräch zu kommen, mehr noch, um sich eher selbstdarstellerisch hervorzuheben als aus Bezeugung wirklichen Interessens an der aufstrebenden Schriftstellerin. Eher unbeachtet mischte ich mich unter die Wartenden. Mit einer gewissen Theatralik versuchte die Besitzerin der Buchhandlung die Wartenden in den Nebenraum zu lotsen, brauchte aber eine Ewigkeit, die träge Masse in Bewegung setzen zu können, denn ihre Forderung ging im allgemeinen Gemurmel weitgehend unter. Erst als sich die Vorleserin auf einen Stuhl hinter ein kleines Schreibpult setzte, kam so etwas wie Bewegung auf. Die wenigen Stühle, welche in einem Halbkreis angeordnet waren, wurden innert Sekunden von meist älteren Damen erobert, welche den größten Teil der Besucher ausmachten. Obwohl ich weit nach hinten abgedrängt wurde, hatte ich einen freien Blick auf die Schriftstellerin, welche sich einige Male räusperte, ehe sie mit einer kleinen Einleitung den Vortrag eröffnete.

»Liebe Literaturfreunde. Ich komme nicht umhin, Ihnen für Ihr zahlreiches

Erscheinen zu danken. Nachdem mein Erstlingswerk ›Die Schuhe der Verlorenen‹ bereits in den Bestsellerlisten anzutreffen war, erwarte ich mit meinem jetzigen Kriminalroman nicht weniger als eine Nomination zum Buchpreis des Jahres, was mir einige der renommiertesten Kritiker bestätigt hatten, obwohl mein Buch erst seit zwei Wochen erhältlich ist.«

Während sie begann, die mit einem Buchzeichen gekennzeichneten Seiten vorzulesen, blickte sie des Öfteren auf die regungslos dasitzenden Besucher, um eine Reaktion der Zuhörer feststellen zu können. Zwischendurch blieben einige kurze Blicke an mir haften, denn sie konnte sich sehr wohl an mein Gesicht erinnern, schließlich saßen wir im Kursus über zeitgenössische Literatur nebeneinander. Es war sozusagen unser beider Einstieg in die Schriftstellerei, mit dem Unterschied, dass sie Monate darauf bereits ihren ersten Achtungserfolg verzeichnen konnte, während ich sozusagen ein literarisches Schattendasein führte und für die breite Masse unsichtbar blieb. Wir beide hatten uns dem klassischen Kriminalroman verschrieben, wobei sie, und das war sicherlich der Schlüssel ihres Erfolges, keines der blutigen Details ausgelassen hatte, um dem Leser den kalten Schweiß in das Gesicht zu treiben.

»Was hindert dich denn daran, über gepflegte, saubere Morde zu schreiben, über Eifersucht, Neid und Habgier, warum müssen es bei dir denn immer Soziopathen mit einer unfassbaren kriminellen Energie sein?«

»Weil die Leute abgestumpft sind, und nur noch das blanke Entsetzen das Blut des Lesers in Wallungen versetzen kann. Ein Giftmord, wie du ihn immer mal wieder zum Thema deiner Romane machst, ist etwa so spannend wie ein Steuerbescheid. Sieh dir die Bestsellerlisten an, sei es in Romanen oder Filmen, die Leute lechzen nach Nazi-Gräueltaten und nach psychopathischen Vergewaltigern. Mit Komödien ist heute kein Blumentopf mehr zu gewinnen«, erwiderte sie mit einer ausgeprägten Theatralik. »Natürlich bestätigen Ausnahmen wie etwa Agatha Christie oder Sherlock Holmes die Regel, obwohl diese Kriminalromane den Bonus des Antiquarischen in Anspruch nehmen können«, ergänzte sie.

Bettina hatte sich bereits in einen Redefluss hineingesteigert, doch es war offensichtlich, dass sie besser schreiben als reden konnte, denn ihre Aussprache war hölzern und es fehlte an Nuancen. Trotzdem hingen ihr die älteren Damen an den Lippen und versuchten das für diese Jahreszeit übliche Hüsteln zu unterdrücken. Die Wärme in dem mittlerweile überfüllten Raum machte die Zuhörer schläfrig und deutete auch sonst darauf hin, dass die Erfolgsschriftstellerin ihre Lesung so langsam beenden könnte. Der Einladung, ein Buch durch die Literatin persönlich signieren zu lassen, leisteten etliche der Besucher Folge und stellten sich an der immer länger werdenden Kolonne an. Obwohl ich weder ein Buch kaufen noch es signieren lassen wollte, gliederte ich mich ebenfalls ein und erst nach etwa zwanzig Minuten hatte ich es bis zur Schriftstellerin hin geschafft. Einige Sekunden blickten wir uns wortlos an, was dazu führte, dass ein älterer Herr, welcher hinter mir in der Reihe stand, mich unentwegt anstupste und sich unnatürlich räusperte.

»Hallo Herbert«, sagte sie mit einer weichen Stimme, welche so gar nicht zu ihrer Erscheinung passte, denn obwohl sie erst 55 Jahre alt war, blickte mir das Gesicht einer betagten Frau entgegen. Einzig ihre Augen strahlten eine gewisse Lebendigkeit und Frische aus. Es war nicht der Ausdruck einer erfolgreichern Schriftstellerin mit einer strahlenden Aura, wie man es erwarten könnte. »Könntest du noch auf mich warten, Herbert, ich bin hier bald fertig.«

Eigentlich wollte ich noch etwas darauf erwidern, doch hinter meinem Rücken kam eine unruhige und gehässige Stimmung auf.

»Ich warte draußen auf dich«, gab ich kurz zurück und trat mit einer schnellen Bewegung zur Seite.

»Schreiben Sie bitte ›für mein kleines Pummelchen‹«, hörte ich noch den Mann, welcher mir andauernd in meinen Nacken keuchte, zu Bettina sagen, ehe ich mich nach draußen in die frische Abendluft begab.

Mittlerweile hatte es aufgehört zu regnen, doch es trocknete kaum ab, was an den Spiegelungen der Autodächer deutlich zu erkennen war. Es fröstelte mich ein wenig, denn mein Trenchcoat hatte dem Regen nicht standhalten können und meine Füße fühlten sich schwammig an. Trotzdem harrte ich so lange aus, bis der Letzte der Besucher die Buchhandlung verlassen hatte.

»Verzeih Herbert, es hatte nun doch etwas länger gedauert«, meinte sie, während sie als Letzte die Türe hinter sich schloss. »Jetzt könnte ich einen Drink gebrauchen«, sagte sie etwas erschöpft zu mir und zeigte in Richtung der Bar, welche sich an der nächsten Seitenstraße befand und deren Leuchtschrift den schwachen Dunst durchdrang. »Es muss ja schon Jahre her sein, als wir uns das letzte Mal sahen«, begann sie zögerlich.

»Acht Jahre, um genau zu sein, in einem Warenhaus, als du dein erstes Buch ›Die Schuhe der Verlorenen‹ vorgestellt hast.«

»Hast du es gelesen, Herbert?«

»Nur die Einleitung, denn ich kann und will mich nicht mit längst vergangenen Gräueltaten auf diese Weise auseinandersetzen.«

»Was meinst du mit ›auf diese Weise‹?«

»Die Beschreibung dieser entsetzlichen Morde zusätzlich in das Umfeld des

Nationalsozialismus hineinzuversetzen, finde ich weit mehr als geschmacklos und es zielt eindeutig darauf hin, nur den kommerziellen Erfolg als oberste Maxime zu sehen. Selbstverständlich, und das muss ich neidlos anerkennen, ist es gut geschrieben, lässt aber die Handschrift von Professor Stadelbrink deutlich erkennen. Ich weiß, unser Professor war es, welcher uns in aller Deutlichkeit mitgegeben hatte, über die Schattenseiten des Lebens zu schreiben, um überhaupt von der Schriftstellerei leben zu können. Natürlich besteht auch eine Möglichkeit, mit Liebesromanen eine Zielgruppe erreichen zu können, zum Beispiel emotionsgeladene Hausfrauen und Spätpubertierende, welche sich in Träume gehüllt nach einem festen Freund sehnen.«

»Deine bitterbösen Bemerkungen kannst du dir sparen, Herbert, schließlich sind nicht alle in der vorteilhaften Lage, von einer Erbschaft ihr Leben bestreiten zu können.«

»Ich weiß, du spielst auf meinen Großonkel mütterlicherseits, den Schönheitschirurgen, an, welcher mir seine riesige Sammlung von Brustimplantaten vererbt hatte. Wie wir jedoch wissen, tendiert die Körbchengröße mehr zu den kleinen, spitzbübischen, um den Trend etwas salopp zu umschreiben. Allerdings konnte ich vom Verkauf der Hirschkäfersammlung meines Vaters einen neuen Staubsauger und zwei Flaschen Baron de Rothschild kaufen. Nein, im Ernst, Bettina, meine Reisen finanziere ich mit einem glücklichen Händchen an der Börse.«

»Dann bist du noch immer nicht verheiratet, Herbert? Ich hätte dir eine reiche, ältere Witwe zugetraut.«

»Demnach kennst du meine Vorliebe für reifere Frauen in Führungspositionen mit einem geregelten Einkommen und zwei kleinen Hunden, welche ich abends nach der Sportschau ausführen darf.«

»Oder zum Beispiel eine 55-jährige Bestseller-Autorin ohne Anhang, aber mit eigenem Haus im Grünen, mit einem Swimmingpool und einem Außencheminée.«

»Das hört sich gut an, Bettina. Es wäre doch einmal etwas ganz anderes, als abends in meinem kleinen Mansardenzimmer Zwiegespräche mit meinem Staubsauger zu führen und dabei alten Rotwein zu trinken.«

Bettina rührte nachdenklich in ihrem Espresso, obwohl sie ihn ohne Milch und Zucker trank.

»Bedrückt dich etwas, Bettina?«, meinte ich zu ihr, während ich dem Kellner ein Zeichen gab.

»Tatsächlich habe ich das Bedürfnis, mich dir anzuvertrauen, denn du bist sicherlich der Einzige, welcher meine Situation verstehen und nachvollziehen kann, Herbert. Darf ich dich morgen in mein Haus in Ahrensfelde einladen?«

»Selbstverständlich Bettina, ich denke, ich könnte so um 17 Uhr bei dir sein. Wie lautet die genaue Adresse?«

»Am Roggenschlag 43«, entgegnete sie, und ohne weitere Anmerkungen verließ sie zügig die Bar und verschwand im Dunkel der trüben Novembernacht.

Selbstverständlich war die Geschichte meiner einsamen Nächte in meinem Mansardenzimmer frei erfunden, denn ich hatte mir erst kürzlich eine Eigentumswohnung in Kreuzberg gekauft und pendelte zwischen meinem Feriendomizil in Levanto und Berlin hin und her. Die Gegensätzlichkeit könnte nicht größer sein, wobei ich nicht bestimmen konnte, welcher Ort mich eingehender bei meiner Schreibtätigkeit inspirieren konnte. Berlin ist eine pulsierende Stadt mit Ambitionen zur künstlerischen Nachhaltigkeit, einer Offenheit, neuen kreativen Strömungen Platz zu schaffen, wie es außer in New York beinahe nirgends anzutreffen ist.

Mittlerweile hatte der Regen wieder eingesetzt, und obwohl es von einer gewissen Sinnlosigkeit beschieden war, klappte ich den Kragen meines Trenchcoats hoch und hielt nach einem Taxi Ausschau.

Frühmorgens, als ich mein Schlafzimmer verließ, stolperte ich über mein Fahrrad, denn obwohl es sehr alt und gebraucht war, gab es nur diese eine Möglichkeit, zu verhindern, dass es ohne meine Zustimmung den Besitzer wechselte. Warum ich dieses rostige Vehikel die ganzen Jahre mit mir herumschleppte, war mir ein Rätsel, möglicherweise kam bei mir beim Betrachten des Rades so etwas wie Mitleid auf. Die moderne Küche bot so einiges, was ein eingefleischter Junggeselle wie ich garantiert nicht gebrauchen konnte, aber ein Mikrowellenherd gehörte nach Meinung meiner Concierge zum unverzichtbaren Inventar eines modernen Haushaltes. Auch mit der vollautomatischen Kaffeemaschine brachte ich es nach Monaten nicht fertig, eine einigermaßen harmonische Verbindung einzugehen. Stattdessen benutzte ich täglich meine kleine Espressomaschine, deren feines Blubbern mich auf die Aufgaben des Tages einstimmte. Die unbeschriftete, blütenweiße Seite meines Word-Computerprogramms blickte mir fragend entgegen, doch nicht einmal ein halbwegs annehmbarer Titel einer neuen Geschichte wollte meiner Fantasie entspringen. Zwischendurch rieb ich meine Hände aneinander, denn es wurde zusehends kühler, und während ich ein weiteres Holzstück in meinen Kunstofen schob und ich die rote Glut beobachtete, reihten sich endlich Bruchstücke einer neuen Geschichte aneinander, wobei ich das eben Erlebte als Ausgangspunkt wählte. Immer wieder beschäftigte mich die Hartnäckigkeit, mit der mich Bettina in ihr Haus einladen wollte, um an mich die scheinbar vertraulichen Informationen weitergeben zu können. Selbstverständlich weckte es meine Neugier und außerdem, so banal es klingen mag, lieferte es den Stoff meiner neuen Geschichte, welche nur aus dem Erlebten und nicht meiner Fantasie entspringen würde.

Ein forderndes Klopfen an meiner Wohnungstüre ließ mich aufschrecken, obwohl ich das Klopfen nur einer Person zuordnen konnte.

»Haben Sie sich schon etwas eingelebt, Herr von Willensdorf?«, fragte mich meine Concierge, Frau Kuresevic, und ließ dabei ihre neugierigen Blicke durch den mit Gegenständen verstellten Flur schweifen. »Kann ich Ihnen bei der Einrichtung Ihrer Wohnung irgendwie zur Hand gehen, ich habe darin eine gewisse Erfahrung, denn mein Mann, Gott habe ihn selig, war Verkäufer in einem nicht ganz unbekannten Möbelgeschäft in Braunschweig. Wäre da nicht die Geschichte mit der fehlenden Sprosse an der Leiter gewesen, als er die Deckenbeleuchtung montieren wollte, so hätte er es womöglich noch zum Chefverkäufer gebracht«, berichtete sie mit einem gewissen Stolz.

»Das ist äußerst zuvorkommend von Ihnen, Frau Kuresevic, dennoch muss ich leider Ihr Angebot zurückweisen, denn ich bin in meine Arbeit als Schriftsteller in einem Maße eingebunden, dass ich bisher keine Zeit fand, mir irgendwelche Möbelstücke anzuschaffen.« Irgendwie konnte oder wollte sich Frau Kuresevic mit meiner Antwort nicht zufrieden geben und doppelte mit einer verbindlichen Information nach.

»Ich nehme doch an, Herr von Willensdorf, dass Sie wissen, dass wir, die Stockwerkeigentümer, alle drei Wochen eine Sitzung abhalten, und dass diese Sitzungen immer in einer der fünf Wohnungen abgehalten werden, selbstverständlich auch bei Ihnen. Wie sieht denn das aus, wenn wir bei Ihnen in einer leeren Wohnung die Besprechung abhalten?«

»Ich nehme mal an, es wird den Charakter einer Gruppentherapie haben. Wie setzt sich denn die Traktandenliste solcher Besprechungen zusammen?«, wollte ich von Frau Kuresevic wissen.

»Wir wollen eine gewisse Kontrolle über unsere Wohnungsbesitzer haben, wo kämen wir hin, wenn jeder macht, was er will, außerdem müsste das Dach in den nächsten zehn bis fünfzehn Jahren wieder einmal erneuert werden, was so viel bedeutet, dass jede Partei in regelmäßigen Abständen Beiträge in den dafür vorgesehenen Fonds einzubezahlen hat. Auch müssen die Waschtage geregelt werden. Sie sehen, solche Sitzungen sind unumgänglich, Herr von Willensdorf.

Wir werden übrigens bei jedem Treffen immer vorzüglich bewirtet, nur so als kleine Anregung, ganz unter uns.«

»Ich nehme doch mal an, dass Sie wissen, dass ich ein Pendler bin?«

»Wir verstehen alle nichts von Esoterik, ich dachte, Sie seien Schriftsteller«, meinte sie etwas verwirrt.

»Ich wollte damit ausdrücken, dass ich einen weiteren Wohnsitz in Italien habe«, berichtigte ich. »Sie werden wohl auf meine Anwesenheit verzichten müssen«, meinte ich und versuchte dabei ein Lachen zu unterdrücken.

»So leicht kommen Sie mir nicht davon und ich werde unser Problem in der nächsten Sitzung mit Sicherheit vorbringen müssen. Ich kann nur so viel dazu sagen, es sieht nicht gut aus für Sie, denn wir dulden hier keine Eigenbrötler, nichts, was unsere Harmonie und Einigkeit stört. Der Stockwerkseigentümer unter Ihnen hatte sich erst auch quergestellt und musste sich einige Mahnungen von uns über sich ergehen lassen, bis er schlussendlich zur Vernunft kam.«

Glücklicherweise klingelte mein Telefon, was mir die Gelegenheit gab, diese sinnlose Debatte offiziell beenden zu können. Dass mein Telefon-Gesprächspartner falsch verbunden war, spielte daher auch keine wesentliche Rolle.

Das beste Mittel gegen eine aufkommende Schreibblockade ist, ein sehr heißes Bad zu nehmen und dabei einen guten alten Single Malt Whisky zu verkosten. Spezifisch in meinem Fall half es jedenfalls, denn auch ohne den weiteren Verlauf des Erlebten abzuwarten, entsprang meinem Gehirn eine nahezu vollständige Kriminalgeschichte, welche sich beinahe lückenlos an die bereits veröffentlichten Manuskripte angliederte.

Ahrensfelde liegt etwa zwanzig Kilometer nordöstlich von Berlin an der Anflugschneise zum Flughafen, was zur Folge hat, dass alle paar Minuten die Jets in geringer Höhe das Dorf überfliegen. Während des Krieges wurde es weitgehend zerstört, doch nun wirkt es wieder beinahe steril herausgeputzt und nichts erinnert mehr an die russische Besatzung nach 1945. Mein Taxifahrer ließ sich nicht anmerken, dass er sich nicht auskannte, denn bei jeder Kreuzung hielt er nach Straßenschildern Ausschau, wobei er immer wieder »Ich glaube, wir sind richtig« murmelte. Möglicherweise wollte er seine Einnahmen etwas aufbessern, denn seltsamerweise hatte er sein Navigationsgerät den ganzen Weg nie in Betrieb genommen. »Welche Nummer sagten Sie?«, fragte er mich, als wir dann doch schlussendlich in die Straße Am Roggenschlag einfuhren.

»43.«

»43«, wiederholte er, wobei er sein Tempo verlangsamte, um wirklich jede Sekunde Fahrzeit vollends ausnützen zu können.

Alle Häuser wirkten stereotyp und waren nur durch ihre mehr oder weniger gepflegten Vorgärten zu unterscheiden. Nie hätte ich mir ein Haus in dieser Gegend, welche den Charakter einer Art Siedlung hatte, gewünscht, denn es machte den Eindruck, als diente es als Kulisse einer dieser billig produzierten Soaps, welche in den Mainstream-Medien immer mehr überhandnahmen. »Sie sehen die 120. Folge der 19. Staffel der Serie ›Am Roggenschlag‹« oder etwas in dieser Weise.

»Soll ich auf Sie warten?«, meinte der Fahrer zu mir, während er sich leger auf seinem Fahrersitz zurücklehnte.

»Nein, ich brauche Sie nicht mehr, ich denke, ich werde nun alleine zurechtkommen«, antwortete ich, während ich ihm den Fahrpreis aushändigte.

Die Nachbarn von Bettina hatten mein Ankommen bereits mitbekommen, blickten durch die geschlossenen Fenster und zupften dabei an den Vorhängen herum. Einer der Nachbarn versuchte seinen mit Benzin betriebenen Rasenmäher in Gang zu bringen, was aber auch nach etlichen Anläufen nicht gelang.

»Guten Tag, kennen Sie sich mit Rasenmähern aus?«, rief er mir etwas verzweifelt zu.

»Haben Sie Benzin nachgefüllt?«, entgegnete ich gewandt, obwohl ich von einem Rasenmäher gleich wenig Ahnung hatte wie etwa von einer Nähmaschine.

Scheinbar hatte ich recht gehabt, denn kurz darauf kam er mit einem Benzinkanister zurück, den er neben dem Hauseingang stehen hatte, und noch bevor ich ein zweites Mal an die Haustüre klopfte, setzte ein ohrenbetäubender Lärm ein.

Bettina öffnete die Haustüre. Sie trug einen verspielten Freizeitanzug und hatte ihre Haare streng nach oben gesteckt, was sie etwas älter erscheinen ließ.

»Grüß dich, Herbert, ich habe erst dein Klopfen gar nicht gehört, denn ich war im Garten und habe wieder einmal Baumblätter aus dem Swimmingpool gefischt. Außerdem hat mein Nachbar, dieser Idiot, wieder seinen Rasenmäher in Betrieb genommen.«

»Hallo Bettina«, sprach ich dazwischen. Aber ich hatte den Eindruck, dass sie es nicht wirklich wahrgenommen hatte, denn sie wirkte etwas abwesend und irgendwie konsterniert.

»Komm herein, Herbert. Es tut gut, dich zu sehen, denn ich muss mich jemandem anvertrauen können, denn meine Situation scheint irgendwie aussichtslos zu sein.«

»So schlimm kann es doch nicht sein, dass wir nicht zusammen eine Lösung finden könnten«, entgegnete ich mit ruhiger Stimme.

»Bitte setz dich doch.«

Mit einer schnellen Bewegung ergriff sie das Bündel Zeitungen, welche auf dem Polstersessel platziert waren, und legte es auf den Fußboden neben sich.

»Ach entschuldige, Herbert, ich habe ganz vergessen, dich zu fragen, ob du etwas trinken möchtest. Ich habe eben einen Schwarztee angesetzt, wenn es dir recht ist. Ich eile nur schnell in die Küche und hole ihn.« Ohne meine Antwort abzuwarten, schnellte sie hoch und war kurz darauf in der Küche verschwunden.

Diese kurze Unterbrechung nutzte ich, um mich in dem Zimmer etwas umzusehen. Die ganze Einrichtung unterlag einem gewissen luxuriösen Flair, wobei alles in einem modernen Minimalismus gehalten war, aber keiner modischen Strömung zugeordnet werden konnte. Der Blick durch das großzügige Fenster auf den Swimmingpool erinnerte an die gehobene Mittelschicht der siebziger Jahre, in welcher man gerne einen gewissen Luxus demonstrierte, um den Neid der Nachbarn auf sich ziehen zu können. Auf einem kleinen Anstelltischchen lagen einige lose Seiten beschriebenes Briefpapier, wobei ich vermutete, dass es sich womöglich um ein angefangenes Manuskript handelte. Ich wagte es nicht, es in die Hand zu nehmen, oder darin zu blättern, denn Bettina könnte jederzeit von der Küche zurückkommen, und ich wollte mich nicht zu einer Indiskretion verleiten lassen.

»Greif doch zu«, meinte Bettina und schob die kleine Schale mit etwas staubig wirkenden Biskuits in meine Richtung. Meine Neugier wuchs von Minute zur Minute, denn anstatt mit mir über ihre Probleme zu sprechen, verwickelte sie mich in ein eher banales, oberflächliches Gespräch über ihre Katze und dergleichen.

»Ich hatte den Eindruck, du möchtest mit mir über deine Probleme reden«, wandte ich ein, ohne in irgendeiner Form aufdringlich zu wirken.

»Du hast ja recht, Herbert. Ich versuchte mit diesen Banalitäten nur etwas Zeit zu gewinnen, denn was ich dir nun zu sagen habe, wird dich schockieren, dessen bin ich mir absolut sicher.«

Was folgte, war eine bedrückende Stille, ehe sie ruhig und gefasst weitersprach.

»Ich habe zwei Menschen umgebracht. Ich weiß, es ist absolut unentschuldbar, aber dennoch muss ich versuchen, mich dir gegenüber zu rechtfertigen, indem ich die ganze Geschichte, wie es zu diesen Morden kam, aufzuarbeiten versuche.«

»Vorsätzliche Morde sind durch nichts zu entschuldigen«, gab ich dazwischen, »nicht mal wenn die Morde aus edlen Motiven begangen wurden.«

»Du wirst es verstehen, Herbert, denn mir blieb keine andere Wahl, und ich würde und müsste es jederzeit wieder tun. Wie du weißt, Herbert, hatte ich mit meinem Erstlingsroman bereits einen beachtlichen Erfolg zu verzeichnen. ›Die Schuhe der Verlorenen‹ fand in der Presse regen Anklang, gerade auch deshalb, weil ich die Geschichte in der Zeit des Nationalsozialismus mit all seinen Schrecken spielen ließ, weil ich wusste, dass solche Bücher in der Öffentlichkeit Anklang finden. Hätte Arthur Cohn seinen Namen und sein Geld für beschwingte Komödien hingegeben, so wären die Oscars mit Sicherheit ausgeblieben. Mit meinem zweiten Buch wollte ich selbstverständlich an meinem Erfolg ankoppeln. Es erschien vor einigen Wochen und trägt den Titel ›Die Beliakoffs‹ und handelt von einer Oligarchenfamilie während des Untergangs der Sowjetunion. Selbstverständlich wurde bei diesem Titel die Presse hellhörig, denn es wurde zu Recht vermutet, dass der politische Wandel zu einer russischen Föderation inhaltlich aufgearbeitet würde. Nur eine Woche nach dessen Erscheinen hatte ich einen festen Platz in der Bestsellerliste und alle waren sich sicher, dass dieses Werk den verdienten Buchpreis erhalten würde. Ich wuchs ebenso immer mehr in den Mittelpunkt hinein, wobei ich selbstverständlich auch von Elke Heidenreich interviewt wurde. Ich kann mich noch gut an den 10. September erinnern, als ich als Ehrengast zu einer Party im ZDF-Medienzentrum eingeladen wurde und jedem und allen über mein Buch und über meine zukünftigen Pläne Auskunft erteilen musste. Natürlich war mir im Laufe des Abends ein gut gekleideter, aparter Mann in mittleren Jahren aufgefallen, denn er beobachtete mich unentwegt mit einer ruhigen Zurückhaltung, während er an der Bar saß und sich ein Glas Champagner nach dem anderen genehmigte. Irgendwie passte er nicht in den dunklen Nadelstreifen-Anzug, eher in ein Joggingkostüm, denn, wie ich erkennen konnte, waren seine Hände ebenso wie sein Gesicht braungebrannt, wobei es sich eher um einen Besuch im Solarium als um Ferien am Meer handelte. Beinahe linkisch hatte er mir einige Male zugeprostet, machte aber vorerst keine Anstalten, sich zu mir zu gesellen. Irgendwie faszinierte mich dieser Mann, möglicherweise lag es an seiner Ausstrahlung, doch mit Sicherheit konnte ich keine schlüssige Antwort darauf finden. Zwischenzeitlich war ich von etlichen Menschen umgeben, aber trotz der Ablenkung behielt ich diesen Mann im Auge. Während ich dabei war, einem älteren Herrn eines meiner Bücher zu signieren, bewegte sich dieser Unbekannte langsam und beinahe schlendernd auf mich zu, wobei er immer noch ein halb volles Glas in seiner Hand hielt. Mit einer unangenehmen, hellen, beinahe schrillen Stimme sagte er: ›Frau von Hagenwald, ich würde gerne unter vier Augen ein paar Worte mit Ihnen wechseln, falls Sie sich etwas Zeit für mich nehmen könnten.‹

›Der Raum nebenan sollte frei sein, Sie können dort auf mich warten, ich werde in etwa zehn Minuten bei Ihnen sein‹, gab ich etwas verwundert zurück. Natürlich war ich neugierig darauf, zu erfahren, was der Grund dieser schon beinahe forschen Forderung war.

›Schreiben Sie bitte ›Für mein Püppi in Liebe von der Grand Mama‹‹, sagte eine ältere Dame zu mir und streckte mir das eben erworbene Buch entgegen. Bereitwillig erfüllte ich diese Wünsche geduldig. Als ich später die Schiebetüre zum Raum nebenan öffnete, fiel mein Blick auf den ruhig dasitzenden Fremden.

›Was ist denn nun der Grund, dass Sie mich so dringend sprechen möchten?‹, meinte ich zu ihm und setzte mich dabei auf einen etwas entfernteren Stuhl, ihm gegenüber.

›Von dringend habe ich meines Erachtens nichts erwähnt‹, entgegnete er mit seiner schrillen Stimme, welche so gar nicht zu seinem Aussehen passte. ›Ich wollte nur von Ihnen wissen, Frau von Hagenwald, wieweit bestimmte Verhandlungen seitens Ihres Verlages bereits fortgeschritten sind, denn es liegt in unserem Interesse, Ihren neuesten Roman zu verfilmen. Was sagen Sie dazu, Frau von Hagenwald?‹, sagte er geschäftlich.

›Das ehrt mich natürlich, aber ich kann Ihnen zurzeit keine schlüssige Antwort darauf geben, es kommt doch etwas unerwartet für mich‹, entgegnete ich ruhig und unaufgeregt.

›Schade, wir hätten sonst bereits über die Formalitäten über einen Vorschuss von 200 000 Euro verhandeln können‹, erwiderte er ruhig.

›Sagten Sie 200 000 Euro?‹

›Ja, ich hätte auch geradeso 300 000 sagen können, es spielt nicht so eine große Rolle.‹

Natürlich war ich nach diesem Angebot etwas verwirrt, versuchte mir aber nichts anmerken zu lassen.

›Doch, darüber lässt sich reden, aber eine gewisse Bedenkzeit müssen Sie mir schon zugestehen, Herr …‹

›Olson, mein Name ist Olson. Selbstverständlich lasse ich Ihnen Bedenkzeit. Wann und wo können wir uns ein weiteres Mal treffen, ich überlasse die Entscheidung selbstverständlich Ihnen, Frau von Hagenwald.‹

›Wie wäre es morgen bei mir zu Hause?‹

›Gut, ich werde den Vertrag aufsetzen‹, meinte er noch, und nachdem ich ihm meine Adresse bekannt gab, verabredeten wir uns auf den folgenden Tag.«

»Und du hast wirklich daran geglaubt, dass dieser Mann dir diesen Vorschuss für die Filmrechte aushändigen wollte?«, fragte ich Bettina etwas misstrauisch.

»Ich hatte keine Zweifel, er erschien mir glaubwürdig.«

»Ich wollte dich nicht unterbrechen. Bitte erzähl weiter, Bettina.«

»Wir hatten uns dann wirklich wie verabredet bei mir getroffen, doch nun schlug er plötzlich ganz andere Töne an. Seine beinahe galante Art vermischte sich mit einer übertriebenen Heimtücke. Er machte auch keine Anstalten, mir den versprochenen Vertrag vorzulegen, er saß nur ausladend auf meinem Polstersessel und hatte ein undefinierbares Grinsen auf seinem mit Furchen durchzogenen Gesicht.

›Sie wollten mit mir die Details zu dem Filmrechte-Vertrag besprechen?‹, fragte ich ihn, von einer unbändigen Neugier getrieben.

›So, wollte ich das?‹, erwiderte er knapp.

›Sie sprachen von 300 000 Vorschuss, wenn ich mich recht entsinne.‹

Die kurze darauf folgende Stille wurde durch das Klingeln der Hausglocke unterbrochen.«

›Erwarten Sie noch jemand?‹

›Ich ging davon aus, dass wir bei unserer Unterhaltung nicht gestört werden‹, meinte der sichtlich unruhig wirkende Besucher.

›Es kann sich nur um Angelika handeln, sie hilft mir ab und zu bei meinen Schreibarbeiten.‹

›Bitte schicken Sie sie fort.‹

›Sie gehört zu meinen engsten Vertrauten, daher sehe ich keine Veranlassung, sie nicht hereinzulassen.‹

Ich zögerte einen Augenblick, öffnete aber dennoch die Haustüre und bat Angelika hereinzukommen.

›Ah, du hast Besuch, Bettina, ich werde dich nicht stören, ich dachte nur, du wolltest heute bereits mit dem neuen Kapitel beginnen.‹

›Du störst doch nicht, darf ich dir Herrn Olson vorstellen, er ist an der Verfilmung meines neuesten Romans interessiert und möchte mit mir noch gewisse Details besprechen.‹

Während sie mir gratulierte, streckte sie ihre Hand aus und begrüßte den ruhig dasitzenden Mann.«

›Wir können auch ebenso morgen mit dem neuen Kapitel beginnen‹, sagte ich daraufhin zu Angelika, denn Olson machte keinerlei Anstalten, in Anwesenheit von Angelika die Besprechung weiterführen zu wollen.

›Na gut, Bettina, dann bis morgen, auf Wiedersehen, Herr Olson, es hat mich gefreut.‹

›Ganz meinerseits, Angelika, auf Wiedersehen.‹

Erst als die Haustüre ins Schloss fiel, fuhr Olson mit seinen Ausführungen fort.

›Habe ich Ihnen schon zu Ihrem Erfolg des neuen Buches gratuliert, Bettina, ich darf doch Bettina sagen?‹

›Sicherlich‹, antwortete ich schnell.

›Wie mein Name bereits aussagt, stamme ich ursprünglich aus Schweden, habe aber einige Jahre wie Sie in Russland verbracht und als Übersetzer gearbeitet.‹

›Auf was wollen Sie hinaus, Olson?‹

›Nur Geduld, Bettina, ich kann Ihnen versichern, dass ich bald auf den entscheidenden Punkt kommen werde. Es war sehr clever von Ihnen, Ihr neues Buch ›Die Beliakoffs‹ zu nennen, denn dies war der entscheidende Punkt, dass ich nicht viel früher darauf gekommen bin.‹

›Und auf was sind Sie denn gekommen? Erzählen Sie weiter.‹

›Ich hatte bereits eine schwache Vorahnung, aber als ich mir vor zwei Wochen Ihr Buch gekauft und die ersten Seiten durchgelesen hatte, wusste ich Bescheid.‹

›So, was wussten Sie dann?‹

›Dass Sie dieses Manuskript, welches übrigens unter dem Titel ›Die Oligarchen‹ auf Russisch veröffentlicht wurde, Zeile für Zeile abgeschrieben haben. Sie konnten nicht damit rechnen, dass jemand das Original kennen würde und perfekt Russisch und auch Deutsch spricht.‹

›Und jetzt, da Sie es wissen, was erwarten Sie von mir, wollen Sie mich erpressen?‹

›Ach, welch hässliches Wort, ich habe nur vor, mich etwas an Ihrem Gewinn zu beteiligen, sagen wir mit 50 Prozent jedes verkauften Exemplars, das sollte doch machbar sein, was meinen Sie, Bettina?‹

›Bescheidenheit gehört wohl nicht zu Ihren Tugenden, Olson? Es ist absolut überrissen und nicht akzeptabel, aber ich könnte mich möglicherweise zu einer einmaligen Abfindung entschließen, sagen wir 50 000 Euro, aber nachher möchte ich Sie niemals mehr wiedersehen.‹

Lautes Gelächter, welches schrill und penetrant wirkte, folgte meinem Vorschlag.

›Es empfiehlt sich, baldmöglichst auf mein Angebot einzugehen, sonst muss ich meine Forderung nach oben schrauben‹, sagte Olson ruhig und grinste dabei hämisch und abgeklärt.

Ich versuchte selbstverständlich etwas Zeit zum Nachdenken zu gewinnen, obwohl es auf Grund meiner misslichen Lage sozusagen keinen Ausweg zu geben schien.

›Ich möchte keinesfalls als gierig erscheinen, selbstverständlich werde ich bis nach der Verleihung des Buchpreises warten‹, meinte Olson und schlug leger die Beine übereinander.

›Doch, das ist rücksichtsvoll von Ihnen, geradezu entgegenkommend.‹

Wie in Trance stand ich auf und bewegte mich zu dem kleinen Sekretär hin, öffnete die Schublade und entnahm ihr eine Beretta-Pistole, richtete sie auf den verdutzt dreinschauenden Mann und schoss das ganze Magazin leer. Olson hatte keine Chance und taumelte mit aufgerissenen Augen tödlich getroffen zu Boden. Aus den Wunden quoll das Blut und breitete sich auf dem Parkettboden aus. Das Einzige, was mir in diesem Augenblick durch den Kopf ging, war die Selbstverständlichkeit meines Handelns, ohne den leisesten Anflug von Reue. Es war sozusagen die logische Abfolge meiner Handlungen in dieser Situation. Ich konnte doch nicht zulassen, dass dieser Schmarotzer mich jahrelang erpressen würde. Das musst du doch verstehen, Herbert«, meinte sie kleinlaut und hoffte erwartungsvoll auf meine Zustimmung.

Ich schwieg dazu, denn ich wollte erst den weiteren Verlauf dieser bizarren Geschichte mitverfolgen, ohne mich in die Rolle eines möglichen Moralapostels drängen zu lassen.

»Ich nehme doch an, dass du dich der Leiche dieses Mannes entledigt hast. Bitte fahr fort, es nimmt ja immer skurrilere Züge an.«

»Erst hatte ich mich hingesetzt und während ich mir einen großen Gin genehmigte, überlegte ich, wie ich diesen Toten beseitigen könnte, ohne irgendwelche Spuren zu hinterlassen. Es war sicherlich der anspruchsvollste Teil meines Vorgehens und eine wirkliche Herausforderung. Es drängte sich beinahe auf, ihn in meinem Garten zu vergraben, und ich entschloss mich auch dazu, obwohl ich sämtlichen Gartenarbeiten immer eher feindlich gegenüberstand. Seinen Autoschlüssel hatte ich an mich genommen, denn ich konnte es nicht riskieren, seinen Wagen vor meinem Haus parkiert stehen zu lassen. Erst als es eindunkelte, setzte ich mich in seinen alten Mercedes und fuhr ihn bis zu einem kleinen Weiher, in dem ich ihn versenken konnte. Selbstverständlich hatte ich sogar an das Verwischen der Reifenspuren gedacht, denn schließlich sind es ja gerade die Schriftsteller, welche solchen Details größte Beachtung schenken. Über Schleichwege fand ich zurück zu meinem Haus und brachte anschließend diesen Olson neben meinem Swimmingpool unter die Erde. Nachdem ich das Parkett einer intensiven Reinigung unterzogen hatte, waren somit alle Spuren beseitigt, worauf ich mich müde, aber zufrieden in mein Bett begab und gut schlief, wie schon lange nicht mehr. Wie verabredet, erschien etwa um neun Uhr morgens Angelika und obwohl sie ihre Neugierde nur schwerlich zurückhalten konnte, sprach sie mich nicht auf den weiteren Verlauf der Verhandlungen bezüglich der Verfilmung meines Romans an. Wie gewohnt setzte sie sich auf den einen Stuhl in der Wohnküche und begann mein grob skizziertes Manuskript ins Reine zu schreiben. Ihre flinken Finger flogen nur so über die Tastatur und versuchten meine neue Kriminalgeschichte niederzuschreiben. Zwischendurch konnte sie es aber nicht lassen, mich auf gewisse inhaltliche Fehler hinzuweisen, denn es war zum Beispiel höchst unwahrscheinlich, dass jemand im Schlaf aus seinem Körper austrat, um einen Mord zu begehen. Die neue Version mit dem mordenden Schlafwandler war auch nicht viel besser, wurde aber von Angelika in dieser Weise umgesetzt. Ich hatte die Befürchtung, dass ich mit meinem neuesten Werk keinesfalls an das Erfolgsbuch ›Die Beliakoffs‹ anknüpfen konnte, denn die Geschichte war zu inhaltlos, obwohl ich erneut versuchte, die Tragik des Lebens in allen Facetten ohne Tabu darzustellen. Ich ging in der Küche hin und her und versuchte dabei Gedanken in Worte zu fassen, doch ich fühlte mich trotz einiger Impulse von Angelika blockiert. Die Türklingel riss mich dann definitiv aus meiner Geschichte heraus.

›Könntest du nachschauen, Angelika‹, sagte ich etwas entnervt.

Kurz darauf kam Angelika zurück und meldete zwei Herren von der Polizei an.

›Sie sagten, sie hätten dir einige Fragen zu stellen‹, meinte Angelika sehr förmlich.

›Ich komme gleich, führe die Herren unterdessen bitte in den Salon.‹

Die in Zivil gekleideten Polizeibeamten schauten sich wartend im üppig eingerichteten Wohnzimmer um, als wollten sie bereits irgendwelche Schlüsse auf Grund der Wohnsituation der möglichen Zeugin ziehen.

›Sie wollten mich sprechen, meine Herren?‹

›Wir sind von der Kriminalpolizei und hätten einige Fragen an Sie, Frau von Hagenwald.‹

›Habe ich denn etwas verbrochen, haben meine Nachbarn wieder wegen meiner lauten Musik reklamiert?‹, meinte ich einfühlsam.

›Nein, nein, es handelt sich lediglich um eine Befragung‹, antwortete der ältere von beiden, welcher sich als Kommissar Klein ausgewiesen hatte.

›Bitte setzen Sie sich doch.‹

Die beiden Polizisten nahmen das Angebot an und platzierten sich auf das Sofa, nachdem sie einige bestickte Kissen auf die Seite geschoben hatten.

›Darf ich rauchen?‹, fragte der Jüngere und hatte bereits eine Schachtel Zigaretten in der Hand.

›Selbstverständlich‹, antwortete ich und hielt dabei nach einem Aschenbecher Ausschau.

›Waren Sie gestern Abend zu Hause?‹

›Ja, warum?‹

›Bitte beantworten Sie nur unsere Fragen, Frau von Hagenwald.‹

›Waren Sie alleine?‹

›Ja, das heißt, meine Sekretärin kam im Laufe des Abends noch vorbei. Sie ist übrigens auch hier, sie hatte Ihnen ja vorhin die Türe geöffnet. Angelika, kommst du bitte mal.‹

Angelika kam aus der Küche und stellte sich neben mich.

›Und sonst hatten Sie keinen Besuch, wie lange waren Sie denn hier, Angelika?‹

›Den ganzen Abend und wir waren die ganze Zeit alleine.‹

›Wollen Sie mir denn nicht endlich erklären, um was es sich handelt?‹

Ohne jegliche Reaktion zu zeigen, fuhr der Kommissar mit der Befragung fort.

›Ist Ihnen beiden ein dunkelblauer Mercedes, welcher vor Ihrem Haus stand, aufgefallen?‹

»Nein, oder ist dir ein solcher Wagen aufgefallen, Angelika?‹

›Ich kenne mich mit Automarken nicht aus, für mich ist einer wie der andere‹, erwiderte Angelika naiv.

›Eigenartigerweise konnten sich Ihre Nachbarn gut an ein solches Fahrzeug erinnern. Dieses Fahrzeug gehört einem gewissen Egon Bitter. Ich nehme an, dass Sie ihn nicht kennen und nie etwas von ihm gehört haben?‹

›Nein, nie gehört. Ich würde Ihnen gerne helfen, Herr Kommissar.‹

›Dann können Sie mir auch nicht erklären, warum wir ein von Ihnen signiertes Buch in seiner Wohnung gefunden haben?‹

›Möglicherweise hatte er meiner Buchvorlesung beigewohnt. Was ist denn mit ihm, wird er vermisst?‹

›Seine Schwester hatte eine Vermisstenanzeige aufgegeben, wobei sie bestätigte, dass er mit seinem Mercedes losfuhr. Ihre pflichtgetreuen Nachbarn hatten uns benachrichtigt, nachdem sie festgestellt hatten, dass dieses Auto nicht ganz vorschriftsmäßig parkiert war. Vorbildlich, ich muss schon sagen, vorbildlich. Wenn es nur mehr von solchen aufmerksamen Bürgern geben würde.‹

›Wie gesagt, wir haben niemanden gesehen und waren den ganzen Abend alleine‹, wiederholte ich mich entschieden.

›Dann bleibt uns nichts weiteres übrig, als nach dem Verbleiben dieses Fahrzeugs zu suchen, es kann ja nicht vom Erdboden verschwunden sein‹, meinte der jüngere, schlecht gekleidete Polizist.

›Hier haben Sie meine Karte, Sie können mich Tag und Nacht unter dieser

Nummer erreichen, falls Ihnen noch etwas einfällt, Frau Hagenwald, und bitte verzeihen Sie die Störung.‹

Langsam erhoben sich die beiden und verließen Richtung Flur das Wohnzimmer. Mit einem kurzen und knappen ›Auf Wiedersehen‹ verließen sie das Haus und setzten sich anschließend in ihr Dienstfahrzeug und fuhren langsam davon.

Als ich zurück in die Küche kam, stand Angelika mit dem Rücken zu mir am Fenster und blickte starr und unbeweglich in den Garten hinaus. Der kühle Abendwind wirbelte einige Blätter wild durcheinander, während es langsam eindunkelte. Einige Minuten standen wir sprachlos in der nur spärlich beleuchteten Küche. Möglicherweise irrte ich mich, aber es kam mir so vor, als richtete sich Angelikas Blick auf die Stelle, an der ich diesen Egon Bitter verbuddelt hatte.

›Warum hast du dem Kommissar verschwiegen, dass dieser Herr bei mir auf Besuch war?‹, unterbrach ich die beinahe drückende Stille.

›Vermutlich aus demselben Grund, warum du es vehement abgestritten hast‹, gab Angelika zurück.

›Ich habe es nur abgestritten, weil ich nicht in eine solche Geschichte hineingezogen werden wollte, man wird ihn und das Auto finden und die ganze Sache wird sich in Wohlgefallen auflösen, dessen bin ich mir sicher, Angelika. Außerdem habe auch ich meine kleinen Geheimnisse, du musst nicht alles wissen, es reicht schon, dass du daran beteiligt warst, mit mir das Plagiat zu erstellen. Es ist für mich schon gefährlich genug, in dir eine Mitwisserin zu haben.‹

›Ich werde schweigen wie ein Grab, muss dich aber auch bei dieser Gelegenheit daran erinnern, dass du mir eine Weltreise mit einem großzügigen Spesenkonto versprochen hast, außerdem wünsche ich mir schon lange eine Shoppingtour in New York, ich glaube, so viel sollte dir mein Schweigen wert sein. Ansonsten könnte mir gegenüber diesem Kommissar doch noch einfallen, dass ich den Wagen und diesen Herrn Bitter gesehen habe. Dir ist alles zuzutrauen, sogar dass du diesen Herrn und den Wagen weggezaubert hast.‹

Aus einem Reflex heraus griff ich nach dem gusseisernen Kerzenständer und völlig von Sinnen schlug ich zu. Beinahe geräuschlos sank Angelika zu Boden und blieb seltsam verkrümmt liegen. Ich wusste, dass sie tot war, auch wenn ich mich nicht davon überzeugt hatte. Ich hatte keine Wahl, ich musste es tun. Sie wäre früher oder später schwach geworden, und das konnte ich nicht riskieren, nicht in meiner Situation. Wiederum griff ich zur Schaufel und ließ auch die zweite Leiche auf diese Weise verschwinden. Endlich war ich befreit«, sagte Bettina nahezu flüsternd zu mir, stand auf, um in der Küche den bereits vorbereiteten Tee zu holen.

»Und warum hast du mich in dein Vertrauen gezogen und mir diese Geschichte erzählt, Bettina?«, fragte ich sie, nachdem ich eine kurze Zeit gebraucht hatte, um Luft zu holen.

»Weil ich das Bedürfnis hatte, es jemandem zu erzählen, und außerdem denke ich, dass du der Einzige bist, welcher meine Tat begreifen und rechtfertigen kann. Du denkst doch auch, dass ich richtig gehandelt habe, Herbert?«, fragte sie mich, während sie mir eine Tasse heißen Tee einschenkte.

»Hättest du noch Zucker für mich, Bettina?«, fragte ich völlig ruhig, worauf sie abermals in die Küche ging und kurz darauf mit der Zuckerdose zurückkam.

»Das ist ja eine unglaubliche Geschichte, demnach hast du, nur um deine Karriere voranzutreiben, zwei Menschen eiskalt ermordet, und alles aus so widrigen Motiven, ich kann und will es nicht begreifen. Wie kannst du nur eine Sekunde daran glauben, dass ich so etwas Verwerfliches entschuldigen kann. Du musstest doch damit rechnen, dass ich dich der Polizei ausliefern würde, mit den Beweisen, welche du mir selbst geliefert hast. Ich kann es immer noch nicht fassen, Bettina, die brauchen ja nur deinen Garten umzugraben, um dich restlos überführen zu können.«

»So weit wird es nicht kommen, Herbert, denn die Polizei wird es niemals erfahren.«

»Wie willst du mich denn daran hindern?«

»Herbert, vor allem jetzt, nachdem du von meinem Tee getrunken hast, bleibt dir nicht mehr viel Zeit, irgendetwas in die Wege leiten zu können und schon gar nicht die Polizei zu benachrichtigen. Das Gift, übrigens Rattengift, sollte nächstens seine Wirkung zeigen. Natürlich verursacht es einen schmerzhaften Abgang, aber es war das Einzige, was ich augenblicklich zur Hand hatte, denn wer konnte ahnen, dass du auf meine Beichte in dieser Weise reagieren würdest. Ich habe dich immer für einen offenen, loyalen und verständnisvollen Menschen gehalten, Herbert. Es tut mir leid, aber es musste sein. Das Einzige, was mich etwas ärgert, ist die zusätzliche Gartenarbeit, und das bei Nacht. Möchtest du bei den anderen liegen, oder wünschst du ein separates Grab? Du hast noch die Möglichkeit, zu wählen.«

»Ich glaube, Bettina, du hast mich einmal mehr unterschätzt, denn ich hatte bereits vermutet, dass du einen Anschlag auf mich ausüben würdest, daher habe ich, als du den Zucker geholt hast, fix unsere beiden Tassen vertauscht. Es tut mir leid für dich, ich hätte dir einen fairen Pross gewünscht, nun wirst du selbst das Opfer sein. Mit Rattengift … ich hätte es dir für alle Zeiten übel genommen, du weißt doch, wie sensibel ich bin.«

Bettina wirkte nicht entsetzt und schwieg eine geraume Zeit, ehe sie schallend zu lachen begann und damit gar nicht mehr aufhören wollte.

»Aber Herbert, du willst mir doch nicht erzählen, dass du mir diese Geschichte abgekauft hast, denn für meine Begriffe war sie teilweise zu dick aufgetragen. Nichts ist wahr, nicht einmal das, dass ich meinen Roman von jemand anderem abgeschrieben hätte. Der Roman, bei dem ich den Buchpreis erhalten werde, ist von mir geschrieben und kein Plagiat, keine Morde, alles war frei erfunden und diente nur als Vorlage zu meinem neuesten Roman, welcher logischerweise den Titel ›Das Plagiat‹ trägt. Entschuldige Herbert, dass ich dich so vollumfänglich in diese Geschichte mit einbezogen habe, aber ich wollte diesen Roman nicht in Druck geben, ohne die Meinung eines hervorragenden Schriftstellers, wie du einer bist, einzuholen. Alleine deine Aussage, es sei eine unglaubliche Geschichte, hatte mich zusätzlich darin bestätigt, dass ich auf dem richtigen Wege bin, Herbert.«

»Doch«, sagte ich, nachdem ich mich wieder einigermaßen gefasst hatte, »diese Story hat Potenzial und zeichnet sich auch darin aus, dass du als Täterin nicht zur Rechenschaft gezogen wirst und deiner gerechten Strafe entgehst, was sich von meinen eher klassischen Kriminalgeschichten unterscheidet. Möglicherweise könnte es auch an meinem ausgeprägten Gerechtigkeitssinn liegen, dass meine Mörder immer erwischt werden.« Ganz plötzlich erreichte mich ein seltsames Schwindelgefühl, auf Grund dessen ich etwas zu taumeln begann und beinahe den Halt verlor. »Was ist mit mir, Bettina, mir ist so komisch, ich glaube, ich verliere demnächst das Bewusstsein.«

»Keine Angst, Herbert, es ist ein völlig harmloses Mittel und verursacht nur eine kurze Benommenheit. Ich wollte dir nur unter Beweis stellen, wie einfach es für mich gewesen wäre, trotz deiner Vorsichtsmaßnahme, dir ein tödliches Gift verabreichen zu können.«

»Immer diese Kriminalschriftsteller mit ihren morbiden Gedanken«, meinte ich etwas lallend, eine typische Schachmatt-Situation. »Wie lange wirkt das Mittel, Bettina?«

»Nur ein paar Minuten und du bist wieder ganz der Alte. Soll ich dir eine Decke holen, du kannst hier auf dem Sofa übernachten, wenn du möchtest?«, fragte sie einfühlsam.

»Nein danke, Bettina, ich werde mir ein Taxi rufen, ich möchte nach Hause, denn es wartet viel Arbeit auf mich.«

»Was meinst du damit, Herbert?«

»Ich werde einen neuen Roman schreiben, und er wird an dieser Stelle beginnen, an welcher deiner endet, und er wird schonungslos die Gerechtigkeit in ein Gleichgewicht bringen, wobei die Karten neu verteilt werden.«

»Ach Herbert, wenn du doch nur ein paar Jahre jünger wärst …«

»Ja, ich weiß, dann würdest du mich adoptieren, aber wir können auch so gute Freunde sein, eine Freundschaft fürs Leben oder so.«

Langsam ratterte das Taxi vor und unterbrach die idyllische Stille dieser menschenleeren Straße. Kurz darauf saß ich gedankenversunken auf dem unbeleuchteten Rücksitz, nur die Zigarette des Fahrers glimmte zwischendurch auf, als wir in dieser pechschwarzen Nacht in die Schnellstraße einbogen.

Der zitronengelbe Rolls-Royce

Natürlich wusste Lady Bashley, dass Sir Alfred Engelmann ein passionierter Jäger war, aber die gesamten Wände des Salons mit ausgestopften Jagdtrophäen zu behängen, war doch etwas zu viel für ihr zartes Gemüt. Stolz zeigte Sir Alfred auf einen Zwölfender, welcher in einer Weise präpariert war, als würde er noch unter uns weilen, und man wartete regelrecht darauf, dass er zu röhren begänne. Dieses Zimmer werde ich als Erstes ausräumen, dachte sich Lady Bashley, sollte der Kauf dieses prachtvollen Anwesens wirklich zustande kommen. Die großzügige Villa beinhaltete zwölf Zimmer, wobei Sir Alfred aber die meisten so gut wie nie benutzte, denn außer einem Butler und einer Köchin lebte er alleine und zurückgezogen auf diesem prachtvollen Anwesen, welches zwischen Essex und Highwood im Schatten eines kleinen Waldes stand. Nie hätte sich Sir Alfred in dieser gottverlassenen Gegend niedergelassen, wenn er es nicht von einer entfernten Verwandten, samt der großzügigen Einrichtung, geerbt hätte. Trotz der Ankündigung des Gutsverwalters, dass es in diesem alten Gemäuer spuken würde, was es in solchen Häusern in England eigentlich immer tut, zog Sir Alfred vor einem Jahr ein, wobei er die Bediensteten glücklicherweise gleich mit übernehmen konnte. Lady Bashley ließ sich die Räumlichkeiten im Hause sowie den Garten, welcher aber mittlerweile verwildert war, zeigen. Eine beinahe unzugängliche und überwachsene Garage befand sich nahe der Toreinfahrt und hatte sich in den letzten Jahren der Natur vollends angepasst.

»Was befindet sich in dieser Garage?«, fragte Lady Bashley von einem Entdecker-Instinkt getrieben und versuchte das Tor mit beiden Händen aufzustemmen, was ihr aber trotz reichlicher Anstrengung nicht gelang, denn einige Ranken wucherten wild über die verschlossene Türe.

»Da drinnen gibt es nichts, was Sie interessieren könnte«, meinte daraufhin Sir Alfred und wendete sich beinahe demonstrativ ab, was aber die Neugier von Lady Bashley zusätzlich anheizte.

»Falls ich das Haus erwerben werde, so will ich alles sehen und sei es nur diese alte Garage. Soll ich den Butler rufen, irgendwie muss diese Türe doch zu öffnen sein?«, bestand Lady Bashley hartnäckig darauf.

»Nein, wenn Sie so darauf bestehen, werde ich sie schon aufbekommen«, gab Sir Alfred etwas ungehalten zurück und löste Stück für Stück die Gewächse, welche sich auf der Türe ausgebreitet hatten.

Begleitet von einem metallischen Ächzen ließ sich die Türe dann dennoch öffnen. Zarte Spinnweben bewegten sich im Luftzug und verhinderten das Eintreten der beiden. Der Raum war anscheinend als Abstellkammer gedacht, war übersät mit Alltagsgegenständen, welche im Haupthaus keine Verwendung mehr fanden und dennoch nicht entsorgt wurden. Mittendrin stand ein staubbedecktes Fahrzeug. Nur an der Kühlerfigur war zu erkennen, dass es sich bei dem Wagen um einen Rolls-Royce handelte. Das Fahrzeug war seitlich und vorne stark eingedrückt, wobei man annehmen musste, dass es von einem schweren Unfall herrühren musste.

»Das ist der Wagen, oder was noch von ihm übrig blieb, meiner Tante Catherine Bancroft. Sie war mit ihrem Fahrer auf einer Passstraße unterwegs, und aus unerklärlichen Gründen fuhr er in einer unübersichtlichen Kurve geradeaus, wobei der Rolls-Royce einen Abhang hinunterstürzte und an einem Baum zum Stehen kam. Meine Tante wurde hinausgeschleudert und war auf der Stelle tot. Ihr Chauffeur hatte mehr Glück und überlebte mit schweren Verletzungen. Warum er die Kurve nicht kriegte, an das konnte er sich nicht mehr erinnern. Vermutlich nahm man an, dass dieser Wagen noch irgendwie zu reparieren sei, und daraufhin brachten sie ihn hier in die Garage und seither steht er unberührt an seinem Platz.«

»Demnach floss er auch in die Erbmasse?«, wollte Lady Bashley wissen.

»Ja, aber auch ich konnte es nicht über mich bringen, diesen Wagen zu entsorgen«, antwortete Sir Alfred, während er langsam die Garagentüre wieder zuschob.

»Sollten Sie sich dazu entschließen, das Haus zu kaufen, so steht es in Ihrer Entscheidung, den Rolls-Royce zu entsorgen.«

»War Ihre Tante, abgesehen von diesem Anwesen, vermögend?«

»Doch, das könnte man sagen, jedenfalls kam ein ganz beachtliches Sümmchen zusammen. Ich habe mir daraufhin ein Landstück in Nicaragua gekauft. Gewisse Geschäfte zwingen mich aber dazu, noch eine unbestimmte Zeit hier in England zu verbringen, darum hatte ich auch Ihnen gegenüber die Bitte geäußert, nach Ihrem Zuspruch noch eine Zeitlang hier wohnen bleiben zu dürfen. Selbstverständlich würde ich mich nur in der Einliegerwohnung aufhalten und Sie keinesfalls stören, Madame.«

»Aber wo denken Sie hin, Sir Alfred, ein Mann mit Ihrer Contenance würde mich sicherlich nicht bei meiner Arbeit als Schriftstellerin stören. Außerdem sind Sie ein Mann von Welt und ich vermute sogar, dass Gespräche mit Ihnen eine inspirierende Wirkung auf mich ausüben könnten.«

»Lassen Sie mich raten, Sie schreiben Liebesromane?«

»Nein, falsch geraten, es sind Kriminalromane. Haben Sie denn meinen Best-seller-Roman ›Der erste und der letzte Mord‹ nicht gelesen, Sir Alfred?«

»Ich muss gestehen, leider nicht, aber man kommt ja auch kaum dazu.«

»Mein jetziger Roman spielt in Spionagekreisen und zeigt mir bereits im ers-ten Kapitel gewisse Grenzen auf, denn dieses Gebiet ist Neuland für mich und zwingt mich dazu, viel Zeit mit Recherchen zu verbringen. Es würde mir die Arbeit natürlich erleichtern, wenn Sie zum Beispiel als Spion oder als Agent tätig gewesen wären und aus dem Nähkästchen plaudern würden.«

»Ich nicht, aber meine Tante …«

»War sie eine Spionin?«

»Nein, das nicht, aber sie arbeitete in einer Botschaft, und die haben ja auch immer wieder mal mit Spionen und Agenten zu tun, soweit ich das aus Filmen kenne.«

»In welcher Botschaft war sie beschäftigt?«

»Ich glaube, in der russischen«, meinte Sir Alfred seiner Sache nicht sicher.

»Das wäre ein Knüller – Botschaftsangestellte, im Nebenberuf Spionin, wird von Mitgliedern des englischen Geheimdienstes M16 von der Straße abge-drängt«, stellte sich Lady Bashley bildlich vor.

»Nur dass bei dem Unfall keine Fremdeinwirkung festgestellt wurde und er nur darauf zurückzuführen war, dass der Fahrer einen kurzen Augenblick un-aufmerksam gewesen sein musste«, berichtigte Sir Alfred.

Doch Lady Bashley ließ der Gedanke daran nicht mehr los und sie spann diese Geschichte weiter.

»Nehmen wir einmal an, dass Catherine Bancroft die Beweise hätte erbrin-gen können, dass die Anschuldigungen gegenüber Russland, mit Giftgas die-sen ehemaligen Spion Skripal und dessen Tochter vergiftet zu haben, nur dazu dienten, Russland zu diskreditieren, so wäre es denkbar gewesen, dass Theresa May dem Geheimdienst den Auftrag erteilte, Catherine Bancroft auszuschalten, auch wenn es nur dazu diente, vor der Weltöffentlichkeit das Gesicht nicht zu verlieren. Außerdem hätten sich einige deutsche Politiker eingestehen müssen, dass sie auf das falsche Pferd gesetzt hätten. Die ausgeprägte Russomanie hätte man wieder bei anderer Gelegenheit neu entfachen müssen.«

»Ihre Fantasie scheint mit Ihnen durchzugehen, Lady Bashley, seien Sie froh, dass Sie in England leben können, mit Ihren Aussagen hätte man Sie in der Türkei oder in Saudi-Arabien schon längst verhaftet. Natürlich wissen wir, dass Russland rein gar nichts mit diesem Anschlag zu tun hatte, aber das denkt man höchstens, so etwas spricht man doch nicht aus, Lady Bashley. Auch wenn Sie diese Geschichte nur in Romanform schreiben, so können Sie sicher sein, dass Ihr Buch, sollte es auch ein Bestseller werden, oder gerade deshalb, aus den Regalen der Bucherläden verbannt wird und auf eine schwarze Liste kommt, welche alle Bücher beinhaltet, die mit dem Weltgeschehen und im Besonderen mit der Elite der USA scharf ins Gericht gehen.«

»Ich möchte die Küche noch einmal sehen«, meinte Lady Bashley und folgte daraufhin Sir Alfred durch die unteren Räume.

An einem Holztisch saß die Köchin und versuchte mit mäßigem Erfolg eine Forelle zu filetieren.

»Das ist Maria, unsere gute Fee. Sie stammt aus Kalabrien und hat es leider in den letzten zehn Jahren nicht geschafft, wenigstens ansatzweise unsere Sprache zu erlernen.«

Sir Alfred richtete sich an Maria: »Wo ist Frederik?«

»Ick nix wissen«, war die kurze, aber gut verständliche Antwort der Köchin.

»Er wird drüben im Kaminzimmer sein. Er hat die Eigenart, immer unsichtbar zu sein, wenn man ihn gerade braucht.«

Als sie die Türe zum Kaminzimmer öffneten, fiel ihr Blick auf einige pompös dekorierte Blumensträuße, welche auf dem schweren Klostertisch sorgsam hergerichtet waren.

»Erwarten wir Gäste, Frederik?«, fragte ihn Sir Alfred.

»Nein, Herr Engelmann, das heißt doch, heute ist Mittwoch, und wie Sie wissen, kommt jeweils am Mittwoch Pfarrer Martens vorbei, um einen kleinen Schwatz zu halten und bei dieser Gelegenheit für die Bedürftigen der Gemeinde zu sammeln.«

»Und Frederik, haben wir dem Pfarrer jeweils etwas zukommen lassen?«

»Ja Sir, eine Kleinigkeit aus der Haushaltskasse. Das ist auch mitunter der Grund, warum er mit der Regelmäßigkeit eines Uhrwerkes unserem Hause einen Besuch abstattet.«

»Darf ich Ihnen Lady Bashley vorstellen, sie spielt mit dem Gedanken, dieses Haus zu übernehmen, denn, wie Sie bereits wissen, werde ich mich im Ausland zur Ruhe setzen.«

»Sollte der Verkauf wirklich zustande kommen, werde ich Sie beide selbstverständlich weiterbeschäftigen«, unterbrach Lady Bashley das Gespräch der beiden. Irgendwie hatte Lady Bashley das Gefühl, dass Frederik schwul war, obwohl er es nicht offensichtlich zu erkennen gab. Vielleicht waren es seine Bewegungen, oder die Sensibilität und Hingabe, mit welcher er die Blumendekors zusammenstellte. Jedenfalls fand ihn Lady Bashley sympathisch.

»Maria und Frederik haben ihre Zimmer ganz oben unter dem Dach und werden Sie nicht stören, falls Sie es vorziehen, wie es scheinbar für Schriftsteller oft so üblich ist, die ganze Nacht durchzuschreiben, wenn Sie von einer Inspiration gepackt werden.«

»Mich inspirieren die Tage, die Blicke in die Wildnis des Gartens zum Beispiel an einem solchen Herbsttag wie heute einer ist. Doch, Sie bieten wirklich etwas für 400 000 Pfund, Sir Alfred.«

»500 000«, korrigierte Sir Alfred und hatte auch nicht vor, günstiger einzusteigen, obwohl er nur vereinzelnde Anfragen erhalten hatte.

»Darüber werden wir uns noch eingehend bei einem guten Glas Wein unterhalten müssen, Sir Alfred. Das letzte Wort ist noch nicht gesprochen. Hatten Sie Kontakt zu Ihrer Tante Catherine?«

»Ich war nur ein einziges Mal hier, etwa zwei Wochen, bevor sie tragischerweise ums Leben kam.«

»Und dieser Gutsverwalter will also Gespenster in diesem Hause gesehen haben«, meinte Lady Bashley neugierig.

»Er sprach von einem Spuk, das ist nicht dasselbe. Ein Spuk zeigt sich zum Beispiel in Form von unerklärlichen Geräuschen oder Stühlen, welche sich wie durch Geisterhand bewegen. Meist ist es ja so, dass Verstorbene auf sich aufmerksam machen wollen, ohne sich zu zeigen. Übrigens völlig ungefährlich, außerdem habe ich mich dazu entschlossen, Ihnen diesen Spuk ohne Aufpreis weiterzugeben.«

»Dann haben Sie sich mit Ihrer Tante demnach gut verstanden?«

»Was wollen Sie damit sagen?«

»Weil ältere Menschen dazu neigen, ein Testament zu hinterlegen und nur allzu oft ein Tierheim oder die Kirche begünstigen. Es wäre nicht die erste Prachtvilla, welche in die Hände der Kirche gelangt. Sie hingegen haben Schwein gehabt, auch weil Sie noch der einzige überlebende Verwandte der Verstorbenen sind«, stellte Lady Bashley fest.

»Ein Testament wurde nicht bei ihr gefunden. Ich persönlich habe den Sekretär nach einem solchen Schriftstück abgesucht. Außerdem haben sich keine Zeugen eingefunden, welche das Testament beglaubigt hätten«, gab Sir Alfred schon beinahe etwas gekränkt zurück. »Man könnte beinahe meinen, Sie zweifeln eine Aufrichtigkeit meinerseits an, Lady Bashley.«

»Verzeihen Sie, da ist für einen Moment mein krimineller Spürsinn mit mir durchgegangen. Selbstverständlich möchte ich Ihnen rein gar nichts unterstellen, Sir Alfred. Werden Sie mich für einen kurzen Moment entschuldigen, ich muss bezüglich des Hauskaufs noch meine Bank informieren, denn schließlich trägt man nicht 400 000 Pfund mit sich herum.«

»500 000, es sind immer noch 500 000, Lady Bashley«, fuhr er dazwischen.

»Nun gut, wo steht das Telefon?«

»Im Flur oder, wenn Sie ungestört sein wollen, im Arbeitszimmer.«

Das Arbeitszimmer war beinahe so groß wie das Schlafzimmer. Die Wände waren voll beladen mit Büchern, die den Anschein erweckten, sie würden ausschließlich zur Dekoration dienen, denn ein Leben würde nicht reichen, sich durch alle durchzulesen. Ein großer Schreibtisch stand in der Mitte des Raumes schwarz und wuchtig. Langsam hob sie den Hörer ab und achtete dabei auf ein mögliches Knacken, was ein Indiz dafür wäre, dass jemand am zweiten Apparat mithören würde. Die Nummer kannte sie auswendig, denn es handelte sich nicht um den Anschluss der Bank, sondern um einen Privatanschluss in Essex.

»Sind Sie es, Herbert?«, flüsterte Lady Bashley in den Sprecher.

»Ja, haben Sie Neuigkeiten, Klara?«

»Übrigens, die Idee, mich als Lady Bashley auszugeben, war meines Erachtens etwas zu dick aufgetragen. Er ist immer noch der vollen Überzeugung, dass ich das Haus erwerben würde, dabei würde ich beim Kauf eines Geräteschuppens bereits meinen Etat sprengen.«

»Komm zur Sache, Klara. Was hast du herausgefunden?«

»Der Rolls-Royce steht in der Garage, aber ich konnte ihn, um keinen Verdacht zu erwecken, nicht näher in Augenschein nehmen, aber seine Beschreibung des Unfallhergangs deckt sich auf jeden Fall mit jener der Polizei und deutet auf keine Absonderlichkeit hin. Ich werde heute Nacht hier im Hause übernachten, aber es wäre mir wohler, wenn du ebenfalls hier sein könntest, Herbert. Wenn du dich als mein Bruder ausgeben würdest, so wäre es unwahrscheinlich, dass er Verdacht schöpfen könnte.«

»Gut Klara, in einer Stunde werde ich bei dir sein. Aber bitte sei vorsichtig und spiel weiterhin die Person der erfolgreichen Schriftstellerin Lady Bashley, denn schließlich sollte deine Ausbildung als Schauspielerin nicht ganz umsonst gewesen sein.«

Daraufhin brach sie in ein kurzes Gelächter aus, denn sie kannte meine Neigung zum Sarkasmus.

Gerade als Lady Bashley den Hörer auflegte, stand Sir Alfred unter der Türe, denn er wollte sich nach dem Ausgang des Gesprächs erkundigen.

»Ihr Sachbearbeiter bei der Bank hat wohl Überstunden gemacht?«, fragte Sir Alex mit einem freundlich zweideutigem Unterton.

»Warum meinen Sie, Sir Alfred?«

»Weil sicherlich keine Bank bis um 18 Uhr geöffnet hat«, gab er bereits etwas schärfer zur Antwort.

»Ich habe meinen Bruder in Essex angerufen, er möchte sich das Anwesen ansehen und mich allenfalls beim Kauf beraten. Sie haben doch nichts dagegen, Sir Alfred?«

»Nein, sicherlich nicht, aber dann wünsche ich eine baldige Entscheidung von Ihnen, Lady Bashley.«

»Natürlich fällt es mir schwer, eine Entscheidung zu fällen, ohne mindestens einmal einen solchen Spuk erlebt zu haben, darum wollte ich sie auch bitten, mich und meinen Bruder für eine Nacht zu beherbergen. Ich möchte die Ausstrahlung dieses alten Gemäuers spüren.«

»Wenn Sie meinen und es unabdingbar für eine Entscheidung ist, so bitte ich Sie und Ihren Bruder für eine Nacht mein Gast zu sein. Frederik wird zwei Zimmer zur Gartenseite hinaus für sie herrichten«, sagte Sir Alfred in seiner üblichen Gelassenheit.

»Ich habe kein gutes Gefühl dabei, wenn diese Lady Bashley und ihr Bruder bei uns übernachten. Sie stellt Ihnen Fragen, welche mit dem Hauskauf nun wirklich rein gar nichts zu tun haben, Sir«, sagte Frederik zu Sir Alfred, als sie sich für einen kurzen Augenblick alleine in der Küche aufgehalten hatten.

»Ach was, Sie sehen Gespenster, Frederick. Es scheint so, als sei sie von Natur aus neugierig, was mit ihrer beruflichen Tätigkeit zusammenhängen könnte. Niemand wird Ihnen beweisen können, dass Sie und Maria als Zeugen das Testament mit unterschrieben haben, in welchem etliche Institutionen berücksichtigt wurden. Ich zähle auch weiterhin auf Ihre Diskretion, denn schließlich sind 2000 Pfund als Abfindung mehr, als sie in Jahren verdienen können, Frederik.«

»Sie können auf mich zählen, Sir, ich werde schweigen wie ein Grab.«

»Sie sehen, es besteht keinerlei Anlass, sich bezüglich Lady Bashley irgendwelche Sorgen zu machen.«

»Aber Pfarrer Martens wusste doch, dass Ihre Tante ihm einen beachtlichen Zustupf für wohltätige Zwecke verspochen hatte.«

»Warum denken Sie wohl, dass er regelmäßig jeden Mittwoch seine Visite bei uns macht? Er hält seinen Mund, solange der Rubel rollt und vermutlich in seine eigene Tasche verschwindet. Ansonsten könnte man immer noch einen kleinen Unfall inszenieren. Ich sehe schon die Schlagzeile ›Pfarrer bei Andachtsspaziergang von Ast erschlagen‹ oder: ›… von Dampfwalze überrollt‹ je nach geeigneter Situation.«

»Aber so weit muss man es doch nicht kommen lassen«, meinte Frederik leicht irritiert.

Lady Bashley saß auf der ausladenden Terrasse und genoss die abendliche Frische, als mein Taxifahrer sein Fahrzeug vorsichtig vor dem großen Haupteingang zum Stehen brachte. Ich hatte schon einige dieser prächtigen Villen gesehen, aber diese mit ihren zahllosen Erkern und dem seitlich verlagerten Turm war ein Bijou sondergleichen. Maria hatte mein Ankommen bemerkt und öffnete mir die Türe mit einem fremdländischen Gemurmel, welches ebenso Spanisch oder Italienisch hätte sein können.

»Mio fratello«, rief Lady Bashley die Treppe hinunter und eilte mir entgegen. »Herbert, es ist schön, dass du dir Zeit nehmen konntest, mich bei dieser Entscheidung zu beraten.«

Ebenso kam Sir Alex aus dem Salon und begrüßte mich zwar freundlich, aber dennoch reserviert.

»Sie sind also dieser Herbert, Ihre Schwester scheint ja große Stücke auf Sie zu halten. Kennen Sie sich etwas mit Immobilien aus?«

»Nur so viel, dass ich weiß, dass das Dach und die Grundmauern in Ordnung sein müssen und dass es im Keller kühl sein muss, um den Wein richtig lagern zu können.«

»Dann sind Sie scheinbar der Richtige, diese Überzeugungsarbeit zu leisten, Herbert.«

»Sir Alfred meinte, dass es hier ab und zu spuken würde. Wann denken Sie, um welche Zeit üblicherweise ein solcher Spuk beginnt, ich hoffe erst nach dem Dinner, denn ich werde ungern beim Essen gestört?«

»Was das Essen betrifft, Maria ist bereits bei ihren Vorbereitungen. Ich erwarte noch einen Gast, einen guten, langjährigen Freund von mir. Schließlich möchte ich bei den Verhandlungen um den Hauskauf nicht in Unterzahl sein«, sagte er mit einem Schmunzeln.

Kurz darauf bat ebenso dieser Gast um Einlass, und obwohl dieser Gast mit dem Haus vertraut war, begleitete Frederik ihn zu uns in den Salon.

»Darf ich vorstellen – Mister Cartuso. Er stammt ursprünglich aus Mailand, lebt aber schon seit einigen Jahrzehnten in Essex. Ich habe ihn beim Golfen zwischen dem 16. und 18. Loch kennengelernt. Das ist Lady Bashley und Mister …«

»… von Willensdorf, Sie können mich aber ungeniert Herbert nennen.«

»Freut mich, Herbert – Lady Bashley – ich hoffe, Sie sind bezüglich des Essens nicht allzu anspruchsvoll, obwohl ich bereits vernommen habe, dass uns Maria ein Gericht aus ihrer Heimat Kalabrien zubereiten wird. Spaghetti mit einer originalen Pestosoße.«

»Warum hast du denn deine frühere Köchin entlassen, Alfred, sie war doch eine viel bessere Köchin und auch noch attraktiver, wenn ich es in dieser Direktheit aussprechen kann?«

Ohne darauf einzugehen, begab sich Sir Alfred zu dem Servierwagen.

»Wollen wir vor dem Essen noch einen kleinen Apéro zu uns nehmen?«

»Für mich bitte einen Sherry«, drängte sich Lady Bashley vor.

»Das habe ich erwartet. Und die Herren? Ich habe hier einen Cognac, der ist älter als ich, anzubieten.«

Wir stimmten zu, wobei dieser Cartuso nicht aussah, als würde er etwas von Spirituosen verstehen, denn seine Art des Schwenkens wirkte plump und dilettantisch.

»Spüren Sie die leichte Honignote beim Abgang?«, fragte Sir Alfred.

»Doch«, meinte daraufhin Cartuso, »mit einem Hauch dunkler Schokolade, wobei sich die getrockneten Wiesenkräuter aber auch deutlich im Gaumen zu entfalten versuchen.«

Lady Bashley schien von seiner Beurteilung sichtlich beeindruckt zu sein, obwohl diese Weisheiten offensichtlich aus einem Weinführer für Anfänger stammten.

Wenig später wurde das Essen aufgetragen. Frederik hatte den Tisch mit Blumen üppig dekoriert und half anschließend die Speisen aufzutragen. Cartuso redete unentwegt während des Essens, meist von seinem Beruf. Ich wusste nicht, dass ein Staatsangestellter, welcher für die Bewilligung von biologischen Lebensmitteln zuständig war, so viel zu erzählen hat. Er versuchte mit einer übertriebenen Gestik, welche er auch nach Jahren nicht abgelegt hatte, diesem Thema einen interessanten Nachdruck zu verleihen. Halbherzig folgten wir seinen Ausführungen, mit der Hoffnung, er würde einen Bogen in ein anderes Thema schlagen. Aber ganz im Gegenteil, nun war er bei den Kräutern, welche zwar biologisch, aber direkt neben der Autobahn angebaut würden, angelangt.

»Ich habe gehört, dass die ehemalige Besitzerin dieses Hauses einen schrecklichen Unfall hatte«, unterbrach ich die nicht endenden Ausführungen dieses Mister Cartuso.

»Wo haben Sie dies denn gehört, Herbert?«, wollte Sir Alfred wissen.

»Ich habe es aus der Zeitung. War sie nicht auf der Stelle tot?«

»Doch, meine Tante wurde aus dem Fahrzeug geschleudert, als es den Abhang hinunterstürzte.«

»Aber der Fahrer hatte scheinbar überlebt«, blieb ich dran.

»Ja, er hatte Glück im Unglück gehabt. Er war jedoch schwer verletzt und war monatelang bewusstlos. Leider konnte er sich nicht mehr an den Unfallhergang erinnern. Die Polizei nahm an, dass sich der Unfall ohne Fremdeinwirkung ereignete. Natürlich hatte mich die Kriminalpolizei aus Verdachtsmomenten heraus verhört, schließlich war ich ja der Nutznießer dieses beträchtlichen Vermögens, welches mir meine Tante hinterlassen hatte. Vermutlich nahmen sie an, dass ich die Bremsen des Rolls-Royce manipuliert hätte, oder irgend so was in dieser Art. Zu meinem Glück konnte ich nachweisen, dass ich mich zur Zeit des Unfalls bereits seit Tagen in London aufgehalten hatte und es auch belegen konnte.«

»Aber was ist, wenn sich der Fahrer wieder an die Umstände des Unfalls erinnern könnte, schließlich ist es ja bereits ein Jahr her.«

»Sie denken wohl auch, dass ich etwas mit diesem Unfall zu schaffen hatte, Herbert?«

»Nein, wo denken Sie hin, Sir Alfred. Auch ich bin wie Lady Bashley ein Schriftsteller, wenn auch mit bescheidenem Erfolg, aber Sie müssen verstehen, dass ich immer und überall auf der Suche nach einem neuen Stoff bin. Ein Mord an einer schwerreichen Witwe würde schon einiges hergeben, wenn Sie wissen, was ich meine, Sir Alfred. Selbstverständlich würde ich aber zurücktreten und meiner Schwester den Vorzug geben.«

»Danke Herbert, aber wie du weißt, schreibe ich bereits an einer anderen Geschichte.«

»Ich könnte mir das folgendermaßen vorstellen. Dieser Fahrer hatte zu Misses Bancroft ein Liebesverhältnis, worauf sie das Testament ändern ließ und ihn als Universalerben einsetzte. Sie wären, ebenso wie andere Begünstigte, leer ausgegangen. Dann hatten Sie die glorreiche Idee, dass der Fahrer den Wagen in den Abgrund steuern würde, aber ohne ihn, denn er wäre schon früher abgesprungen. Sie wollte das Erbe mit ihm teilen, doch er war so schwer verletzt, dass er seinen Teil des Erbes nicht antreten konnte. Was halten Sie von meiner Geschichte, Sir Alfred?«

»Ihre Geschichte hat einen Schwachpunkt, Herbert. Der Fahrer wurde nicht oben auf der Straße gefunden, er lag ebenso wie das Auto ganz unten an der Stelle, an der das Fahrzeug von einem Baum aufgehalten wurde. Kein Mensch ist so tollkühn, dieses Risiko auf sich zu nehmen. Was denken Sie, Lady Bashley?«

»Ich wäre diese Risiko jedenfalls nicht eingegangen, nicht für alles Geld der Welt.«

»Gut, Sie haben mich überzeugt, Sir Alfred, ich werde meine Version noch einmal überdenken.«

Auch Cartuso wollte seine Version beisteuern. »Warum sollte nicht Frederik den Wagen manipuliert haben, denn er hatte sich unsterblich in den Fahrer verliebt und konnte nicht ertragen, dass Misses Bancroft ein Verhältnis zu dem Fahrer unterhalten hatte. Eifersucht, ein klassisches Mordmotiv.«

»Ich glaube, wenn ich ein solches Manuskript meinem Verlag abliefern würde, welches diese Geschichte beinhalten würde, so könnte ich mir gleich einen anderen Verlag suchen«, gab ich entschieden zurück.

»Wollen wir uns in das Rauchzimmer zurückziehen?«, schlug Sir Alfred vor, auch um die Gelegenheit wahrnehmen zu können, das Thema zu wechseln.

»Ich werde mich auf mein Zimmer zurückziehen«, sagte Lady Bashley und verließ, sich verabschiedend, das Esszimmer.

Schwere Tabakwolken breiteten sich im Rauchzimmer aus und filtrierten das ohnehin schwache Licht dieses Raumes.

»Wenn alles gut geht, so werde ich in einigen Wochen bereits auf meinem Landsitz in Nicaragua sein und den Kokosnüssen beim Wachsen zusehen«, sagte Sir Alfred aus dem Nichts heraus.«

»Ah, Sie meinen damit den Hausverkauf«, folgerte ich.

»Ich glaube, Sie können zuversichtlich sein, ich kenne meine Schwester. Sie wird meinem Ratschlag folgen und zusagen, dessen bin ich mir sicher.«

»Ich dürfte es Ihnen eigentlich gar nicht sagen, aber ich habe keine anderen Interessenten. Folglich muss es klappen, es ist so wichtig.«

»Ich würde es sofort nehmen, wenn ich das nötige Kleingeld hätte«, meinte Cartuso mit einer gewissen Nachdenklichkeit.

Irgendwie hatte ich beinahe Mitleid mit Sir Alfred, denn ich wusste ja, dass es uns nie darum ginge, dieses Haus zu erwerben, sondern den Nachweis zu erbringen, dass er es auf irgendeine Weise fertiggebracht hatte, seine Tante wegen ihres Geldes zu ermorden. Die Kriminalpolizei hatte Klara und mich aus diesem Grund als Sonderermittler eingesetzt, denn zu viele Fragen standen im Raum, zu denen es keine Antworten gab. Inspektor McMurphy war von der Schuld des Verdächtigen vollends überzeugt, aber es fehlten jegliche Beweise, wie Sir Alfred es bewerkstelligen konnte, gleichzeitig an zwei verschiedenen Orten zu sein. Er hatte ein wasserdichtes Alibi, welches mehrfach bezeugt wurde.

Ich hatte nun auch mein Zimmer bezogen, welches im ersten Stockwerk lag. Man hatte auf jeglichen Pomp verzichtet und nur das Nötigste eingerichtet. Natürlich war ich meine eigene Matratze gewohnt, aber für ein, zwei Nächte sollte es gehen. Ich machte mir Gedanken darüber, wie lange wir Sir Alfred bezüglich des Hauskaufs hinhalten konnten, denn er wurde schon jetzt unruhig und beinahe ungehalten. Es war aber unsere einzige Trumpfkarte, welche wir ausspielen konnten, um seine Gastfreundschaft noch länger in Anspruch nehmen zu können. Dieser Zeitdruck zwang mich dazu, die halbe Nacht eine Strategie auszuarbeiten. Plötzlich schreckte ich auf, denn zwei Schüsse hallten durch das ganze Haus. Mit einem Satz schwang ich mich aus dem Bett und zog meinen Morgenmantel über. Auch Klara hatte sich bereits vor dem Zimmer von Sir Alfred eingefunden, denn ohne es zu wissen, vermuteten wir beide, dass die beiden Schüsse in diesem Zimmer abgegeben wurden. Im selben Moment öffnete Sir Alfred die Türe und mit aufgerissenen Augen schaute er hilfesuchend zu uns.

»Ich habe einen Mann an der Terrassentüre gesehen. Er hatte ein Messer in seiner Hand und kam langsam auf mich zu. Reflexartig nahm ich meine Pistole aus dem Nachttisch und feuerte zwei Mal auf den Einbrecher. Scheinbar habe ich ihn nicht getroffen, jedenfalls ist weder auf dem Teppich noch auf der Terrasse Blut zu sehen. Wer kann das nur gewesen sein? Ich kann mir das nicht erklären«, stammelte er und hielt sich währenddessen an der Kommode fest.

»Soll ich die Polizei rufen?«, fragte Lady Bashley, doch er verneinte vehement.

»Ich werde mich einmal im Garten umsehen«, meinte ich ruhig.

»Aber passen Sie auf, Herbert, er kann noch nicht weit sein.«

»Ein ziemlich realistischer Spuk würde ich sagen«, stellte Lady Bashley schmunzelnd fest.

»Ich bleibe keine Minute länger in diesem Zimmer«, wimmerte Sir Alfred und setzte sich daraufhin an den runden Tisch im Flur. »Er ist mir entwischt, auch ist es zu dunkel, draußen etwas zu erkennen.«

»War es ein Mann oder eine Frau, Sir Alfred?«, fragte ich ihn, wobei er sich schon wieder etwas gefasst hatte.

»Ich glaube, es war ein Mann.«

»Groß oder klein?«

»Ich weiß es nicht, es ging alles so schnell. Er hatte eine leichte Gehbehinderung, das ist alles, was ich Ihnen sagen kann, Herbert.«

»Ich würde Ihnen empfehlen, eines der oberen Zimmer zu beziehen, Sir Alfred. Der Einbrecher wird nicht so dreist sein, es nochmals zu versuchen.«

»Du bist doch eher der sportliche Typ, Herbert, ich kann nicht verstehen, dass du diesen Einbrecher nicht einholen konntest, zuweilen er scheinbar noch eine Gehbehinderung hatte.«

»Obwohl ich nicht mehr ganz so in Form und durchtrainiert bin, habe ich ihn selbstverständlich eingeholt und ihn stellen können. Nach einem kurzen, aber einträglichen Schwatz habe ich ihn wieder laufen lassen, auch weil ich gar nicht die Befugnis habe, irgendjemand zu verhaften.«

»Und was hat denn euer Small Talk ergeben, Herbert? Womöglich kam er ganz zufällig hier vorbei und aus einer Laune heraus hatte er das Bedürfnis, jemanden zu ermorden.«

»Nein, ganz so war es nicht, Klara, aber ich kann diese brisanten Informationen zurzeit noch nicht offenlegen, denn es würde unser Vorgehen zu sehr beeinträchtigen.«

»Wenn du meinst, Herbert, aber neugierig bin ich schon, das musst du verstehen.«

»Hatte Inspektor McMurphy nicht gesagt, dass wir ihn Tag und Nacht erreichen könnten?«

»Doch, das sagte er«, gab Klara zurück.

»Dann ist jetzt genau der richtige Zeitpunkt, um ihn zu kontaktieren, würde ich meinen.«

Natürlich war McMurphy nicht sonderlich begeistert, als sein Telefon, welches er neben seinem Bett auf dem Nachttisch stehen hatte, einen durchdringenden, schrillen Ton von sich gab. Während seiner lang andauernden Aufwachphase war er aber bereit, mir meine Fragen zu beantworten.

»Dann sind Sie demnach weitergekommen, Herbert, wir wollen diesen Fall endlich zu einem Abschluss bringen«, kam er dazwischen, doch ich ignorierte seine Forderung, denn ich war gedanklich schon weiter.

Das Gespräch dauerte geschlagene zwanzig Minuten, aber so viel Zeit war notwendig, um ein abschließendes Bild erstellen zu können.

»Passen Sie mir auf Klara auf, denn sie ist noch nicht so erfahren, wie sie vorgibt es zu sein.«

»Ja Inspektor, ich werde ein Auge auf sie richten.«

»Und melden Sie sich, falls sich etwas Neues in der Sache ergeben sollte.«

Obwohl ich etwas aufgedreht war, legte ich mich erneut in mein Bett, doch an Schlaf war nicht zu denken. Immer wieder begann ich diese Geschichte von neuem aufzuwickeln und die Mosaiksteine aneinanderzufügen. Ganz plötzlich ging mir ein Licht auf. Natürlich, so musste es sich abgespielt haben, es konnte gar nicht anders gewesen sein.

Maria war um das Frühstück besorgt, aber um zehn Uhr morgens war Frederik der Einzige, welcher bereits aufgestanden war und in der Küche einen schwarzen Kaffee trank. So ganz langsam fanden sich dann doch alle im Esszimmer ein.

»Ich habe nicht sonderlich gut geschlafen«, meinte Sir Alfred, was angesichts der Vorkommnisse der letzten Nacht sicherlich nachvollziehbar war, was auch der Grund war, dass er keinen Bissen anrührte. »Ich nehme nur einen Kaffee, Frederik.«

»Auch ich habe lange Zeit wach gelegen, aber es hatte sich gelohnt, denn ich weiß nun von wem und warum dieser Anschlag auf Sie verübt wurde, Sir Alfred, allerdings ist es nicht mit einigen wenigen Sätzen zu erklären, denn es hängt eine längere Geschichte mit diesem Überfall auf Sie zusammen.«

»Nun reden Sie schon, Herbert! Oder wollen Sie so lange darauf warten, bis dieser potenzielle Mörder sein Ziel erreicht hat. – Außerdem habe ich das Gefühl, dass Sie, Lady Bashley, Ihre Entscheidung bewusst hinauszögern. Ich erwarte bis Mittag eine Zusage Ihrerseits, sonst …«

»Was sonst?«, entgegnete Lady Bashley

»… sonst werde ich ohne Ihre Zusage das Land verlassen.«

»Trotz Ihrer, wie Sie sagten, geschäftlichen Verpflichtungen?«

»Können Sie denn nicht verstehen, dass ich Angst habe, Lady Bashley?«

»Haben Sie denn Feinde, Sir Alfred?«

»Nein, nicht wirklich, natürlich gibt es immer Neider, welche mir meinen neuen Standard nicht gönnen, aber das reicht doch nicht aus, um jemanden wie ein Schwein abzustechen. Ich habe Angst, Herbert.«

»Angst, Angst, nun nehmen Sie sich doch etwas zusammen, solange wir hier sind, brauchen Sie sich nicht zu fürchten«, entgegnete ich etwas ungehalten.

»Sie wollen mich beschützen, gerade Sie, zwei Kriminalschriftsteller als Leibgarde, darauf habe ich gewartet.«

»Sie werden nur noch bis heute Abend durchhalten müssen, dann werde ich diesem Spuk ein Ende bereitet haben, Sir Alfred. Ich nehme doch an, dass wir unter diesen Umständen einen weiteren Abend mit Ihrer Gastfreundschaft rechnen können. Ich würde es auch begrüßen, wenn Sie den Pfarrer heute Abend zu Ihren Gästen zählen könnten, denn seine Anwesenheit ist in diesem Falle von äußerster Wichtigkeit und unverzichtbar.«

»Sie stecken ja voller Geheimnisse, Herbert, sollte ich mich in Ihnen getäuscht haben, denn die Art, wie Sie Ihre Fragen stellen, erinnert mich eher an einen Detektiv. Oder womöglich sind Sie gar von der Polizei?«

»Nein, da liegen Sie völlig falsch, Sir Alfred. Detektiv … vielleicht, aber dies auch nur hin und wieder im Nebenberuf sozusagen. Ich werde diesen wunderbaren Tag ausnützen, um einen ausgiebigen Spaziergang zu unternehmen.«

»Darf ich mich dir anschließen?«, fragte mich daraufhin Lady Bashley, worauf wir gemeinsam das Zimmer unter Beobachtung der Anwesenden verließen.

Gemeinsam mit dem Pfarrer betraten wir die Villa durch den Haupteingang.

»Sir Alfred meinte, ich sollte heute Abend dabei sein«, meinte er andächtig zurückhaltend.

»Darf ich Sie bitten im Salon Platz zu nehmen, meine Herrschaften, ich habe Ihnen etwas mitzuteilen, welches keinen weiteren Aufschub ermöglicht.«

Frederik, Maria, der Pfarrer, Sir Alfred sowie Lady Bashley und ich setzten uns auf das Sofa, beziehungsweise auf die bequemen Ohrensessel nahe des Kamins, in dem bereits ein kleines Feuerchen loderte. Gespannt lauschten alle meinen Ausführungen mit regem Interesse.

»Ich hoffe, es hat niemand der Anwesenden etwas dagegen einzuwenden, dass ich Inspektor McMurphy zu unserem Gespräch beigezogen habe. Er müsste sich in geraumer Zeit zu uns gesellen.«

»Ich sagte doch keine Polizei«, wendete Sir Alfred etwas barsch ein.

»Ich denke, dass gerade er, was ich aber nicht hoffe, vonnöten sein wird, aber ich möchte nun mit meinen Ausführungen beginnen. Leider muss ich Sie, Sir Alfred, zunächst enttäuschen, denn Lady Bashley trug sich nie mit dem Gedanken, Ihr Haus zu erwerben. Auch ist ihr Name nicht Lady Bashley, sondern ganz gewöhnlich Klara Stilton. Sie ist auch nicht meine Schwester, obwohl ich zugeben muss, dass ich gerne eine Schwester wie sie gehabt hätte. Das Einzige, welches der Wahrheit entspricht, ist die Tatsache, dass ich Schriftsteller, Kriminalist und Abenteurer bin. Außerdem werde ich hin und wieder beigezogen, wenn es darum geht, scheinbar hoffnungslose Fälle einer Lösung zuzuführen. Seit einem Jahr beißt unser Inspektor McMurphy auf Granit, was die Umstände dieses schrecklichen Unfalles und den Tod von Catherine Bancroft betrifft. Er wollte es nicht glauben, dass ein erfahrener Chauffeur auf einer Straße, welche er gut kannte, ohne ersichtlichen Grund in den Abgrund steuerte. Natürlich nahm er zuerst an, dass das Fahrzeug manipuliert wurde. Er war von seinem Verdacht, dass Sie, Sir Alfred, scheinbar die Bremsleitung des Rolls-Royce durchtrennt hätten, nicht abzubringen. Wie sich später herausstellte, wurde aber nichts an dem Wagen manipuliert, was eine genauere Untersuchung des Wagens ergeben hatte. Auch stand der Fahrer nicht etwa unter Drogen oder war alkoholisiert. Eine wirkliche Knacknuss für unseren Inspektor. Sie alle haben nicht bemerkt, dass ich mit Ihnen ein kleines Spiel gespielt habe, wobei einige seltsame Erklärungen über den Ablauf diese Unfalles ans Tageslicht kamen, wobei nur eine wenigstens ansatzweise den Hergang beschreiben konnte. Tatsächlich hatten der Fahrer und Catherine Bancroft eine Liebesbeziehung zueinander und hatten eine Heirat nicht ausgeschlossen. Unser Herr Pfarrer wird uns sicher bestätigen können, dass Misses Bancroft ihn aufgesucht hatte, um gewisse Formalitäten bezüglich einer Heirat zu besprechen. Ist es nicht so, Herr Pfarrer?«

»Ja, Sie haben recht, Herr Willensdorf, aber woher wissen Sie das alles, ich habe mit niemandem darüber gesprochen?«, meinte der Pfarrer etwas verwundert.

»Sir Alfred hat es jedenfalls gewusst, denn als er ihr zwei Wochen vor ihrem Tod einen Besuch abstattete, konnte sie ihr Glücksgefühl nicht unterdrücken und offenbarte Sir Alfred ihre Absicht. Es war ein weiteres Indiz, denn nach einer etwaigen Hochzeit wäre Sir Alfred in jedem Falle leer ausgegangen. Der Knackpunkt war aber sein Alibi. Dass er nicht an zwei Orten gleichzeitig sein konnte, musste sogar unserem Inspektor einleuchten. Wenn wir eine Manipulation des Fahrzeuges ausblenden, so müssen wir zwangsläufig annehmen, dass der Rolls-Royce von der Straße abgedrängt wurde. War es etwa ein bezahlter Auftragskiller? Sehr unwahrscheinlich, denn solche Auftragskiller laufen nicht einfach so auf der Straße herum, und man müsste sich daher in irgendwelche Unterweltskreise begeben. Nicht die feine Art eines Sir Alfred Engelmann. Wir hatten die Hoffnung, dass dieser Chauffeur von Lady Bancroft sich an Einzelheiten des Unfalls erinnern würde, schon aufgegeben, denn die monatelange Bewusstlosigkeit und das Schädel-Hirn-Trauma verursachten einen Gedächtnisschwund. Langsam kehrte aber die Erinnerung an das Geschehene zurück. Er bestätigte mir, dass ihn wirklich ein anderes Fahrzeug von der Straße abdrängte. Die Marke des Wagens konnte er nicht eruieren, aber dass es ein schwarzer Geländewagen war, an das konnte er sich wieder gut erinnern. Auch nahm er an, dass Sie, Sir Alfred, dahinterstecken würden, und jetzt erst, nach einem Jahr, wollte er sich an Ihnen rächen, was aber misslang, da Sie ihm zuvorkamen und wild um sich schossen. Er ist von Hass getrieben bei Ihnen eingestiegen und wollte Sie zur Rechenschaft ziehen. Tatsächlich konnte ich ihn draußen im Garten stellen. Seine Informationen waren für meine weiteren Ermittlungen Gold wert. Im Gegenzug habe ich ihn dafür nicht der Polizei übergeben, was dem einen oder anderen von Ihnen sicherlich etwas suspekt vorkommen mag.

Aber schließlich war ich nicht auf ihn, sondern auf den Mörder von Catherine Bancroft angesetzt.«

»Aber nun wissen wir immer noch nicht, wer für ihren Tod verantwortlich ist«, kam Frederik dazwischen.

»Es mag Ihnen aufgefallen sein, das sich dieser Mister Cartuso bei Sir Alfred erkundigte, warum er ohne einen ersichtlichen Grund die scheinbar gute Köchin gegen Maria, unsere Köchin aus Kalabrien, eingetauscht hatte. Natürlich kann man aus dieser Tatsache keine Schlüsse ziehen, außer wenn man einbezieht, dass Maria aus Kalabrien, frei heraus gesagt, nur bescheidene Anfangskenntnisse besitzt, was das Kochen betrifft. Außerdem lautet ihr Name nicht Maria, sondern Joanna McDonald, und sie stammt aus Colchester. Das muss ich Inspektor McMurphy zugutehalten, er war in der Zwischenzeit auch nicht ganz untätig gewesen.«

»Sie heißen doch Joanna oder etwa nicht?«

»Ja, es stimmt, ich habe untertauchen müssen, denn mein Mann ist gewalttätig und würde mich totschlagen, wenn er erfahren würde, wo ich mich aufhalte.«

»Dann hätten Sie besser als Zimmermädchen gearbeitet, denn Ihr Fehler, und das machte mich stutzig, war, eine originale Pesto aus Kalabrien anzubieten, wobei Sie die Chorizo-Wurst ausgelassen hatten. Maria aus Kalabrien würde das Originalrezept kennen. Außerdem waren die Spaghetti nicht al dente, was man als Todsünde bezeichnen könnte. Wir haben so viel erfahren, dass Ihr Mann an Spielsucht leidet und sich Ihre ganzen Ersparnisse unter den Nagel gerissen hatte. Sie hatten nichts mehr, nur noch die eine Möglichkeit, bei Ihrem Halbbruder Unterschlupf zu finden. Es war eine ausgiebige Recherche erforderlich, herauszufinden, dass Sir Alfred Ihr Halbbruder ist. Alles musste schnell gehen, denn Sir Alfred wusste von der bevorstehenden Hochzeit, nur nicht, wann sie stattfinden sollte. Sie, Joanna, gingen noch für einmal zu Ihrem Mann zurück, aber nur um sich den Geländewagen zu holen. Während sich Sir Alfred ein Alibi zurechtzimmerte, fuhren Sie dem Rolls Royce auf der Passstraße hinterher und bei einer passenden Gelegenheit drängten Sie den Wagen von der Straße ab. Ihr Mann hatte sich sicherlich darüber gewundert, dass der Wagen vorne rechts eingedrückt war. Vermutlich nahm er an, dass er nach einer durchzechten Nacht selbst für den Schaden verantwortlich war.«

»Bravo, von Willensdorf, Sie sind uns aber immer noch den Beweis schuldig geblieben, dass ich diesen Wagen gefahren und den Rolls-Royce abgedrängt habe«, sagte Joanna in sich hineinlächelnd.

»Ich werde den Beweis nicht erbringen können, aber der Herr, welcher schon seit geraumer Zeit draußen wartet, ist mein sogenannter Kronzeuge. Nicht ich, sondern er wird Sie an den Galgen bringen, um es etwas überspitzt zu formulieren, Misses McDonald.« Wie ich es erwartet hatte, sorgte der Chauffeur für einen beinahe theatralischen Auftritt.

»Ich habe nicht nur gesehen, dass es ein schwarzer Geländewagen war, ich habe auch gesehen, dass eine Frau hinter dem Steuer saß, ich habe Sie gesehen, Joanna, und ich werde es vor jedem Gericht der Welt bezeugen. Sie haben Catherine umsonst umgebracht, denn wir waren zu dieser Zeit bereits verheiratet. Wir hatten den Pfarrer nicht darüber eingeweiht, denn es ist immer noch etwas verpönt, nur standesamtlich zu heiraten. Geben Sie es zu, dass Sie von diesem Halunken angestiftet wurden, Joanna. Was hat er Ihnen versprochen?«

Joanna schwieg jedoch und hatte ihren Kopf gesenkt.

»Herr Pfarrer, Sie müssen nun leider in Zukunft auf Ihre wöchentlichen Zuschüsse verzichten, außer der neue Hausherr würde diese liebgewonnene Tradition weiterführen«, sagte ich verschmitzt.

»Unser Pfarrer hätte noch viel mehr bekommen, wenn Sir Alfred das Testament nicht vernichtet hätte«, sagte daraufhin Frederik, welcher auch ein Stück Wahrheit beisteuern wollte.

»Sind Sie so weit, Herbert?«, fragte der Inspektor, welcher mit zwei Polizisten über die Terrasse den Salon betrat.

»Der Fall ist abgeschlossen, Sie können die Täter abführen.«

»Na, wie haben wir das gemacht, Herbert?«, meldete sich Klara nicht ganz ohne Stolz.

»Es stimmt schon, wir beide haben diesen Fall gelöst, Klara.«

»Was wirst du nun tun, Herbert?«

»Wenn der neue Hausherr nichts dagegen hat, werde ich mich in die Küche zurückziehen und uns Spaghetti mit einer originalen Pesto Calabrese zubereiten.«

Niemand widersprach meinem Vorschlag, nur Frederik bestand darauf, mir in der Küche etwas zur Hand gehen zu wollen.

Die Villa am Stadtrand

Eigentlich sollte es nur eine kleine Ausfahrt über Land werden, doch der Fahrkomfort und die griffige Straßenlage seines Jaguars trieb ihn weiter in das Landesinnere, vorbei an saftigen, eingezäunten Weiden, durch kleine Dörfer, dessen alte Cottage-Häuser um die alles überragenden Dorfkirchen herumgebaut wurden. Zähe Nebelschwaden, begleitet von einem feinen Nieselregen, hingen über der sattgrünen Landschaft. Ziellos folgte Herbert von Willensdorf den schmalen, gewundenen Straßen. Er hatte sich für diesen Tag einen Freitag eingeräumt, denn sein Detektivbüro, welches er sich vor einigen Monaten in York eingerichtet hatte, schien nie richtig Fahrt aufnehmen zu wollen. Außerdem hatte sich sein Ruf, der eines doch sehr erfolgreichen Kriminalisten, in dieser Gegend bis anhin noch nicht durchsetzen können, was auch damit zusammenhing, dass es in dieser Stadt wenig bis keine Kriminalfälle zu lösen gab, welche nicht auch durch die Polizei einer Lösung zugeführt werden konnten. Sein kleines Büro befand sich in der Wellington Row, von der aus er eine freie Sicht auf den langsam und träge dahinfließenden River Ouse hatte. Im selben Moment, als er sich einen großzügigen Schluck eines billigen Whiskys einschenken wollte, betrat eine gut gekleidete ältere Dame, ohne anzuklopfen, etwas zurückhaltend sein Büro und musterte von Willensdorf mit einer gewissen Abschätzigkeit.

»Ich habe unten das Schild gesehen. Sind Sie etwa dieser Privatdetektiv?«

»Wenn es unten so geschrieben steht, so wird es wohl stimmen«, entgegnete Herbert, während er nur kurz an seinem Glas nippte.

»Sie wollen Ihren Mann beobachten lassen, weil Sie annehmen, dass er eine Geliebte hat?«

»Nein, aber ich glaube ohnehin nicht, dass Sie der Richtige sind, mein Problem lösen zu können.«

»Für 200 Mäuse pro Tag plus Spesen löse ich Ihnen jedes Problem«, meinte von Willensdorf selbstsicher.

»Sie meinen 200 Pfund?«

»Ja, Sie können eine Anzahlung von sagen wir 100 Pfund dort drüben in die Holzschatulle legen und ich bin ganz Ohr, was Ihr individuelles Problem betrifft.«

»Methoden habe Sie«, sagte die Frau, bewegte sich aber trotzdem auf die kleine Holzkiste zu, welche auf einem kleinen Nebentisch stand, und legte die ausgezählten Noten hinein.

»Soll ich Ihnen auch einen Whisky einschenken, Sie zittern ja am ganzen Körper?«

»Nein danke, für mich ist es noch zu früh, aber wenn Sie einen Sherry hätten?«

»Damit kann ich nicht dienen, also schießen Sie los, Misses …?«

»… Misses Kroll ist mein Name, aber müssen wir uns denn mit solchen Nebensächlichkeiten aufhalten, Mister von Willensdorf?«

»Ich muss schon wissen, mit wem ich es zu tun habe«, entgegnete Herbert und notierte ihren Namen auf ein von einem Block abgerissenes Stück verbleichtes Papier.

»Wir wohnen in Knapton …«

»Was meinen Sie mit wir, Misses Kroll?

»Mein Mann, meine beiden Söhne und ich. Wir besitzen dort ein englisches Landhaus mit etwas Umschwung. Mein Mann ist Direktor einer Bank hier in York …«

»… und Ihre beiden Söhne lassen sich aushalten, nehme ich an?«

»Nein, Mister von Willensdorf, darum geht es nicht, auch wenn Sie mit Ihrer Annahme ins Schwarze getroffen haben. Keiner von diesen beiden Taugenichtsen hatte bis anhin nur einen Finger krummgemacht. Natürlich haben wir ein Dienstmädchen, eine Köchin und einen Butler, so wie es eben unserem Standard entspricht.«

»Selbstverständlich. Erzählen Sie bitte weiter«, unterbrach Herbert Misses Kroll, welche sich in der Zwischenzeit etwas beruhigt und auf dem einzigen freien Stuhl Platz genommen hatte.

»Zu unserem Anwesen gehört ein kleiner Teich, welcher großflächig mit wunderschönen Seerosen bedeckt ist. Als ich vor ein paar Tagen wieder einmal auf der Bank vor diesem Teich saß und aus meiner Frauenzeitschrift aufblickte, sah ich zwischen den Seerosen eine Leiche im Wasser treiben. Sie war aufgedunsen, was mich vermuten ließ, dass sie möglicherweise schon lange im Wasser lag. Das Gewicht, mit dem die Leiche versenkt wurde, musste sich mit der Zeit gelöst haben.«

»Konnten Sie erkennen, ob es sich um eine männliche oder weibliche Leiche gehandelt hatte?«

»Nein, das war unmöglich zu erkennen. Ich bin anschließend zurück in unser Haus gerannt und habe die Polizei verständigt. Kurze Zeit darauf wimmelte es von irgendwelchen Leuten, begleitet von einem Tross von Journalisten. Jeder nahm die Gelegenheit wahr, sich irgendwie auf dem Rücken dieses getöteten Menschen profilieren zu können.«

»Wurden Sie in dieser Sache befragt, Misses Kroll?«

»Ja, ein gewisser Inspektor Barneby stellte mir jede Menge unnützer Fragen, unter anderem über mein Privatleben. Obwohl ich mich bedeckt gehalten hatte, sah ich, wie der Inspektor etwas später draußen im Vorgarten gewisse Informationen an die wartenden Reporter und Journalisten weitergegeben hatte. Mir schien so, als wollte man eine allumfassende Geschichte daraus konstruieren, wobei die Wahrheitsfindung, wie so oft, nicht das eigentliche Ziel dieser Mainstream-Lügenpresse war. Eine logische Folge dessen war die Berichterstattung tags darauf in der Zeitung, als man den Toten als ›Die Seerosen-Leiche, war es ein Ritualmord?‹ bezeichnete, obwohl zu diesem Zeitpunkt noch niemand zu wissen schien, ob sich dieser Mensch nur im Teich erfrischen wollte und Nichtschwimmer war. Jede Zeitung im Umkreis von 100 Kilometern übernahm diese Mutmaßung und schmückte diese in unsäglicher Weise aus.«

»Eigenartigerweise habe ich von diesem Toten rein gar nichts mitbekommen«, gab Herbert dazwischen. »Na gut, man wird die Identität des Toten herausfinden, dessen bin ich mir sicher. Man wird die Kleidung des Opfers untersuchen, Zahnabdrücke nehmen, und möglicherweise sind noch DNA-Spuren vorhanden. Warum also haben Sie mich beauftragt, dieser Sache nachzugehen, Misses Kroll?«

»Weil mein Mann gestern eine anonyme Drohung erhalten hatte und darin behauptet wurde, dass mein Mann für den Tod dieses Menschen verantwortlich sei. Man würde ihn zur Rechenschaft ziehen. So etwa lautete der Inhalt diese Schreibens, Mister von Willensdorf«, sprach Misses Kroll ruhig und bestimmt weiter.

»Sie haben also keinen Verdacht darüber, wer der Tote in Ihrem Teich sein könnte, Misses Kroll?«

»Nein, niemand, welchen ich mit unserer Familie in Verbindung bringen könnte«, antwortete Misses Maddy Kroll knapp.

»Ich werde Ihren Fall annehmen, denn ich muss zugeben, dass es mein Interesse in höchstem Maße geweckt hat. Ich kenne diesen Inspektor Barneby persönlich, wenn auch unser erstes Treffen nicht gerade unter einem guten Stern stand. Er bezichtigte mich einer Straftat, welche aber nachweislich ein anderer begangen hatte. Darum habe ich noch etwas gut bei ihm. Könnte ich diese Nachricht einmal sehen, Misses Kroll.«

Misses Kroll entnahm den Brief mit einer geheimnisvollen Geste ihrer Handtasche.

»Hier ist er, selbstverständlich ohne Absender.«

Von Willensdorf nahm den Brief in die Hand und las die Zeilen Wort für Wort durch. Nichts deutete auf den Verfasser hin. Allerdings roch dieser Brief intensiv nach Maiglöckchen, was auf eine Verfasserin deuten könnte.

»Ich hoffe doch anzunehmen, dass Sie dem Inspektor dieses Schreiben nicht gezeigt haben. Nicht dass wir wichtige Informationen zurückbehalten wollen, aber unser Inspektor Barneby ist mit dieser Leiche schon restlos überfordert. Wir sollten ihn nicht überstrapazieren«, empfahl Herbert und verabschiedete freundlich seine Auftraggeberin.

Zwanzig Minuten später saß Herbert immer noch in seinem Büro und sortierte die mit der Post zugestellten Rechnungen nach der Wichtigkeit und der Höhe des zu bezahlenden Betrages. Anschließend öffnete er die Türe zu einem kleinen Nebenraum und warf die Briefe auf eine improvisierte Liege, auf der er, wenn es etwas später wurde oder er sich einige Drinks zu viel genehmigte, wobei das zweite eher des Öfteren zum Tragen kam, sich halbwegs ausstrecken konnte. Er glaubte nicht wirklich daran, dass eine Frau die Kraft aufbringen könnte, den toten Körper im Weiher zu versenken. Irgendwie hatte er immer noch den unangenehmen Geruch von Maiglöckchen in seiner Nase, welchen er aber mit einem Schluck von seinem schottischen Whisky zu übertünchen versuchte. Seine Zunge fühlte sich pelzig an.

Mit etwas Kopfschmerzen und einem matten Gefühl wachte er morgens auf seiner Liege auf. Er hatte wieder einmal schlecht geschlafen, was aber nicht auf seine paar Drinks zurückzuführen war. Vielmehr lag es an dem fehlenden Liegekomfort oder an den niederschmetternden Nachrichten, welche er sich aus seinem veralteten Röhrenradio angehört hatte. Er wusste, dass alles, was nach der Begrüßung des Radiosprechers folgte, als reine Propaganda zu werten war, doch er war zu faul, um aufzustehen, um den alten Kasten abzustellen. Wie erwartet, nahm die Berichterstattung um den Toten im Seerosenteich kein Ende. Ohne wirklichen Grund wurde der Verdacht geschickt auf Mister Kroll gelenkt, um der verängstigten Bevölkerung wenigstens einen Anhaltspunkt präsentieren zu können. Es hat sich in der Vergangenheit gezeigt, dass Reiche, vor allem wegen ihres Reichtums, immer gerne als Mörder gesehen wurden. Ein armes Schwein als Täter gibt in den Augen der Presse nun wirklich gar nichts her. Es war natürlich vollkommen aus der Luft gegriffen, denn wie ihm Misses Kroll bestätigte, hatte niemand außer ihm den Drohbrief in die Hand bekommen. Nach einigen Tassen starken Kaffees machte sich von Willensdorf auf, um seinem persönlichen Freund, Inspektor Barneby, einen Besuch abzustatten.

Das Büro des Inspektors wirkte verwaist, obwohl dieser gerade dabei war, den Brieflocher zu reparieren. »Überall wird gespart«, fluchte er in sich hinein, während er ein weiteres Mal versuchte, ein Stück Papier zu lochen, was ihm aber nicht gelang.

»Herein!«, meinte er scharf und legte dabei den Locher zur Seite.

Von Willensdorf öffnete zaghaft die Türe und suchte sogleich den Augenkontakt mit dem entnervten Inspektor Barneby.

»Nicht schon wieder Sie, von Willensdorf! Sie scheinen es unentwegt auskosten zu wollen, dass ich Sie damals fälschlicherweise verdächtigt habe. Irgendwann ist genug«, polterte Barneby heraus.

»Aber Herr Inspektor, das kann doch jedem einmal passieren. Zum Glück konnte ich dann den wahren Täter überführen, sonst hätten Sie mich womöglich noch aufgeknüpft. Das hätte ich Ihnen dann aber schon ein wenig übel genommen Inspektor.«

»Was wollen Sie? Wollen Sie Ihre Lizenz verlängern?«

»Vielleich später gerne, aber jetzt möchte ich von Ihnen wissen, wie der oder die Tote im Teich zu Tode kam, und vor allem möchte ich wissen, um wen es sich handelt?«

»Sie wissen doch, von Willensdorf, dass ich Ihnen keine Informationen über laufende Ermittlungen weitergeben darf. Es reicht schon, dass die Presse in alle Richtungen Mutmaßungen anstellt.«

»Na gut, es war ein Mann, die Untersuchungen an der Leiche sind noch am Laufen, aber es könnte sich um den ehemaligen Sekretär von Mister Kroll handeln, welcher vor zwei Jahren spurlos verschwunden ist. Aber ich will diese Vertraulichkeiten morgen nicht in der Zeitung lesen. Haben wir uns verstanden, von Willensdorf? Warum interessiert Sie dieser Fall so besonders?«

Ohne zu antworten, winkte von Willensdorf ab und verließ das stickige Büro des Inspektors.

Mister Norbert Kroll hatte sich krankschreiben lassen und verließ sein Haus nur noch, wenn es unbedingt nötig war. Er befürchtete, dass sich jemand an ihm rächen wollte. Die Ungewissheit darüber, wer ihn eines Gewaltverbrechens beschuldigen könnte, trieb ihn schier in den Wahnsinn. Er wirkte eingefallen und war in dieser kurzen Zeit um Jahre gealtert. Sein Butler Sergé wich nicht mehr von seiner Seite und verhielt sich beinahe wie ein Bodyguard, welcher für die Sicherheit eines Präsidenten auch mit seinem Leben garantieren musste. Natürlich fühlte sich Norbert auf Schritt und Tritt beobachtet, aber diese Unannehmlichkeit war es ihm wert.

»Bitte Serge, schauen Sie nach, ob die Türen und Fenster im Hause alle geschlossen sind.«

»Sie sind alle geschlossen und die Kette ist vorgelegt«, gab Serge freundlich, aber dennoch etwas gereizt zurück.

Norbert Kroll zuckte zusammen, denn das Telefon in der Eingangshalle machte sich mit einem schrillen Läuten bemerkbar.

»Sollte es wieder einer dieser Reporter sein, dann sagen Sie ihm, ich sei nicht hier«, hatte Norbert dem Butler hinterhergerufen, als dieser mit schnellen Schritten den Salon verließ.

»Es ist ein gewisser Herr von Willensdorf«, hatte Serge daraufhin in den Salon zurückgerufen.

»Willensdorf … ich kenne keinen von Willensdorf. Ah doch, das ist doch dieser Schnüffler, welchen meine Frau hinter meinem Rücken engagiert hatte. Sagen Sie ihm, ich käme gleich.«

»Guten Abend, Herr von Willensdorf, haben Sie Neuigkeiten?«, sprach Norbert etwas fordernd in die Hörmuschel hinein.

»Sie sollten doch eigentlich hier sein, um mich vor diesem Wahnsinnigen zu beschützen.«

»Das werde ich auch, aber vor allem möchte ich mich gerne etwas mit Ihnen unterhalten«, gab Herbert äußerst knapp zurück.

»Ach was, unterhalten, unterhalten können wir uns, wenn dieser Verrückte hinter Schloss und Riegel sitzt.«

»Beruhigen Sie sich, Mister Kroll. Es nützt uns allen nichts, wenn Sie jetzt die Nerven verlieren. Schließen Sie die Fenster und Türen, ich bin in einer halben Stunde bei Ihnen.«

»Mister von Willensdorf sagte, wir sollen die Fenster und Türen schließen. Das haben Sie doch erledigt, Serge?«

Schweigend ging Serge zu dem Kamin hinüber und entfachte ein Feuer, dessen Wärme sich kurz darauf im ganzen Raum ausbreitete.

»Sind meine Söhne oben, Serge?«

»Alex ist oben in seinem Zimmer und Albert ist vermutlich mit seinem Wagen in die Stadt gefahren. Ich habe ihn gesehen, als er vor etwa einer Stunde das Haus verließ.«

»Immer treibt sich Albert in diesen Nachtclubs herum. Wenn es so weitergeht, werde ich ihm seinen monatlichen Scheck sperren müssen.«

»Das wäre schon längstens überfällig, wenn ich mir diese Bemerkung erlauben darf, Sir.«

»Sie dürfen, Sergé.« Und wieder einmal ließ darauf Mister Kroll seine Standardbemerkung »Kleine Kinder, kleine Sorgen – große Kinder, große Sorgen« fallen. Serge konnte es nicht mehr hören, denn sein Chef war es ja, welcher diese beiden Söhne so verzogen hatte.

»Bist du unten, Norbert?«, tönte es von der oberen Etage her.

»Ja Liebling, ich bin im Salon«, gab Norbert zurück.

Nur mit einem Morgenmantel bekleidet betrat daraufhin Misses Kroll den Salon und steuerte geradewegs auf die Hausbar zu, um sich einen Sherry einzuschenken.

»Du bleibst bei deinem Cognac, Liebling?«, fragte sie ihn einschmeichelnd.

»Sie können jetzt gehen, Serge, ich übernehme jetzt die Rolle des Aufpassers.«

Serge meinte nur kurz »Ja Madame« und verließ den Salon.

»Dieser von Willensdorf wird in einer halben Stunde hier sein. Wenn du ihn schon bezahlt hast, so soll er auch etwas dafür leisten, und wenn es nur dazu dient, mich zu beschützen.«

Das Dienstmädchen öffnete die Türe, als von Willensdorf mit seinem schnittigen Jaguar vor dem Landhaus vorfuhr. Norbert stocherte im Feuer herum und Madame Kroll saß in einer verführerischen Pose auf einem der antiken Polstersessel, als Herbert das Zimmer betrat. Madame Kroll streckte ihre Hand aus, worauf Herbert zu ihr trat und mit einer kleinen Verbeugung einen Handkuss andeutete. Madame hatte die Beine übereinandergeschlagen und gab den Blick auf ihre wohlgeformten Schenkel frei. Sie schien es sichtlich zu genießen, dass Herbert mit seinem Blick bis zu den Strumpfhaltern folgte. Norbert würdigte ihn keines Blickes und hantierte weiterhin in dem lodernden Feuer herum.

»Was wollten Sie mit mir besprechen, von Willensdorf, falls Sie sich von den Beinen meiner Frau losreißen können?«

»Ich habe einiges in Erfahrung bringen können. Leider noch unbestätigt, aber durchaus glaubwürdig, Sir. Bei dem Toten in Ihrem Weiher könnte es sich durchaus um Ihren verschwundenen Sekretär handeln.«

»Das kann doch nicht sein, der ist ja schon seit zwei Jahren unauffindbar.«

»Das entspricht etwa der Zeit, welche der Tote im Wasser gelegen haben soll. Ein Amboss hatte ihn die ganze Zeit unten gehalten. Nur mit Mühe konnte der Gerichtsmediziner überhaupt feststellen, dass es sich um eine männliche Leiche gehandelt hatte.«

»Ich habe ihn jedenfalls nicht umgebracht«, sagte daraufhin Mister Kroll überzeugend. »Wir hatten die Zeit, als er für mich als Sekretär gearbeitet hatte, immer ein einvernehmliches Verhältnis zueinander. Ich hatte ihm auch nicht die Stellung gekündigt, falls Sie dies in Erwägung gezogen haben, Herr von Willensdorf.«

»Ganz und gar nicht, Sir. Ich glaube Ihnen, trotzdem muss ich der Sache mit dem Drohbrief, welchen Sie erhalten haben, nachgehen. Um es auf den Punkt zu bringen, Sie werden verdächtigt, etwas mit dem Tod dieses Sekretärs zu tun zu haben.«

»Mein Mann ist kein Mörder. Ich kenne ihn schon 25 Jahre. Er ist kein Mörder«, mischte sich Madame Kroll in das Gespräch ein.

»Wir können im jetzigen Moment nichts weiter als abwarten«, vertröstete Herbert die beiden.

»Abwarten auf was, bis man mich auch umgebracht hat? Vielleicht hat es der Mörder auf uns beide abgesehen.«

»Tragen Sie eine Waffe, Mister Kroll?«, wollte Herbert wissen.

»Ich hatte mal eine Walther, aber die ist mir schon vor Jahren abhandengekommen«, erwiderte Mister Kroll beiläufig.

»Ich möchte Sie nicht weiter stören.«

»Aber Herr von Willensdorf, Sie stören doch nicht. Es gibt mir ein sicheres Gefühl, wenn Sie hier sind. Möchten Sie nicht bei uns übernachten, wir haben noch ein freies Gästezimmer? Ich würde mich freuen.«

Auch Madame Kroll nickte zustimmend.

»Na gut.« Mister Kroll brauchte nicht viel Überzeugungskraft, wenn Herbert daran dachte, eine weitere Nacht auf seinem Liegebett zu verbringen.

Das Dienstmädchen zeigte ihm das Zimmer im Erdgeschoss. Ein richtiges Zimmer mit einem großen Doppelbett erwartete ihn, worauf er sich ein kurzes Probeliegen nicht verkneifen konnte. Das Zimmer war üppig eingerichtet, und in einer Wohnwand war eine Glasvitrine eingelegt, welche einige vorzügliche Spirituosen beinhaltete.

Wie war es nur möglich, dass einem eine Waffe einfach so abhandenkommt?

Herbert schlüpfte in den getupften, sorgsam bereitgelegten Pyjama, und nachdem er noch genüsslich eine Zigarette geraucht hatte, fiel er in einen tiefen, aber kurzen Schlaf, denn ganz plötzlich aus dem Nichts vernahm er das Klirren von Glas, begleitet von einem lauten Knall, welcher sich wie ein Schuss anhörte. Herbert sprang auf, und nur mit seinem Pyjama bekleidet, eilte er in den Salon.

Beinahe regungslos kniete Mister Kroll am Boden. Ein Schuss, welcher von draußen abgegeben wurde, hatte die Scheibe durchbohrt, und nach einigem Suchen fand Herbert das Projektil, welches in der gegenüberliegenden Wand steckte. Irgendetwas kam Herbert seltsam vor, aber er konnte es zu diesem Zeitpunkt nicht definieren.

»Ich denke, Sie können aufstehen, Mister Kroll. Ich denke, dass keine Gefahr mehr besteht.«

Langsam erhob sich der immer noch eingeschüchterte Mister Kroll und blickte erst zu Herbert und dann zu den anderen Hausbewohnern, welche sich allesamt am Tatort eingefunden hatten.

»Man hat es ja tatsächlich auf Sie abgesehen, Sir. Allerdings muss es wahrlich ein schlechter Schütze gewesen sein, dass er Sie vor dem Fenster stehend verfehlt hatte.«

»Wie kommen Sie darauf, dass er vor dem Fenster gestanden hatte?«

»Weil das Außenlicht, welches an einen Bewegungsmelder angeschlossen ist, immer noch an war. Sie haben doch auch das Licht gesehen, bevor der Schuss fiel?«

»Ja schon, aber ich dachte, es sei ein streunender Hund gewesen, welcher das Licht aktivierte«, gab Kroll verstört zurück.

»Jedenfalls müssen wir den Inspektor und die Spurensicherung benachrichtigen, Sir«, meinte Herbert seufzend.

Eine Stunde später trafen die Beamten am Tatort ein.

»Natürlich sind Sie, von Willensdorf, wieder zuerst vor Ort. Waren Sie Zeuge dessen, was sich hier zugetragen hatte?«

»Nein, aber ich wusste, dass möglicherweise ein Anschlag auf Mister Kroll verübt werden würde.«

»Und Sie wollten demnach den Schutzengel spielen. Solch einen Schutzengel wie Sie kann man sich nur wünschen«, sagte Inspektor Barneby vorwurfsvoll.

»Das Projektil steckt übrigens dort drüben in der Wand. Ich wollte es Ihnen überlassen, es herauszunehmen.«

»Vorbildlich, sehr vorbildlich, Herr von Willensdorf. Smith, schauen Sie, ob draußen Fußabdrücke zu finden sind«, befahl der Inspektor.

»Es hat welche, aber ich weiß nicht mehr, ob diese von unseren Leuten stammen, es ist alles zertreten.«

»Stümper, Anfänger, muss man denn alles alleine machen«, wetterte der Inspektor lauthals. »Übrigens handelte es sich wirklich um den Sekretär von Mister Kroll. Der Zahnabgleich hat es zweifelsfrei bestätigt«, meinte der Inspektor mehr nebenbei.

Ein Sergeant entfernte das Projektil mit einem Messer aus der Wand.

»Ist Ihnen etwas aufgefallen, Herr Inspektor?«

Dieser überlegte eine geraume Zeit, kam aber zu keiner Schlussfolgerung.

»Der Schütze hatte absichtlich danebengeschossen, sehen Sie, wie weit oben das Projektil in der Wand stecken blieb.«

»Verdammt, Sie haben recht, von Willensdorf, was hat das zu bedeuten?«

»Gehen wir nach draußen, ich werde Ihnen meine These unter vier Augen darlegen, Herr Inspektor.«

Etwas später, als die beiden Kriminalisten alleine waren, meinte von Willensdorf: »Der wahre Täter wollte den Verdacht auf Mister Kroll lenken, indem er ihn durch einen anonymen Brief des Mordes an diesem Sekretär beschuldigte. Dessen aber nicht genug. Mit dem heutigen Anschlag wollte er dem Verdacht etwas Nachdruck verleihen. Ich vermute sogar, dass Mister Kroll den Schuss selbst abgefeuert hatte, um von dem wahren Täter abzulenken, den er höchstwahrscheinlich kennt.«

»Eine gewagte Theorie, aber nicht abwegig, von Willensdorf. Aber wer kommt denn als Mörder in Frage?«

»Das liegt noch vollkommen im Dunkeln, aber Sie werden es sicherlich herausfinden, Inspektor.«

Die Bewohner des Hauses hatten sich mittlerweile wieder in ihre Schlafzimmer zurückgezogen, nur Albert, der ältere der beiden Söhne, blieb beim Kamin stehen und blickte still, verhalten in das prasselnde Feuer hinein. Herbert stellte sich neben ihn und wärmte sich am Feuer etwas auf, denn die kühle Nachtluft hatte ihn ein wenig frösteln lassen.

»Das tut gut«, sagte von Willensdorf beiläufig.

»Sie denken wohl auch, dass mein Vater Marc Everton ermordet hat?«

»Sie meinen diesen Sekretär, Albert?«

»Ja genau. Vielleicht ist es von Belang für Sie, dass dieser Everton nicht einfach spurlos verschwunden ist, mein Vater hatte ihm die Anstellung gekündigt«, sagte Albert beinahe flüsternd.

»Dann wissen Sie sicherlich auch, warum Ihr Vater diesem Sekretär gekündigt hatte?«

»Nein, diese Frage kann ich Ihnen nicht beantworten.«

»Aber ich«, sagte Mister Kroll, welcher unbemerkt am Eingang stand und das Gespräch mitverfolgte. »Weil er homosexuell war. Sie können sich ja vorstellen, was es für einen Mann in meiner Position bedeutet. Es gab daraufhin nur noch ein Thema in meiner Abteilung. Ich war beinahe gezwungen die Konsequenzen daraus zu ziehen. Sie irren sich, wenn Sie meinen, dass mein Sohn etwas mit dieser Sache zu tun hat, er wusste von all dem nichts.«

»Aber einen Grund muss es haben, dass Sie nichts unversucht lassen, den Verdacht auf sich selbst zu ziehen, obwohl Sie keinerlei Motiv hatten, diesen Everton umzubringen. Wusste Ihre Frau von dieser Kündigung?«

»Ja schon, aber ich habe ihr einen anderen Grund genannt, welcher schlussendlich zu dieser Kündigung führte«, sagte Mister Kroll.

»Bitte Serge, schenken Sie Mister von Willensdorf noch einen Whisky ein. – Sie nehmen doch noch einen?«

»Sehr gerne, möglicherweise werde ich anschließend doch noch etwas Schlaf finden können«, meinte Herbert und ließ sich auf den Polstersessel nieder. »Irgendwie spüre ich, dass ich der Lösung ein rechtes Stück näher gekommen bin. Ich werde morgen früh noch ein Telefonat führen, um meiner Sache sicher zu sein. Ich glaube jedoch zu wissen, wie es sich zugetragen haben musste. Ich würde gerne morgen Mittag in Anwesenheit aller Beteiligten versuchen, diesen Mordfall zu entschlüsseln.«

»Ich werde dafür sorgen, dass alle hier sein werden«, sagte Mister Kroll und wandte sich mit langsamen Schritten dem Ausgang zu.

Das Frühstück stand bereit, als von Willensdorf am späten Vormittag das Speisezimmer betrat.

»Wünschen Sie ein weichgekochtes Ei, Sir?«, fragte Serge mit dem Bestreben, dem Gast einen angenehmen Aufenthalt bieten zu können.

»Wo sind die Herrschaften, Serge?«

»Mister Kroll macht einen Morgenspaziergang und Madame ist mit ihrem Wagen in die Stadt gefahren. Die beiden Söhne sind oben in ihren Zimmern.«

Der Duft frisch gebrauten Kaffees erfüllte den Raum. Wieder einmal hatte sich die Sonne gezeigt und durchflutete die Zimmer.

Trotz der kühlen Morgenluft begab sich von Willensdorf nach dem Frühstück auf den Sitzplatz und blickte über die weiß getünchte Brüstung in den wuchernden Garten hinaus. Obwohl sich Herbert nie für Gartenarbeit begeistern konnte, wunderte er sich über die Vernachlässigung diese Gartens. Die Schilfpflanzen nahe des Weihers breiteten sich aus und nahmen bereits einen beachtlichen Teil des Gartens in Anspruch. Eines der Gartentore war mit Efeu überwachsen und schien beinahe undurchdringlich zu sein. Immer wieder schweifte sein Blick zu dem Weiher hin, in dem der Tote gefunden wurde. Er stellte sich vor, wie der Täter den Kopf dieses Sekretärs bis zu seinem Tode unter Wasser gedrückt hatte und ihn anschließend mit Gewichten versah, um ihn für immer verschwinden zu lassen. Aber wer hatte die Kraft, eine solche Tat zu begehen, ohne ihn vorher betäubt zu haben? Die Leiche lag zu lange im Wasser, um Spuren eines Betäubungsmittel ausmachen zu können. Fragen, welche er zu diesem Zeitpunkt noch nicht beantworten konnte.

Gegen Mittag fanden sich alle, auch Inspektor Barneby, im Salon des Hauses ein.

»Bitte nehmen Sie Platz, meine Herrschaften«, sagte Herbert ruhig und besonnen. »Ich möchte versuchen, diesen Mordfall mit Ihrer Mithilfe einer Lösung zuzuführen. Sie sind doch auch der Meinung, dass es sich in diesem Fall um einen Mord handelt, Herr Inspektor?«

»Nur soweit es die Gerichtsmediziner bestätigen konnten.«

»Sind Sie davon überzeugt, dass dieser Everton ertränkt wurde, Herr Inspektor?«

»Es war äußerst schwierig festzustellen, aber die Mediziner sind einstimmig zum Schluss gekommen, dass der Tod schon eingetreten war, bevor er im Weiher versenkt wurde.«

»Dann dürfte dies ausreichend geklärt sein«, stellte von Willensdorf fest. »Ich muss davon ausgehen, dass dieser Brief, welchen Sie, Mister Kroll, erhalten hatten und der eine Drohung Ihnen gegenüber enthielt, nicht von einem unbekannten Rächer, sondern von Ihnen selbst verfasst wurde.«

»Das ist eine infame Behauptung, Herr von Willensdorf. Und der Anschlag auf mich, war dieser etwa auch fingiert?«

»Auf den werde ich später noch zu sprechen kommen. Madame Kroll hatte mir diesen Brief gezeigt, denn sie war der vollen Überzeugung, dass sich jemand an ihrem Mann rächen wollte. Natürlich kamen bei Ihnen, Misses Kroll, Gedanken auf, dass Ihr Mann für den Tod dieses Sekretärs zu verantworten sei, Sie äußerten sich aber weder mir noch der Polizei gegenüber über Ihren Verdacht, welcher zu diesem Zeitpunkt nicht ganz unbegründet war. Obwohl sich scheinbar jemand an Ihnen rächen wollte, Mister Kroll, nahmen Sie es mit den Vorsichtsmaßnahmen nicht sonderlich genau, auch wenn Ihr Butler Sie weder schlecht noch recht zu beschützen schien. Das hegte erste Zweifel in mir, und auch dass Sie dieser Schütze aus kurzer Distanz verfehlte und das Projektil sehr oben in der Wand steckte. Leider konnten draußen keine Fußspuren gesichert werden, sonst hätten wir beweisen können, dass Sie den Schuss mit Ihrer Waffe, welche nach Ihren Aussagen abhandengekommen sei, selbst abgegeben haben. Konnten Sie das Projektil einer Waffe zuordnen, Herr Inspektor?«

»Ja, es stammte ohne Zweifel aus einer Walther PPK.«

»Welcher Zufall, meinen Sie nicht auch, Mister Kroll? Ich musste davon ausgehen, dass Sie über die Identität des Täters Bescheid wussten, den Verdacht aber auf sich lenkten, um den wahren Täter zu schützen. Ich hatte Albert geglaubt, als er eingestand, nichts über das Verschwinden von Everton gewusst zu haben. Aber wie steht es mit Ihnen, Mister Alex Kroll? Wollten Sie dieser unliebsamen Angelegenheit zwischen Ihrem Vater und Everton mit einem Mord ein Ende setzen?«

»Lassen Sie meinen Sohn in Ruhe, ich habe ihn umgebracht«, sagte Mister Kroll aufgebracht.

»Es ist rührend von Ihnen, wie Sie sich vor Ihren Sohn stellen, aber es entspricht nicht der Wahrheit. Wir wissen, dass Everton homosexuell war und nach Angaben von Mister Kroll aus diesem Grunde entlassen wurde. Ich muss aber davon ausgehen, dass dies nicht der wirkliche Grund für seine Entlassung war. Das Märchen über Ihre empörten Arbeitskollegen habe ich Ihnen nicht abgenommen. Ein Telefon, welches ich heute Morgen geführt hatte, reichte, um die Wahrheit ans Tageslicht bringen zu können. Bereitwillig hatte mir die Mutter von Everton Auskunft erteilt. Sie sagte mir, dass ihm die Arbeit im Hause Kroll sehr gefallen und dass er sich in einen jungen Mann verliebt hätte. Er hatte sich in Sie verliebt, Alex.«

Herbert richtete sich an das Dienstmädchen.

»Sie haben es doch sicher auch mitbekommen, dass dieser Everton die Nähe zu Alex gesucht hatte?«

»Ja, Mister von Willensdorf, ich kam dazu, als Everton Alex bedrängt hatte.«

»Sie wollten sich seiner erledigen und brachten ihn um, indem sie ihn betäubt hatten und ihn anschließend im Weiher versenkten.«

»Nein, das ist nicht wahr«, wimmerte Alex schluchzend.

»Wie war es denn? Sagen Sie uns endlich die Wahrheit, Alex.«

»Es stimmt, dass er mich bedrängt hatte. Immer wieder habe ihm zu verstehen gegeben, dass ich seine Liebe nicht erwidern könne, aber er war wie besessen und nicht davon abzubringen. Eines Abends ging ich in sein Zimmer und versuchte ein weiteres Mal, die Beziehung, welche nie stattgefunden hatte, zu beenden. Als ich daraufhin sein Zimmer verließ, war er noch am Leben. Erst am nächsten Morgen fanden mein Vater und ich ihn leblos in seinem Bett liegend. Er hatte sich das Leben genommen. Ich wollte die Polizei benachrichtigen, aber mein Vater befürchtete einen riesigen Medienskandal und schlug vor, den Toten zu dem Weiher zu tragen, um ihn dort mit Gewichten zu versenken. Wir waren es beide, Herr von Willensdorf, und alles nur wegen des Ansehens meines Vaters. Natürlich wollte er nicht, dass ich in diese Sache hineingezogen werde, und so hatte er den Verdacht schlussendlich auf sich selbst gelenkt.«

»Ach mein guter Junge, ich hätte auf dich hören sollen, aber nun ist es zu spät«, sagte Mister Kroll und nahm seinen Sohn in die Arme.

»Ich werde Sie alle beide mitnehmen müssen. Das Gericht muss über Ihre Strafe entscheiden«, befand der Inspektor, und ohne ihnen Handschellen angelegt zu haben, führte er die beiden hinaus zu dem bereitgestellten Polizeiauto, nachdem er sich dankend von Herbert verabschiedet hatte.

»Ich glaube, ich werde hier auch nicht mehr gebraucht. Es tut mir leid für Sie, Madame, aber ich konnte mich der Wahrheit nicht in den Weg stellen, das müssen Sie verstehen.«

»Ich verstehe Sie, Mister von Willensdorf, ich werde Ihnen in den nächsten Tagen noch einen Scheck zukommen lassen.«

»Das ist nicht nötig, Madame. Ich habe immer noch Ihren Vorschuss, und dieser sollte für eine Tankfüllung und ein paar Flaschen guten Whiskys vorerst reichen.«

»Sie sind ein seltsamer Kauz, von Willensdorf, aber sympathisch.«

Herbert startete seinen Jaguar, öffnete das Stoffverdeck, und während er sich seine Ledermütze überstülpte, fuhr er durch das Eingangstor hindurch und bog daraufhin in die Überlandstraße ein.